凱倫・格蘿絲——作

迷失的女兒

The Dime Box

SP SELECT

Karen Grose

獻給傑米

第一章

葛芮塔僵硬地坐在硬背椅上。寂靜的氣氛帶來壓迫感。一些她不想承認的想法——那些在她腦海中的角落裡爬行、存在的想法——悄悄地見了光。警方的調查為什麼花了這麼長的時間？她已經給出了說詞，回答了每個問題。只有其中一個問題讓她吃驚。

女兒對父母的義務是什麼？

葛芮塔不確定自己對除了自己以外的任何人有什麼義務。她也不知道為什麼自己答不出來。

但這不是事實……她其實知道為什麼。

如果她老實地回答了這個問題，刑警們可能會看到她努力馴服的原始、野性的一面，而這麼做的風險太大。她已經埋葬了過去，她想往前走。所以她讓那個特定的疑問懸而未決。

幾分鐘後，門打開了。裴瑞茲警探走進房間，走到她的辦公桌前，在椅子上坐下，查看手裡的文件。她摘下老花眼鏡，放在面前。

葛芮塔胸口緊繃。即使有律師在身邊，她還是覺得呼吸困難。她伸手摸摸牛仔褲的前口袋，發現裡面藏著一枚硬幣。她揉揉它，努力讓自己平靜下來，用鼻子吸氣，用嘴巴呼氣。緩慢而穩定的呼吸。

裴瑞茲警探盯著她，開口道：「我們走一遍流程。」

葛芮塔嘆氣。走流程？又一次？

「警方負責立案調查。」警探告訴她。

她點頭。她知道。有時候他們會諮詢檢察官。

「我們蒐集證據。」

嗯。她以前都聽過了。

「在妳這樣的案件上，我想說明所有可能性。」警探的語氣像是在進行日常的例行談話。

葛芮塔繃緊身子，咬緊牙關，試著保持鎮定。

裴瑞茲警探舉起一手，把一支鉛筆按在指尖上。「一：一級謀殺；二：二級謀殺；三：過失殺人。」

葛芮塔說出第四個可能性。「或是不起訴，我無罪釋放。」

警探沉默幾秒，再次說話時沒看著葛芮塔的律師。「是沒錯，而且——」

手機嗡嗡作響，打斷了她的話語。裴瑞茲警探把手伸過桌面，輕按手機左側的按鈕，將它靜音。她抱歉地笑了笑，瞥一眼自己的筆記。

「之後，透過驗屍官的報告和我們的調查，我會判斷是否有足夠的證據來提出指控。」警探停頓下來，看著她。「而我做了那個決定。」

葛芮塔心跳急促。她口乾舌燥。見真章的時候到了。她盯著警探，好奇對方在想什麼。什麼樣的人下得了手殺害自己的父母？但是警探的眼睛什麼也沒有透露。

手機再次發光。雖然沒發出聲音，但葛芮塔能透過桌面感覺到震動。警探低頭呻吟。這一次她接聽了。「什麼事？」她問，接著聆聽。「真的嗎？」

葛芮塔蜷縮身子。令她驚訝的是，裴瑞茲警探起身，拿起文件，離開了。葛芮塔靠向椅背，手掌在椅子上留下了汗痕。一隻手輕輕捏住她的手。在相鄰的座位上，她的律師聳肩，然後露出微笑，但臉上的表情隨即完全消失。

第二章

四十八小時前

鈴鈴鈴。

葛芮塔將電視靜音，把毯子甩到一邊，從沙發上跌跌撞撞地走到前門。

「我的天啊。」她透過窺視孔察看外面。門外昏暗的走廊裡，兩個穿制服的警察盯著她。她跑回客廳，搖晃菈托亞的肩膀。她的朋友蠕動時，葛芮塔把小酒杯藏到沙發的軟墊後面。無線電的劈啪聲傳來。她循原路回到門前，拉開門鏈，打開門。

「葛芮塔・吉芬小姐？」

「呃，是的……我是。」

「我是哈登警官。旁邊這位女警是桑切斯警官。」

「你們是怎麼進入這棟大樓的？」

高大粗壯、鬍鬚花白的哈登警官面露微笑。「這份工作的好處之一。」

葛芮塔抓住門的一側，腦袋裡一片混亂。從警官的肩後，她瞥見一名男子從對面的公寓裡向外張望。他嘴裡叼著菸，在口袋裡尋找打火機。她瞇起眼睛。這是怎麼回事？又一個短租客？遊客？應該不是。她不想再搬家，在這個單身公寓已經住了將近一年，她終於有了自己的家。

「出了什麼問題嗎？」男子問道，聲音很細。

警官們沒理他。

「我們可以進來嗎？」桑切斯警官讓這句話聽起來更像是要求而不是詢問。

葛芮塔懷疑自己是否真的有選擇。大樓沒有出現火災警報，沒有大樓疏散通知，而如果真的出現什麼緊急情況，全身黑衣的戰術部隊一定會出現。

「你們有什麼事？」

兩名嚴肅的警官都沒說話。

菈托亞走到她身後，葛芮塔揮手要她後退，然後打開了門。警官們跟著她們進入公寓。兩步距離後，他們就離開了狹小的走廊。

桑切斯警官身形圓潤，一頭紅髮，比搭檔矮一呎，眼睛掃視著公寓。「我們能不能坐下？」

鞋子散落在走廊裡。一件運動衫被扔在沙發的靠背上。茶几上擺滿了披薩盒和一包空的多力多滋。在它旁邊，兩條毯子皺巴巴地躺在地板上。看到伏特加酒瓶，她的胃袋突然收縮，酒瓶裡還有四分之一的酒，直直聳立在廚房的流理臺上，陪伴著堆在水槽裡的一堆盤子。

她停下來，牢牢站在地板上，轉身面對他們。「到底怎麼回事？」

桑切斯警官清清喉嚨。「是關於令尊。」

「那個王八蛋？」菈托亞咕噥。

「放尊重點。」

葛芮塔聳肩。「就因為他死了？」

桑切斯警官繃緊嘴巴，揉揉脖子根部。「我們想請妳跟我們回局裡，回答幾個問題。」

她瞥向牆上的時鐘。「在星期天晚上的九點半？」

「不是現在。是明天。」

葛芮塔雙臂抱胸，思索片刻。她可以打掃她的公寓。出去走走。去買菜。上網看《宅男行不行》。還有《使女的故事》，她還沒看第三季。還有《權力遊戲》？

「難道妳不願意去局裡，讓我們聽聽妳的說詞？」

她怒目相視。她受夠了。她聽過這句臺詞，而警察根本不把她的話當一回事。她太熟悉這種制服。深色襯衫。閃閃發亮的黑靴。褲子側面的條紋。胸前徽章上的大寫字母寫著「服務與保護」。他們有做到服務與保護嗎？他們保護了誰？絕對沒有保護她。

「我非去不可嗎？」

哈登警官瞥搭檔一眼。「這是自願性質的，但妳如果願意幫助我們決定如何處理他的死，我們會很感激。」他把手伸進襯衫的口袋裡，指向走廊。「裴瑞茲警探建議妳十一點去。」

「我不是跟你談？」

他搖頭。「她才是老大。」

走這一趟又何妨？她什麼也沒隱藏。「行。」

哈登警官解釋到時候會發生什麼時，她伸手接過名片，聽得心不在焉。

「她會盡可能讓談話迅速又自在。」桑切斯警官補充道。

葛芮塔翻白眼。最好是。她比誰都清楚在警察局回答問題是世界上最愉快的事。

「到時候需要我們載妳一程嗎？」哈登警官問。

她嘆氣。

他走回前門時，咧嘴一笑。「我們只是想表達善意。」

桑切斯警官跟著搭檔出去。門關上時，擦過她的背部。

葛芮塔扭開廚房流理臺上的酒瓶蓋子，湊到唇邊，大灌了一口。她來到客廳，倒在沙發上，打開電視，用手撫摸下巴。

「剛剛真的很怪。」菈托亞說道，在她身旁一屁股坐下。

她俯身從地板上撿起一條毯子。

菈托亞啜飲一口酒，黃金耳環在肩上晃來晃去。「他們來這裡幹麼？」

「我哪知道。」

「有什麼想談談的嗎？」

「我知道的都已經跟妳說了。」

「妳在去之前要不要尋求一些建議？」菈托亞指著電視上播放的一家律師事務所的

廣告。「他們怎麼樣？或是打給柯琳？」

葛芮塔渾身發涼，拉緊身上的毯子，瞥向電視螢幕。「現在很晚了。而且這麼做有什麼意義？那傢伙嗝屁了。」

兩人攤在沙發上，腿在沙發中央交錯，彎曲膝蓋，看著剩下的電視節目。節目還沒播放完，菈托亞已經輕輕打著鼾，頭靠在沙發扶手上，毯子蓋到下巴。

雖然躺在摯友旁邊仍然就像躺在全速運轉的暖氣旁邊，但跟她們在小學時第一次睡在一起時相比，太多事情發生了變化。她把酒瓶裡剩下的酒喝乾淨，從沙發上滑下來，來到廚房，打開水槽下面的櫥櫃，盡可能把酒瓶推到最深處，省得以後再拿出來。她來到冰箱前，凝視著裡頭的架子，想找點吃的。她打個寒顫。她在這裡站了多久？

她回到沙發上，把雙腳壓在身下，毯子蓋在身上。柔軟而溫暖，她想起那些炎炎夏夜，在後院的小木屋裡，母親摟著她。布料的邊緣壓在她的鼻子上，她聞不到自己的氣味。她查看手機，然後轉動一旁老舊檯燈上的旋鈕。城市燈火透過客廳窗戶映入，開著的窗戶讓夜晚涼爽的空氣飄進來，她在腦海裡回放著警官的來訪。

她幾乎沒睡。她整晚輾轉反側，不知道明天在警局該說些什麼。

※　※　※

「麻煩找裴瑞茲警探。」

「重案組？」

「什麼？」

值班警員指向自己的左邊。「三四七號房間。」

葛芮塔仔細查看手中的名片，然後爬上了樓梯的頂端。多倫多警察總部的牆壁是公家機構的白色，燈光昏暗，走廊裡瀰漫著波隆那香腸的臭味。她記得這種味道，因為這是她父親唯一為她煮過的食物。找到房間後，她徑直走進去，在桌子附近停下來。

女子神情嚴肅，近乎冷漠。「請坐。」她說。

葛芮塔脫下外套，掛在椅背上。警探的椅子是以柔軟的皮革製成，而她坐的椅子是堅硬的實木，但她覺得現在不是指出這種不平等待遇的最佳時機。她掃視辦公室，觀察它的高度和深度。這裡有一種氣氛，氣勢十足，幾乎有種威嚴。她猜想這位警探走進任何一個房間時，一定會成為注目焦點。她就是那種人。

裴瑞茲警探闔起桌上的文件夾，瞥向手錶。「現在是上午十一點。我們開始吧。」

她皺眉。沒有哈囉？沒有妳好嗎？沒有謝謝妳來？她母親會說這種態度叫做公事公辦。

裴瑞茲警探拿起筆記本，用鉛筆輕敲打開的頁面。「那麼，告訴我，葛芮塔，星期六晚上妳在哪裡？」

「在醫院。」

「晚上八點半的時候？」

她端詳桌子對面的警探。完美的尖下巴。筆挺的白襯衫。指甲剪得很短。銀色的鮑伯頭，用銀色髮夾固定。她這輩子有沒有遲到過？像是看醫生？看電影？她猜這位警探上班從未遲到過。她應該不可能有小孩吧。

「差不多是那個時間點。」

警探在一頁紙上潦草地寫下。「細節很重要，葛芮塔。妳可能以為我問這些是因為我一絲不苟，但我問這些也是因為我在乎。」

她指向筆記本。「妳在寫什麼？」

「細節。」

「例如？」

「我需要記住的點點滴滴。」

「我如果說慢點會不會有幫助？」

裴瑞茲警探把下巴撇向辦公桌邊緣的一臺機器。「不會。我正在把這場談話錄下來。妳不介意吧？」

葛芮塔的臉沉了下來。「妳正在錄音？」

「是的。」

「為什麼？」

警探看著她。「我的警官們昨晚沒告訴妳？我需要把妳的口供錄下來。」

葛芮塔口乾舌燥。她沒吭聲，甚至沒呼吸。她閉上眼睛，把周圍一切都隔絕在外。不，她不記得。她完全不記得那部分的談話。她努力回想。好吧，也許有些片段，但很模糊。她睜開眼睛，感覺自己在警探烈火般的視線中。

「準備好了嗎？」警探舉起鉛筆。

她點頭，把雙手壓在大腿下。警探說出日期、訪談的原因，然後看一眼手錶，說出時間。「妳跟令尊的關係怎麼樣？」

葛芮塔挺直上半身。「我跟他之間沒有關係。」

「妳最後一次看到他是什麼時候？」

「我跟妳說過了……」她的音量漸漸變小。「星期六。」

「我是說在他死前。」

「我不知道。」

她能在腦海中看到他躺在那裡，冰冷而僵硬地躺在醫院的病床上，大概就跟他被發現的時候一樣。但這不是她印象中的他。她回想。她跟他談話是什麼時候？

「去年的某個時候？」真的已經過了這麼久？她心想。

「妳能不能描述一下週六晚上發生的事情？」

警探看著她、等待時，她胃裡的坑越來越大。她要怎麼解釋？才經過不到四十八小時，她卻無法說明她在父親床邊度過的時間。

「沒什麼好說的。我搭了電車去那裡。探望了他。然後搭電車回家。就這樣。」

「妳看到他的時候，你們有談話嗎？」

「不，應該沒有。」

「妳在那裡的時候有沒有碰過任何東西？」

「沒有。我可能碰過床欄杆吧。」

「有沒有任何身體接觸？」

「沒有。」她說。

「妳到了那裡的時候，有沒有看到值班護理師？」

她抬頭望向右邊。快想想。那個人是誰？她的腦袋一片空白。「應該沒有。」

「妳離開的時候，有沒有通知護理師？」

「沒有。」她聽到自己這麼說，但不太能想像那一刻。她當時應該讓護理師知道嗎？這是規矩？當時好像有人對她大吼大叫，但她不記得他說了什麼。「也許有？」

警探放下鉛筆。「這其中有矛盾。妳去過那裡，去過醫院，卻不記得了？妳不記得兩天前的事？」

葛芮塔把頭低到胸前。她在這個房間裡還待不到五分鐘，警探已經覺得她聽起來像是瘋了或在撒謊。她咬著下唇。「我沒辦法確定。」

「幫助我明白……」裴瑞茲警探從唇間吐口氣。「妳的『我不記得了』這回事……」

葛芮塔俯身向前，雙手抱頭，用鼻子輕輕吸口氣。「我不知道。」

裴瑞茲警探搖頭。「那麼，如果妳唯一知道的就是妳不知道……」字字都充滿懷疑，但她還是拿起鉛筆繼續寫下去。「當時有人看到妳和他在一起。所以，為了記錄，我再問一次，妳當時在那裡，對嗎？」

她點頭。「哈米德醫師打給我，說我父親因為癌症而來日無多。」

警探抬起一隻手，將一縷頭髮塞進銀色髮夾裡。葛芮塔看得出來，她接下來要說的話語是經過精挑細選。「這是妳經常遇到的狀況嗎？這種記憶空白？想不起細節？」
葛芮塔看著她，判斷該說什麼。她張嘴想要回應，但警探搶先一步。
「經常？有時候？某些時候？」
「有時候。」
警探咬緊牙關，脖子和臉頰兩邊漲得通紅，就跟她父親以前一樣。
「什麼時候？」她提高嗓門。
她倒吸一口氣。快結束吧。她看著地板，咬著臉頰內側。她嘴裡嘗到血味，她尋找詞彙來描述她第一天回到小屋時的感受。
困惑？憤怒？
恐懼。

第三章

某個東西吵醒了她。她猛然坐起，在毯子下揉搓胖嘟嘟的雙手。她知道在哪裡可以找到邦尼兔。面朝下。不在她的視線裡。靠近床腳。她和邦尼兔經常試著在那個位置一起消失。感覺到它溫暖的布料，她一把將它往上拉，把它緊緊抱在胸前。她輕撫這隻只有單耳的磨損編織物，纏在她的手指上，在她臉頰的一側磨蹭。溫柔地，上下左右磨蹭。這是邦尼兔唯一還柔軟的部位。

她擦去眼中的睡意，凝視著黑暗，瞇著眼睛，試著看清楚。現在是晚上？也許是早上？她完全無法判斷。

除了門框邊緣透著黃光的縫隙外，一切都是漆黑的。黑色的部分嚇到她，但黃色的部分沒有。邦尼兔也是黃色。她把床單拉到肩上，顫抖，等候。她緊緊抱著邦尼兔。然後她聽到了。嘎吱作響。很好。臥室門外的鎖解開了。她把雙腳從床上甩下來，起身慢慢前進，腳下的地板感覺冰涼。然後她僵住了。有聲音，很微弱，從門的另一邊傳來。沙啞。呢喃。低沉的嗓音。然後是腳步聲。她摸索周圍，尋找她要找的東西。她扭動門鎖，它挪動了。她眨眨眼。她盯著門縫，踮腳尖慢慢前進。一個裸露的燈泡在天花板上發光，懸在一根髒兮兮的繩子上。大人們的背影消失在走廊裡時，怪物般的影子爬上牆壁。他們是誰？她克制著關上門的衝動，心臟砰砰跳。她把雙手舉在身前，用顫抖的手指數著。一。二。她把邦尼兔緊緊抱在身邊，屏住呼吸，然後打開了門。

一片寂靜。

她沿著走廊悄悄前進，在轉角處探頭查看。樓梯上的一名男子和一名女子像機器人一樣走路，就像變形金剛，頭朝向前方，雙臂伸直在身體兩側，步調一致。他們到達樓下後，繞過一個有高窗的房間，然後消失了。她尋找一個藏身之處，找到了，近得足以讓她看見，但也遠得足以確保安全。她沿著樓梯悄悄來到最底層。邦尼兔開始顫抖。它在害怕？覺得冷？她無法判斷。

可憐的邦尼兔。

她用手指湊在嘴前，要它安靜，希望它沒事，然後把它塞進她的睡衣底下。米色的長版睡衣，上面有褪色的雛菊圖案。就跟木樓梯的粗糙補丁一樣，這件睡衣早已破舊不堪。接著，她小心翼翼地避免讓屁股底下的樓梯發出吱嘎聲，她把身子往前挪，偷偷窺視。

女子在一座老舊的煤氣爐前緊張地挪動身子，用平底鍋煎雞蛋。男子坐在附近看著，繃緊下巴等候。他把一張破舊的椅子拉到靠近一張金屬小桌的邊緣時，椅子發出嘎嘎聲，把女人嚇了一跳。女子把三塊厚厚的培根放在煎鍋裡時，手在顫抖。儘管飄向樓梯的鹹味讓她垂涎欲滴，但嘶嘶聲還是讓她害怕。她爬回樓梯上。

女子停下來，歪起頭，目光從雞蛋上稍微移開。兩人四目交會。那雙溫暖的棕色眼睛邀請她靠近。她把鬆軟的黑髮撩到耳後，然後迅速走下樓梯，踮著腳尖走向廚房的拱門。她凝視著女子，對方回以微笑。然後是男子。他頭髮凌亂，打著赤膊。黑色毛髮覆蓋著他的胸膛，連同他擱在桌上的手臂。他抓了抓下半身的藍色睡褲，然後抬頭，指向兩把空椅子。

「坐下。」他沒笑。

她向左邊那張椅子走近一步。她在座位上坐下時，聽到金屬的刮擦聲，然後她倒吸一口涼氣。椅子突然向旁邊歪斜，倒在地上。她的下巴撞到桌子的邊緣，使她倒向後方。她的一條腿傳來劇痛。

男子發笑。「起來。」他指向另一把椅子。

她掙扎著走向右邊的椅子，坐下，輕輕把邦尼兔放在腿上。女子把幾盤食物放在桌上，旁邊放著一盤奶油和一罐半空的紫色果醬。她溫柔地、小心翼翼地一一擺放。雞蛋、培根、吐司。她嘴裡流著口水，迫不及待地想嚐嚐培根的煙燻甜味。

「別碰。」男子說。

她把手收回來，壓在腿下。藍褲人怎麼知道她在想什麼？

「把邦尼兔給我。」

她不自覺地瞪大眼睛，緊緊抱住它。他怎麼知道邦尼兔？

藍褲人站起身，伸出手。「快點。」

她用力嚥口水。她的眼睛刺痛，她竭力不讓自己吐出來。

他粗壯的手臂伸過桌子，把邦尼兔從她手中奪走。他穿過廚房，來到水槽旁邊的垃圾桶，把它塞進桶子裡。他轉身時，眼睛盯著她。「哭會有後果。」

她不明白這個男人的意思，但他的話語聽起來很醜惡。

他坐回桌旁。「我們開動吧。」

她胃口盡失，偷偷看了藍褲人一眼，他把吃完的盤子一一堆在他面前。他吃完後，她和那個半笑不笑的棕眼女子再也沒有培根可以吃了。她猜他是老大，而且他習慣得到他想要的東西。

她戳起盤子裡的雞蛋，隔著桌子瞪著藍褲人。他眼中的黑色部分讓她感到緊張。她咬著嘴脣，盯著前方的垃圾桶。她必須等到晚一點才能救邦尼兔。她手裡拿著餐刀，伸手拿來桌子中間的罐子，刮著裡頭的果醬。一大團果醬滾出來，蓋住她盤子裡的吐司時，她覺得喉嚨緊縮。她放下罐子，把一半的果醬倒回罐子裡。藍褲人不停地用叉子把食物塞進嘴裡。他完全沒注意到她的舉動。

她的頭在痛。她放下餐刀，摀住耳朵，壓抑悸痛。她的手指拂過那道疤痕，凹凸不平，感覺像條蟲子。她讓手指上下移動。她不知道疤痕是怎麼在那裡的，但她熟悉它的每一個脊塊，就像她熟悉邦尼兔身上的每一個突起處。但是疤痕不一樣；它是附加上去的，而且是她的。就算藍褲人有這個意圖，也沒辦法奪走她這條疤痕、扔進垃圾桶。

三人默默地吃著早餐，空氣中瀰漫著濃濃的油脂味。藍褲人用叉子戳起培根。「葛芮塔九月開始上幼稚園。」

她盯著他。「我？」

「妳是白癡？這裡還有另一個葛芮塔嗎？」

有嗎？餐桌旁只有他們三人。她低頭看著面前裂開的盤子，不敢回答。

藍褲人用手指撫摸叉子的兩側，吸出黃色的蛋黃。「她要搭校車。昨天確認了。」

女子沒做出回應。葛芮塔看著她。她穿著粉紅色的睡衣。這套衣服很漂亮，但有破損；白色絲線破裂，露出肩膀的裸露肌膚。男子把盤子裡最後一塊培根塞進嘴裡，然後用叉子戳向半空中。葛芮塔完全不知道眼前發生了什麼，但女子臉上的緊繃感讓她覺得難受。她看起來像是在故作堅強，但遇到了困難。撐下去，她哀求她，妳做得到。女子振作起來，但一滴眼淚順著臉頰流下，其他淚珠也很快加入。在葛芮塔的注視下，男子的臉漲紅。他用一隻拳頭猛擊桌子。

「看在耶穌的份上，艾蜜莉。只是幼稚園而已。」

葛芮塔愣住。艾蜜莉？她一遍又一遍唸著這個女人的名字，將它銘刻在記憶中。

男子用盤子裡的麵包皮擦掉最後一點流淌的蛋黃時，女子轉頭對他說：「她才四歲，伊恩。考慮到發生的一切，現在太早了……」

葛芮塔緊抓著女子這句話。她的嗓音又軟又黏。她努力記住第三個名字。伊恩。

「她會去。沒得商量。」

聽起來不真實。是不是少了什麼？

艾蜜莉顫抖著吸口氣。「在家裡再待一年也不會有什麼壞處。我可以唸書給她聽，教她一些數字。」

「不行。」男子語氣很堅定。

「那圖書館呢？她喜歡那裡……」

葛芮塔腦子裡的一個開關被打開。她看著眼前的兩個大人。他們是她的爸媽，要送她去一個可怕的地方——而且很快就會發生。伊恩似乎不太喜歡她喜歡的地方——圖書館，不管那是什麼——所以她希望媽媽能在早餐後帶她去那裡。她的心情變好。她看著父親。她總覺得必須等他允許她開口。

「我們能不能商量這件事？」她的母親問。

「剛剛已經商量完了。」

「拜託你？」她的嗓音變得更尖銳。

葛芮塔坐在他們中間，幾乎不敢呼吸。她的大腿黏在椅子上。

「我已經做了決定。」

「求求你，伊恩。」她哀求，主要是用眼神而不是話語。

「別再說了。」

「伊恩……」

「別逼我做出妳會後悔的事。」就在他說話的時候，一小團唾沫從他嘴裡飛出來，掉在葛芮塔盤子裡的蛋黃上。

「噁。」她開口，向後靠。

伊恩用兩隻手掌拍打桌子，推開椅子站了起來。

艾蜜莉僵住。

第四章

裴瑞茲警探在空中彈個響指。「哈囉？有人在家嗎？我問了妳一個問題。」

葛芮塔猛然抬頭，心思從那天早上的小屋裡飄回來，慶幸自己並不孤單。

「怎麼回事？妳變得很蒼白。」

「只是累了。」

「妳是說宿醉吧？」

葛芮塔皺眉。想也是。她早該知道警察當時看到了流理臺上的酒瓶。那兩人當中是誰大嘴巴？

裴瑞茲警探皺眉。「聽著，葛芮塔。當人們對我提出的簡單問題給不出答案時，這會讓他們看起來很狡猾，好像他們在隱瞞什麼。」

她覺得腋窩灼熱刺痛。「但我說的是事實。我有時候會忘記事情。我小時候有一次摔倒，撞破頭。我到現在還有那道疤。」

「妳有沒有因為那次受傷而住院？」

葛芮塔嚥口水。「我不記得了。」她仰起頭，凝視昏暗的天花板，腦海中浮現出一些畫面。「有，」她慢慢開口：「我當時有住院。」

「妳還記得那間醫院嗎？」

她微微點頭。「首先，我在一個房間裡躺著。裡頭沒什麼照明。我能看到牆上的影子，不是黑色的，而是黃色，就像金絲雀。也許那是牆壁的顏色。總之，我只能把頭轉往一個方向，看到一排窗戶。窗戶不是面對室外，而是面對走廊。模糊的人影像沼澤里的幽靈一樣來回走動。」她示範，張開雙臂。「他們透過窗戶往裡看時，他們的皮膚是綠褐色的，有點像枯死的向日葵的顏色。我不知道他們在看什麼，因為他們的臉很模糊，而且沒有眼睛——」

「哪家醫院？」

她回想被告知的那個故事。「不知道。」警探歪起頭，似乎不明白她這個答覆。「我那時候三、四歲。」

警探挑起一眉。「跟我說實話，葛芮塔。妳是不是有在服用什麼藥物？」

她睜大眼睛看著她。「妳懷疑我有藥癮？」

「我是這麼想過。」

「我根本不喜歡吃藥。」

警探聳肩。「別這樣。妳也在電視上看過，我的職責就是評估人們，他們的行為，他們做什麼，他們說什麼。」

「還有他們不做什麼？」

裴瑞茲警探用手指敲著桌面，看著她，彷彿她剛證明了自己的觀點。「妳所謂的失憶——」她的語氣很強硬。「有時候會發生的失憶，有沒有記錄在病歷上？」

葛芮塔把雙手插在口袋裡。「我沒有醫生。從來沒有。」

「妳沒檢查過身體?沒打過疫苗?我覺得很難相信。」

「什麼意思?」

「不提供醫療照護，等於疏於照顧。」

葛芮塔看著她。裴瑞茲警探一無所知。疏於照顧?有時候根本是謀殺。

警探瞥向手錶。「說到醫療，我的警官們現在在醫院，跟工作人員交談。在他們回來之前，妳有沒有什麼想告訴我的?」

「所以我們談完了?」

裴瑞茲警探把雙手交疊。「不是。葛芮塔，妳還不明白妳為什麼在這裡嗎?」

她緊閉雙眼，回想警察在公寓裡告訴她的話，在腦海裡回放剛才的對話。緩慢地。碎片。來。找到了。她打開它們。

「為了幫助妳決定如何處理我父親的死。」

「不是。」

她把一根手指戳向空中。「他們是這樣告訴我和菈托亞的。」

「妳記得他們的確切用字?」

「是的。」

裴瑞茲警探傾身向前，雙肘撐在桌上。「妳，還有所謂的菈托亞，都誤會了。」

葛芮塔皺眉。「那我來這裡做什麼?」

「醫院打電話過來，說妳是妳父親去世前最後一個陪在他身邊的人，在他死於

「——」

「死於癌症。」

「他斷氣的時候，妳跑掉了。」

「我沒有跑掉，是離開。」

警探嘆氣。「妳知不知道什麼是『利害關係人』？」

她搖頭，把兩條腿伸到桌邊上。

「我的警官昨晚沒跟妳說明這個？所謂的利害關係人，是我們認為對我們正在調查的內容有所知曉的人。這會不會也是妳忘記的另一個細節？」

葛芮塔再次在腦海中回憶起昨晚的對話。不記得了。「我們其中一個人會記得。」

「妳是說妳或菈托亞？」

她怒瞪警探。如果她連這個也想不通，就實在沒有理由佩帶手槍。

「我覺得非常值得懷疑。我和這些警官共事多年，他們絕不會辦事不牢。他們非常瞭解我如何進行調查。」

「等他們回來的時候妳自己問他們吧。」辦事不牢。她知道自己是對的。

「也許我會的。與此同時，我們先從一些背景資料開始。」

空氣因寂靜而變得濃稠。裴瑞茲警探把手伸進辦公桌的抽屜裡，拿出一副銀色金屬框老花眼鏡。顏色就跟她的頭髮和髮夾一樣相配。她把眼鏡放在鼻尖上，用拳頭壓平筆記本的摺痕，然後拿起鉛筆。

「妳來自多倫多？」

「不是。雷文斯沃思。」

「從沒聽說過。在哪兒?」

葛芮塔舉起雙臂,在半空中畫個圈圈。「在安大略省很北邊的地方。」

警探抬頭,面露微笑。這是她第一次笑。「我來自巴里。」

她回以淺淺一笑。巴里位於多倫多以北一小時車程處,不算是安大略省的北部。這位警探從沒看過地圖?但她就算指出這點也得不到任何好處。

「土生土長。」她放下鉛筆。「也是在那裡開始工作。先是當個小警察,後來調查黃賭毒之類的案子。」她轉過身,指向牆上的一幅相片。「那就是我,左起第二個。其實說來也怪,但那時候的我看起來有點像妳。」

葛芮塔凝視著相框。和她一樣,警探當時的頭髮也是黑色的,只是剪短很多。雖然兩人都很苗條,但警探身高不像她是五呎十吋,占用的空間更少。還有她那身僵硬的標準制服?跟她黑色牛仔褲和破舊的Converse球鞋的打扮毫無相似之處。她翹起二郎腿,把視線移回來。

「處理黃賭毒之後,我做了一段時間的臥底,但沒有持續多久。上層把我拉了出來……好吧,我就不說細節了。」她說。

艾蜜莉的話語在腦海中迴盪。葛芮塔,妳可能對別人說的話不感興趣,但務必對他們友善,因為無論他們告訴妳什麼,對他們來說都很重要。而且說真的,靜坐六十秒有多難?

「之後,他們把我丟進重案組。我當時不太喜歡這個部門,但後來越來越喜歡。說真的，我是在重案組磨練出本領。但我在這個部門沒辦法升職，所以我申請來城裡工作，在過去的十年裡，我一直在這裡，領導重案組。」

她維持面無表情。警探說完了嗎？她沒這麼幸運。

「我還是很想念那裡。我打賭妳也是。池塘。游泳。冬天滑冰。我還記得那時候……」

然後她又滔滔不絕地說下去。又過了幾分鐘。葛芮塔聆聽，在正確的時候點點頭，插話提問。她很清楚警探在試著建立互信關係。不錯的嘗試，但她不是笨蛋。

「總之，」裴瑞茲警探收尾。「我自個兒的事情說夠了。我們來談談妳吧。」

她沒上當。

「雷文斯沃思。在那兒長大是什麼樣子？」

「還行。」

「有沒有什麼很特別的事情？」

她用腳輕敲地板。「那裡夏天很熱，冬天很冷，和這裡一樣，沒什麼特別的。」

那天早上廚房裡的熱氣一直持續了整個夏天。她早上都穿著橡膠靴在巷子裡跑來跑去，觀察水坑，尋找蚯蚓，如果夠幸運的話能發現青蛙。烏雲會在午後翻滾而至，但沒有給高溫帶來多大的緩解。閃電偶爾會出現，下起半個小時的大雨，襲擊屋子。雖然暴風雨不會持續很長時間，但聲響還是嚇得她躲在床上的床單下，跟邦尼兔一起尋求安慰。

那天早上，她父親吃光了所有的培根後，他衝出了廚房，讓她有機會偷偷溜回去，從垃圾桶裡撈出邦尼兔。

它又和她在一起了，這讓她鬆了一口氣，即使它渾身沾滿油漬和培根皮。每當暴風雨襲來，她都緊緊抱著它，不在乎它弄髒了她的床單。

「說給我聽吧。」

「那裡幾乎每天下午都會下雨，所以我常常被困在屋裡。」

「有一次，雷聲咚咚停止後——」

「雷聲什麼？」

葛芮塔羞得臉龐灼熱。「我小時候是這樣形容雷聲。總之，在一場大風暴之後，我記得我媽媽從廚房喊我，問我想不想做巧克力餅乾。」

「用烤箱？在那種氣溫下？」警探問：「勇敢的女人。」

「通常我對這種事情會很興奮，但我當時在樓上偷用她的化妝品，我想偷偷溜出去不讓她看到我，所以當她從廚房轉角處走過來時，我把我的遮陽帽拉到臉上，手按在臉頰上，假裝在思考她的問題。」

「哎呀呀，」警探說：「妳這個舉動鐵定露了餡。」

葛芮塔沒理會她的評論。「我的雨靴放在前門——好像是紅色的。我試著從她旁邊擠過去，但做不到。她問我剛剛在哪裡。」

「我有孩子，也有孫子。讓我猜猜，」裴瑞茲警探說：「妳說哪裡也沒去。」

她是不是該叫警探結束這場談話？她張開嘴，又閉上。何必激怒人家？

「媽媽用手托起我的下巴——」

「妳粉紅色的臉頰和嘴唇說明了一切？」

她點頭。「我記得我當時跟她說這樣很漂亮。算是漂亮吧，她說。然後她說我爸會大發雷霆。我不記得我做了什麼，好像是交叉雙臂，不然就是伸出舌頭。不過我確實記得我說過那又怎樣？她說我這樣態度不好，而當我回答說是他態度不好時，她要我不要再說這種話，因為他是我父親。」

「妳對此作何感想？」

「我也不知道。我當時大概才四歲。我應該覺得反感吧。對他覺得反感。」

「對妳父親。」

「嗯。她要我去把化妝品全部卸掉。」

葛芮塔記得自己當時如何用腳重重地踩過地板，噘起下唇，爬上木製臺階，來到母親梳妝鏡前的凳子前。為什麼她父親不會覺得她漂亮？她看起來就像他在電視上看到的那些女士。然後她聽到外面有聲音，於是她盡快把臉擦乾淨。樓梯吱嘎作響，她的母親匆匆出現，抓起葛芮塔的臉仔細檢查。

樓下，一扇門砰地一聲關上了。她父親回到家了。

第五章

「我猜妳父親很嚴厲？」裴瑞茲警探說。

「妳難以想像。」

「我的父親也很嚴厲。」

「妳恨他嗎？」

「當然不。」她停頓幾秒。「妳恨妳父親嗎？」

葛芮塔的指甲嵌進椅子的扶手裡。反正警探本來就會喋喋不休地說下去，所以她不打算做出答覆，以免讓對方稱心如意。

「妳幾歲了，葛芮塔？」

「快十九了。」

「我不認為孩子們在長大時會意識到這一點——我自己鐵定沒有——但我當時認為，就是我父親那些蠢規矩讓我現在能坐在這兒。」她的臉色變得柔和。「也許有一天妳也會明白。」

葛芮塔張嘴，但說不出話。

裴瑞茲警探揮手示意這間辦公室。在門口附近，一件風衣鬆垮垮地掛在牆上的釘子上。在它下面的地板上放著一隻棕色皮手套。在其右邊的桌上，放著一本厚厚的書，連同一堆文件。在那上方是貼在牆上的軟木板，上面布滿了提示卡；黃色、粉紅色和藍色，分別寫著「調查中」、「懸案」以及「已定罪」，而「已定罪」這一欄最長。

「他的在這裡嗎？」葛芮塔尋找父親的名字。

裴瑞茲警探指向某處。「是的。自從昨晚收到那通電話。」

它在左邊，唯一一張黃色的。

警探扣起雙手，俯身向前。「我父親心情不好的時候，我和我弟常常會離開家裡一整天，以免惹到他。我敢打賭，妳和妳的兄弟姊妹也做過類似的事吧？」

葛芮塔用一隻手撫過自己的臉。警探對她一無所知。

※　※　※

要避開他很容易。她醒來時，伊恩已經去上班了，所以在某天早上，當她發現他坐在廚房的餐桌旁時，她大感驚訝。

她從碗裡的脆米麥片前抬起頭。黑色鬍渣點綴著他的下巴，他穿著藍色睡衣。「你不是應該離開了嗎？」

「我住在這裡。」

「你生病了嗎？」

他沒回應。

「因為你平時看起來更好。」她想到他每天晚上回家時穿的西裝和領帶。

伊恩上半身越過桌面，厲聲道：「閉嘴。」

她愣住。她母親也愣住。沒人敢動。她顯然越界了。快救我，媽，她心想。誰都好，快救我。她盡量讓自己變小。

她媽媽把目光轉向她。「給妳爸爸拿些麥片。」

她急忙照做。她立即從椅子上跳下來，從櫥櫃裡抓出一個盒子，咚一聲放在他面前。

他陰暗的眼睛盯著她。「再來一次。」

她輕輕重複了十次放下麥片盒的動作，因為她知道父親期望她怎麼做。

他揚起毛毛蟲般的眉毛。「沒有碗？」

他把手伸過桌面、拿走她的碗時，她畏縮了一下。她緊握拳頭，坐在那裡瞪著他穿著醜陋的舊睡衣吃東西，他接連吃了三碗，就為了證明他能這麼做。他狼吞虎咽地喝完牛奶，然後把它推過桌面。她在它掉到地上之前抓住了它。

他離開廚房後，她媽媽用抹布擦了擦手，衝上去擁抱她。葛芮塔推開她；這不是她第一次挨餓。這次是第三次？第四次？她沒忘，只是記不太清楚。

在前門，她找到了她的雨靴穿上。其中一個穿不進去，所以她用手去挖腳趾處，掏出了一顆拳頭大小的蘋果。是她媽媽放的？然後，就像每天早上一樣，她在外面奔跑，靴子踩過泥濘，沿著巷道玩耍。

※　※　※

葛芮塔回頭看的時候，裴瑞茲警探正從眼鏡上方盯著她。

「怎麼了？」她說：「妳是不是想起什麼？」

「不是。」

「告訴我。」

「我可能有想起什麼吧。我的意思是，我跑去外面，為了避免招惹他。」

「就這樣？」

她點頭。

「妳現在十八歲，化妝事件是妳四歲的時候？等一下……」她在紙上潦草地寫著。「當時應該是——」她抬頭。「二〇〇三年？」

「我哪知？」

「那年夏天還有發生什麼事嗎？」

葛芮塔看著地毯，摳了摳一根手指的指甲。「也許有吧。讓我想想。」

※　※　※

到了中午，氣溫已經飆升，樹冠因熱氣而靜止不動。她漫步回到小屋，發現爸媽在客廳裡依偎。電視在家具的塑膠布上閃爍，她注視著上方牆上的木製十字架。T字形。

「午安，」電視上的男子說：「今天的頭條新聞和昨天一樣。八月十四日星期四，是加拿大各地又一個悶熱的日子。」

汗水順著她的臉流下，房間裡熱得讓人呼吸困難。她循原路返回，沿著走廊來到牆上鑲框的照片前，停了下來。她數了有七個。其中一幅相片是他們三人一起，但她不知道它是在哪拍的。另一幅，媽媽穿著綠色背心裙，面帶歡笑，站在葛芮塔旁邊；葛芮塔抱著邦尼兔，站在小屋外。另一幅，葛芮塔是嬰兒。她把手舉到頭部的一側。那道疤在哪裡？她走上前，更仔細地觀察照片。沒看到疤痕，但她的嬰兒腦袋太胖，填滿了整個畫面。看起來真好笑。另一幅，媽媽和伊恩跟其他她不認識的人站在一起。伊恩臉龐通紅，轉過身，背對著正在和另一個男人說話的母親。她看起來很難過。也許那天她也被晒傷了？最後三張照片都是伊恩。她皺眉，後退一步。不公平。第一幅相片是在一條船上。且慢……他穿著紅色內褲？他毛茸茸的兩條腿伸展出來，他對著鏡頭微笑，手裡拿著一條魚，似乎不在乎船下沉了一半。下一幅是在小屋的後院，他癱坐在椅子上。他在笑，手裡拎著一個酒瓶——就是這瓶酒讓他倒下。喝完後，他大概會低頭睡在那裡，因為這是經常發生的事。最後一張是特寫。又是微笑？她不明白為什麼他在照片裡有笑，但在現實生活中不笑。這就是照片的功用？

電視上那個人還在喋喋不休：「夏季熱浪繼續在北美肆虐。大多數的省份都出現了破紀錄的乾旱田野和雷暴雨。在安大略省，居民被要求節約用電。」

※　※　※

葛芮塔僵住，舉起手，就像在上課一樣。「那時候有停電。我媽告訴我大約有五千萬人失去了電力。」

裴瑞茲警探面向電腦。「那場大停電？」她弓著背，手指飛快地劃過鍵盤。她的臉色發光。「二〇〇三年。我就知道。親愛的，那一個星期——」

親愛的？

「——真的很瘋狂。」

裴瑞茲警探靠向椅背，開始詳細敘述那些事件時，葛芮塔回想過去，只能想起點點滴滴。

「所以讓我們談談那件事，」警探說完後說道：「妳家也有停電嗎？」

「電力並沒有馬上消失，但我媽說可能會停電的時候，我記得我當時真的很害怕。」

「害怕什麼？」

她停頓。「怕黑。」

她真的很怕黑。一想到晚上從臥室牆壁傳來的聲音，她的脖子就開始冒汗。她祈求能聽見父母的笑聲和咕噥聲，也祈求能讓她入睡的寂靜，但她的祈求很少成真。大多數的晚上，爸媽都在吵架，大嗓門，使用她聽不懂的話語。媽媽經常輕聲說「不」。然後會有用力的吸氣聲。有時候是撞擊聲和破碎聲。葛芮塔會好奇是什麼東西被摔壞了。檯燈？也許梳妝臺？床頭櫃上的照片？

警探打斷她的思緒。「妳小時候怕黑？」

她瞇起眼睛。哪個小孩不怕黑？從警探的反應來看，似乎真的不是每個小孩都怕黑。

「我猜在大停電結束後，妳就不必擔心了，對吧？」

警探是這麼認為的嗎？她爸媽的爭吵並不僅限於晚上。伊恩關於幼稚園的宣告已經懸在空中好幾個星期了，像熱氣球一樣飄浮在廚房裡，每天都下沉一點。他拒絕討論這件事，而她的母親一直為此煩惱。然而，葛芮塔一直祈求能上學，祈求他們的怒火能減弱。她每次祈禱時，她的心都砰砰直跳，彷彿瀕臨爆炸，彷彿她的心臟會破胸而出，就在餐桌旁，灑得牆壁和地板到處都是。但在培根事件發生後的幾星期裡，她對周圍的環境有了更多的瞭解，並確定了兩件事：第一，她的意見無關緊要，第二，如果她大吵大鬧，這對任何人都沒有好處——至少對她沒好處。醜陋的大混亂意味著承擔後果，她對此心知肚明。所以，當黑暗到來時，她把祈禱留給了自己，她自己的小祕密，藏在她臥室的四堵牆之間。

葛芮塔用雙手揉搓上臂。

「妳覺得冷？」警探說。

「不是。」

「所以妳怎麼了？」

「沒什麼。」

裴瑞茲警探質疑地看著她。「如果妳覺得冷，告訴我。這棟大樓……有時候怪怪的。有些時候……」

葛芮塔雙臂交叉在胸前。她根本不在乎對方說什麼。她已經沒有精神聽裴瑞茲警探說話。她受夠了。互信關係?她沒感覺到。雖然只有這麼一次，但當她直視對方的眼睛撒謊時，一點也不感到內疚。

第六章

裴瑞茲警探說到一半停了下來。「說真的，妳並沒有給我太多的資料……」她繃緊嘴唇。「我給妳一些建議吧？妳需要開始說話。」

葛芮塔傾身檢查筆記本。警探用小小的正楷寫下的總結，還沒有占滿頁面的四分之一——可能是因為她一直插不上話。她咬著牙，以免罵髒話。

警探把眼鏡放在桌上。「怎麼不說話？妳的舌頭給貓咬走了？」

葛芮塔看著她。她有點想讓警探知道她小時候想要的小貓。那是在她出事的幾年後。牠從寵物店櫥窗的紙箱裡探出粉紅色小鼻子時，她就給牠起了「耶希」這個名字。伊恩只是哈哈大笑，沒打算花錢買下牠。過了幾個星期，她在路邊發現一隻被遺棄的小貓時，她指給他看。他們當時去教堂遲到了，他因此從旁飛馳而過，但在回家的路上，他們的卡車在那隻小貓的大致位置減速時，她燃起希望。車輪轉向，然後壓過什麼東西。她倒吸一口涼氣。那一天，她告訴自己她有從窗外的手指縫裡看到牠，牠弓著背，來回轉頭，爪子緊緊貼在地上。她真的有看到嗎？心碎的她纏著媽媽要一隻狗。

「想都別想，」她說：「我對狗過敏。」

葛芮塔把噘嘴變成微笑。「那妳可以睡在屋外啊。」

她在餐桌旁坐下時，她媽媽發出笑聲。

「妳知道我的新老師是位女士嗎？」

媽媽點頭，把切碎的番茄放進沙拉裡。

「有小鬍子的那位？」

「現在六點了，葛芮塔。餐具應該擺好了才對。妳動作快點。」

她記得自己當時如何呻吟。「妳為什麼總是在我動作慢的時候那麼生氣？」

「妳的選擇性聆聽讓我很火大，我也受夠了要妳準時把事情做好。」

「那妳應該提早罵我。」

媽媽切著黃瓜，沮喪地搖搖頭。「靠。」一道鮮紅的水流從她的指尖緩緩滴下。

「哦！妳說了髒話。」葛芮塔說道，從椅子上跳下來。

「抱歉。快，拿OK繃給我。」

她在水槽下的盒子裡找到了一個，來到媽媽身邊，看著她把它纏在手指上。然後

她壓低嗓音：「靠。」

媽媽沒說什麼。

「靠～」她重複。

沒反應。

「靠～～～～～」她盡量拉長。

「夠了。我道歉了。」

「如果不能說髒話，那為什麼有人發明髒話？」

媽媽兩手一甩。「老天，妳真夠煩的。妳把我累死了。」

葛芮塔生著悶氣，盡力讓自己的眼睛閃閃發亮。從她最近領受的眼神來看，不是每個人都像她一樣渴望得到問題的答案，她也很失望她的母親似乎加入了這個團隊。

媽媽當時看著她，說道：「有些時候，親愛的，我明白為什麼有些動物會吃掉自己的幼崽。」

葛芮塔坐著不動，不確定媽媽說的是不是真的。真的有動物吃掉自己的孩子？她掃視媽媽的臉時，媽媽露齒而笑。她沒否認。

「麻煩妳，葛芮塔，配合點。」裴瑞茲警探把她的思緒拉回房間。「這就像拔牙，長痛不如短痛。」她把手放在滑鼠上，在桌上滑來滑去。「為什麼是雷文斯沃思？」她對螢幕瞇眼。「那裡比我以為的更北邊。」

她皺眉，但沒爭辯。警探如果有專心聽，半小時前就會知道為什麼。她要花那麼長的時間才會弄清楚關於她父親的真相？

「妳在那裡有家人嗎？」

「不是我母親。」

「所以是妳父親？」

葛芮塔雙腿勾住椅子，桌上的空白頁回望著她，她覺得胃袋收縮。「我——」

「讓我猜猜……妳不知道？還是妳不記得？因為不知道跟不記得是兩碼子事。」

「老天。妳究竟有什麼毛病？妳講話不需要這麼酸。答案很簡單，我有過腦震盪。」

裴瑞茲警探的表情變得陰暗。「所以妳避免回答問題？」

一些沒說出來的話語在兩人之間的空氣中盤旋。警探就是看不出來她在掙扎？她想要記起的事情卻想不起來，她努力想忘記的事情卻不斷湧來。

「不是。到了夏末，我開始想起很多事。我記得我滿身大汗。我爸媽吵架。我媽抹在我傷疤上的臭藥膏的味道。噢，還有她幫我拆線的那天。」她等裴瑞茲警探寫完才繼續說下去：「我甚至記得，在我爸媽某一次非常激烈的爭吵後，我半夜在外面的樹林裡醒來。我獨自一人，渾身濕透，身上有瘀傷。我腿上有一些猙獰的紅痕。但我不知道我是怎麼到那裡的……等一下。不對。我臥室的門吱吱作響。那個聲音還是讓我毛骨悚然。而且不可能是我打開它的，因為他們晚上從外面鎖上我臥室的門，而且——」她抬頭。警探盯著她，紙頁寫了一半，手指捏著耳環。「什麼？」

「沒什麼。」警探說。

「妳要我告訴妳發生過的事，所以我說了出來。」

裴瑞茲警探放下手。「第二件事是什麼？」

「呃？」

「妳說了『首先』……」

「噢，那個不一樣。那個比較像是我腦海中的聲音。規矩就是要遵守的規矩，它說。然後我起了雞皮疙瘩，鼻子上又熱又黏。我被困住了，妳知道，被壓住了，某個東西擋在我的臉上。我不知道那是什麼，但它又癢又黏，嘗起來像一分錢硬幣。簡而言之。」她查看那一頁是否寫滿了。確實寫滿了。「我不確定它是真的還是——」

「怪夢？」裴瑞茲警探手放回耳朵上，扭動著耳環。「我覺得聽起來更像是惡夢。」

她點頭。當時，她也覺得它們很怪。大約八歲時，她站在小屋裡，想不起上學前的任何事情，搞不好幾分鐘、幾小時、幾天、幾個月的時間已經過去了。那時候，她甚至不確定自己是否真的存在。但有證據表明她小時候住在那間小屋裡。她在牆上的照片中看到了自己。在客廳壁爐架上的照片中。在她母親床邊的梳妝臺上，裱框的拍立得照片中。那是我的臉，她當時說，她的臉盯著鏡頭。她也發現了一些舊的畫作，有一些是精心繪製，另一些比較隨意，存放在床下的盒子裡。彩虹、鮮花和飛舞的蝴蝶，草地上的馬靠在薄弱的籬笆上——只有小孩子才會畫的圖畫。她確定自己曾經住在小屋裡，這種感覺就像在暴雨中透過窗戶向外看。她差點想起來，但記憶碎片終究還是飄走。雖然伊恩明確表示他不想在那間屋子裡看到她，但她知道她屬於那裡。

裴瑞茲警探靠在椅背上，布滿青筋的粗糙雙手交扣。那雙手布滿了斑駁的晒斑，葛芮塔好奇那是因為園藝還是度假，還是在城市街道上巡邏的那些年被晒成這樣。

「我聽得一頭霧水。如果妳這些回憶不是真的，那妳就是在浪費我的時間。」

葛芮塔望向牆壁上的時鐘。十一點三十分已經過去了，但這場談話在原地打轉。更糟的是，她餓了。

「妳不幫我，我就幫不了妳。」警探臉龐漲紅。

她的脈搏加快了。「我很努力了。」

「我相信。」

她停下來，喘口氣。她童年大部分的時光都消失了，記憶也褪色了，就像她永遠無法還原的拼圖。她把手貼上頭部，撫過疤痕的尖端，然後沿著髮際線底下參差不齊的邊緣撫摸。她看到的畫面讓她徹底停止了呼吸。她指向筆記本，顫抖著吸氣，字句泉湧而出。

※　※　※

開學前一天的晚上，葛芮塔從樓梯最上層的藏身處看著爸媽。「你得重新考慮。」她的媽媽對伊恩說。

伊恩拍打電視機，想讓畫面更清晰，然後拿起遙控器，把音量調大。

「求求你。那將是圖書館事件重演。」

他再次調高音量。

「你希望重蹈覆轍？」

葛芮塔不確定什麼事會重蹈覆轍。她喜歡圖書館，也想去上學。

伊恩嗤之以鼻。「那些孩子當時才三歲。小孩子都很蠢。他們連昨天的事情都記不住。」

她媽媽搖頭。「他們沒發生過腦震盪。」

葛芮塔打量她的母親。媽媽生病了？她沒嘔吐。如果媽媽有嘔吐，她會聽到，伊恩會要她立刻清理乾淨。她錯過了？他是不是踩到了她的嘔吐物？這就是為什麼她聽到媽媽哭泣？這就是為什麼他們昨晚吵架？

媽媽把膝蓋抱到胸前，轉身面對沙發上的爸爸。「他們一見到她就會取笑她，」她說：「她的頭髮。她的衣服。你希望他們再次跳舞唱著『可憐蟲葛芮琴』？」

葛芮塔用手撫摸自己的腦袋。有些日子她的頭髮很凌亂，所以為了上學她會盡量把頭髮弄得整整齊齊。早上到達學校之前，她會在校車上把頭髮壓平。

伊恩伸手去拿酒杯，它在桌上留下一圈水痕。「總好過菲達起司葛芮塔或是皮塔餅葛芮塔，天知道他們叫她什麼。」

葛芮塔感覺肚子裡有蝴蝶飛舞。那些押韻的詞句很熟悉，她以前在哪裡聽過。媽媽說的是對的？她擦去上唇的汗水，拉緊身上的睡衣。也許學校其實不是一個好去處。

「我們當時處理了，」他說下去：「我們有叫那些孩子們停止。我們有告訴他們的父母——」

她媽媽揮揮手。「可是他們沒有照做。」

伊恩把酒杯舉在半空中。棕色液體從杯緣濺了出來。「所以怪我囉？」

「不是，」她急忙道：「我沒這麼說。只是……呃……他們沒有把你說的聽進去。」

什麼？有人敢不聽他的？

父親臉頰通紅，吞下杯子裡剩下的酒。「如果她有我的血緣，她就會更堅強。」

葛芮塔繃緊身子。她把雙臂伸到身前，轉動它們，檢查底部。她的肌膚白得就像魚肚。裡頭流著誰的血？

「說起來，你是怎麼做到的？」她媽媽問。

「做到什麼？」

「幫她報名。」

「用了樓上那個東西。」

「那張文件？你是認真的？」

她瞥向爸媽。什麼？她有文件？

「我在上班的時候影印了。」伊恩又給自己倒了一杯酒。「我跟他們說那是我們拿到的出生證明。人生可不全是像水蜜桃和玫瑰花這樣美好的東西，妳知道的。」

「這句諺語很無知。」她媽媽說。葛芮塔以前聽過父親說過這句話，她也討厭它。

「還有，」她補充一句：「你說錯了。」

她覺得胃袋往下沉。她喜歡水蜜桃，也喜歡花朵。這句諺語為什麼錯了？

「是鮮奶油，」她媽媽告訴他「水蜜桃和鮮奶油。」

接下來的一切發生得太快。伊恩的拳頭飛過沙發，正中她母親的下巴。她向後倒下時，他抓住她的手腕，將她拉向自己。她舉起另一隻手，保護自己的臉。他把她的上半身往下壓，一隻手將她的後腦勺壓在沙發上，另一隻手肘抵在她的後背上。

「現在是誰比較聰明？」他的嗓音裡帶著濃濃的毒液。

葛芮塔覺得自己的睡衣變得濕漉漉，心臟彷彿跳進喉嚨裡。伊恩猛然扭轉她媽媽的頭，朝電視機的方向猛拉。他靠在離她耳朵幾吋的地方。「閉嘴，別哭了，安靜地看電視。」

葛芮塔溜回自己的臥室。她從床的一側滾到另一側，把床單裹在身上，緊緊抓住邦尼兔。她沒再聽見說話聲。只有死寂的沉默。

第七章

葛芮塔等警探放下筆。
「這也是夢？」她問。
「不是。」
「開學前的晚上。想起那個畫面，是什麼感覺？」
「現在回想那件事，讓我覺得想吐。」
警探微笑，歪起頭。「妳要不要稍微休息一下？妳還好嗎？」
她試著回以微笑。「妳知道的。」但她知道對方並不知道她好不好。沒人知道她好不好。
「好吧。我們繼續。」裴瑞茲警探的注意力放回筆記本上，臉色陰沉下來。「妳爸媽隔天看起來怎麼樣？」
「像是什麼事也沒發生。我爸爸去上班，我和我媽沿巷道走路。」
「為了離開那裡？」
「如果我們有那麼做，我現在會坐在這裡？」
「有道理。妳爸生氣的時候經常動粗嗎？」

「嗯，經常。但我媽從未離開他。她總是裝作什麼也沒發生。那次爭吵後，她送我去搭校車。」

裴瑞茲警探抬頭。「妳是否認為腦震盪是妳父親給妳造成的？」

「我那時候還是個小孩。我只知道我從樓梯上摔了下來。我的意思是，我把很多事都怪在他頭上。可是那件事……這個嘛，我沒辦法確定。」

裴瑞茲警探停下來，把頭髮撥到耳後。「妳喜歡上學嗎，葛芮塔？」

「妳是指幼稚園？那當然。」

※　※　※

「快點啦，」葛芮塔抱怨，用力拉媽媽的胳臂。「妳走路像一頭懶惰的大象。」媽媽瞪她一眼。「我會錯過校車啦。」

艾蜜莉翻白眼。「別緊張。我們提早了十分鐘出門。時間很充裕。」

葛芮塔停下來，把雙手伸到身前數數。十分鐘，她所有的手指加上拇指也是十根。其實並不多，而且她是對的。來到巷道的頂端時，校車已經在等著了。

「妳看吧？」她指責地說：「妳害我差點遲到。」

艾蜜莉嘆氣。「反正我們已經到了，妳別再吵了。」媽媽彎下身子想擁抱她，但葛芮塔竭盡全力掙脫。「祝妳今天好運。我會想妳喔。」媽媽轉身，指著路邊。「校車讓妳下車時，我就站在那裡。」

葛芮塔沒聽見她。媽媽轉身回來時，校車已經開走了，葛芮塔把鼻子貼在車窗上，凝視窗外掠過的鄉村。茂密的松樹林最終讓位給空地、手工製作的看板、零散的建築物、加油站，以及褪色的白色便利商店。然後出現房子。很多房子，又長又瘦的一排，有些藏在茂密的樹籬裡，有些聳立於空地，有些門外放著自行車，有些門廊上放著花盆。

當校車減速，停在她的新學校「高松小學」前面時，開學的混亂場面並沒有嚇到她。她觀察周圍一切，心臟怦怦跳。翠綠草地伸向一棟開著窗戶、布滿紙花的低矮磚房。黃色的連身裙襯托出清晨陽光的光芒，霓虹珊瑚色和藍色的背包飄來飄去，從漫長的暑假歸來的孩子們歡笑奔跑、互相打招呼。

上課鈴聲響起時，她走下校車，跟著一排孩子進入學校。她停下來，把背包放在一旁的地板上，彎下腰去觸摸地板。「哈囉。」她對著自己在地板上的倒影說。

「嗨，」對方說：「歡迎來到幼稚園。」

她俯下身子，直到鼻子幾乎碰到地板，然後低聲說：「謝謝。我很高興能來，但也有點害怕。」

地板上的倒影給了她一個安撫的微笑。「我會幫妳保密。」然後它瞥向她的衣服。「妳今天看起來很漂亮。」

她撥撥連身裙的裙邊裝飾，把布料壓平在皮膚上。這是她最喜歡的連身裙。

倒影繼續說話：「想不想當我的朋友？」

這個意想不到的機會讓葛芮塔眉開眼笑。「我？」

倒影點頭。

「我很樂意。」她撩起破爛裙子的邊角，在倒影旁邊坐下。「妳今天想玩什麼？」

倒影聳肩。「妳決定。」

她用手指輕敲嘴脣，同時抬頭看著竊笑聲的來源，看著聚在她周圍的孩子們的臉。一個穿著短褲和T恤、膚色蒼白、頭髮鮮紅的高個子男孩靠過來時，她把臉頰往內吸，蹣跚後退。他看起來就像一團火黏在他的頭頂上。就連他的眉毛都像火焰。他看起來像惡魔。

「妳的朋友可真不錯，」他說：「妳是怪咖？」

其他孩子摀嘴咯咯笑，站在他旁邊的一個穿著牛仔裙和白色牛仔靴的女孩走上前，說道：「妳的新麻吉喜歡妳這身拓荒時代的衣服嗎？」

葛芮塔不確定該怎麼做，於是跪在地上用手和腳趾慢慢往後爬，抓起她的背包，然後站起身，大步走過走廊，衝向其他孩子在幾分鐘前走過的方向。她走進教室時，驚訝得目瞪口呆。八角形的桌子上堆滿了好幾籃的紙，還有鉛筆和蠟筆。塑膠水桶和沙箱都裝滿了用具。圍巾、夾克和老人衣服掛在角落裡的裝扮中心。還有帽子，一大堆帽子。她從沒見過這麼多帽子，即使是星期天上教堂的時候。一扇大窗下面放著兩張大型的豆袋椅，周圍是裝滿書籍的箱子。她興奮得大聲尖叫，拍著手，跑過教室。她翻閱書籍時，聽到有人叫她的名字。她的胃袋一陣翻騰。教室裡坐在地毯上的每個人都瞪著她，老師就坐在他們身邊。她從豆袋椅中費勁地站起來，快步穿過教室。

「妳好，葛芮塔，」老師說：「我是哈維太太。」

就算哈維太太很嚴厲，葛芮塔也看不出來。她穿著一件黃色的連身裙，裹著她的大肚子。她的鬈髮鬆散地綁成一個棕色的結。

「來，」她對她微笑道：「加入我們的圈子。」

葛芮塔知道這是一種期待而不是邀請，她環顧周圍，想在孩子們中間找個位置，他們都盤腿坐在她面前。兩個孩子挪動身子，騰出一個小空間時，她羞愧地扭動身子，雙臂抱胸，坐了下來。

※ ※ ※

裴瑞茲警探舉起一手。「妳的老師叫什麼名字？」

她再說了一次。

「怎麼拼？」

「H－A－R－V－E－Y。」

「學校叫什麼名字？」

「高松。」她明明說過了。警探剛剛究竟在寫些什麼啊？

「我猜妳在那個班級待了兩年。」

她點頭。

「適應得如何？」

她停頓。「一開始算是需要調整，但我後來掌握了竅門。」

※　※　※

上幼稚園的第一週，哈維太太連續四天責備了葛芮塔。「葛芮塔，」她在第一天對她說道，態度不算不客氣。「請不要把沙盒裡的沙子往外撒。」

她板起臉，放下沙子。

「葛芮塔，」第二天，哈維太太提醒她：「遊戲桌上的水不是用來喝的。」

她把水吐出來。

「葛芮塔，」星期四，哈維太太向全班同學示範如何對著袖子打噴嚏，如何在肘部吐出長長的黏鼻涕；她對葛芮塔懇求道：「妳那樣太噁心了。而且不要把鼻涕抹在窗簾上。我們有面紙。妳自己去拿來用。」

她照做，雖然不太情願。為什麼她媽媽沒有讓她為此做好準備？

到了星期五，哈維太太已經幾乎徹底放棄了。「葛芮塔，不准打同學。妳的社交禮儀跑哪去了？」

葛芮塔看著她。「我的什麼？」

哈維太太絕望地扭擰雙手。「妳需要向伊蒂許道歉。」葛芮塔面無表情地站在受害者面前。「發自內心地看著對方的眼睛，跟對方握手的那種道歉。」她要求。

「對不起，我一拳打在妳的肚子上。」她伸出一手。

事情沒有就此停止。接下來的一星期，她每次被提醒「不許說謊」的時候，她依然堅信善意的謊言不算謊話。
是的，那套衣服看起來不錯，雖然其實不好看。
不，你正在讀的故事並不無聊，雖然它其實很無聊。
我不是故意踢她的，真的，我是不小心走路撞到她。
她第一次被送去巴迪校長的辦公室時，是靠著發誓十次她沒做過她做過的事而活了下來，但無論她多麼努力地向哈維太太解釋為什麼善意的謊言有時是可以接受的，對方總是只問一個問題就讓她輸掉了爭論。
「妳父親在家裡容忍說謊嗎？」
「妳是說伊恩？」
「我是說妳父親，葛芮塔。」哈維太太不以為然地皺起眉頭。
葛芮塔嘆氣。她不得不解釋一切，但大多數時候，即使她解釋了，哈維太太依然不明白，這搞得她心好累。「我應該要叫他伊恩。而且，不，他不喜歡謊話。」
哈維太太狐疑地看著她，然後回到她在教室前側的辦公桌旁。

※ ※ ※

「妳那時候喜不喜歡……」裴瑞茲警探的目光掃過紙頁。
又忘了？她嘆氣。「哈維太太。」
「謝謝妳。」

「她很棒。」

「班上的孩子們呢？」

她臉紅。她當時不知道每個孩子都有看不見的朋友，這讓她非常難過。她從牙縫裡咕噥罵他們是笨蛋。

※　※　※

由於經常闖禍，葛芮塔在九月大部分的時間都坐在硬木的「罰坐椅」上。當哈維太太判斷她已經完全改過自新時，她被允許返回團體。第一個星期，她回來後會張開雙臂，把鼻子壓低到桌子上，發出咕嚕咕嚕的聲音。

「妳在做什麼？」

她抬起頭，同學們的目光都在她身上。「果汁。」

她旁邊的男孩用蠟筆的一端抹過桌面。「那是昨天的。」

她檢查紫色的汙漬。不可能吧。「不，昨天是蘋果汁和胡蘿蔔。」然後她舔了它。

她的同學們從座位上跳了起來。「老師，」他們喊道：「葛芮塔又在耍噁了。」

哈維太太打量學生們，但不發一語。那天早上晚些時候，她把葛芮塔拉到一邊。

「我需要一些幫助。」

她低頭看著地板，盯著自己的運動鞋。一隻溫暖的手放在她的背上，引導她走到教室的盡頭，她踩過散落在地毯上的玩具。她不想幫忙。她在家裡已經做了夠多家事。她什麼壞事都沒做，這不公平。來到水槽旁，哈維太太跪下來，捧起她的耳朵。

她睜大眼睛，俯身聆聽。

點心分發員？她的肚子咕咕叫。

她做得到嗎？她非常樂意試試看。

她能不能明天開始？她點點頭，伸手擁抱了哈維太太。

每天早上，她都在等候信號。信號到來的時候，她放下手頭的事情，走到教室後側，找出水槽旁邊的不透明容器，然後洗手，把容器拉到流理臺邊上。她掀開蓋子的一角，聞了聞，然後伸手進去嚐嚐裡頭的東西。蘋果片、瑪芬蛋糕、蔬菜和沾醬，有時還有燕麥棒。在她認同裡頭的東西之後——她幾乎每次都會認同，除了有一次青花菜變成褐色——她把東西一一拿出來，簡單而整齊地排成一排，然後把翡翠色的托盤在教室裡傳來傳去。當有人因為感冒或頭髮裡長蝨子而沒來學校時，她的工作就是吃掉多出來的東西，而總是有一些東西是沒人動過的，因為頭蝨很難清理乾淨。

警探抬起眼睛。「她那樣很好心。」

「我也這樣覺得，但其他孩子不這麼認為。」

「因為？」

她咧嘴笑。「她讓我負責那份工作負責了一整年。」

警探點頭。「在那個年齡，孩子們很難理解不同的孩子需要不同的東西。我相信妳在家裡也看出這個道理。」

「妳究竟想說什麼？」

「我是指成長過程，因為妳——」

「兄弟姊妹？我沒有兄弟姊妹。」

那年秋季晚些時候，哈維太太把全班同學召集到她的搖椅前，朝一張圖表搖晃手指。葛芮塔從自己的位子往前挪，湊近研究那些圖像，當她的視線看到那張紙的底部時，她從地毯上跳了起來。

哈維太太怒目相視。「坐下。」

葛芮塔跨過孩子們，回到自己的位置。她盤起腿，一隻手放在膝蓋上，另一隻手高高舉起，等待著。她擺動著手指。她微笑。她揮手。不確定哈維太太能否看到她，她在空中用力搖晃整條手臂，搖到她以為會斷掉的程度。但她白費力氣。

她小心避免碰到周圍的孩子，慢慢地前後搖晃身子，然後咕噥一聲。

哈維太太妥協了。「什麼事？」

她指向其中一張圖像。「我願意去做。」

哈維太太嘆氣，但還是用馬克筆在一棵樹的照片旁邊用完美的字體寫下她的名字。她站起來，雙手撫過裙子的皺褶，然後蹦蹦跳跳地穿過教室。她手裡拿著畫筆，開始工作。

「葛芮塔。」一個嗓音從房間的另一頭激烈地喊道。

她從畫架前往後跳，顏料濺得到處都是。

「停下來。」那個嗓音說。
她屈膝跪地，用袖子擦拭濺在地上的顏料。兩隻棕色繫帶鞋來到她面前。
「畫得真好。」她聽見哈維太太說。
她睜開一隻眼睛，呼出一口氣。她沒有被命令回去座位上。
「跟我說說這是什麼。」哈維太太對畫作揮揮手。
她站起來，眉開眼笑，顏料沾滿手肘。「那是我的家人。」
哈維太太指著最小的人影。「中間穿紅衣服的是妳嗎？」
她的肩膀下垂。很明顯吧？不然會是誰？
哈維太太的手指向右滑動。「這位是？」
「我媽媽。」
「多麼可愛的綠色襯衫。」
她皺眉。「那是連身裙。」如果她媽媽穿那麼短的衣服，伊恩會發脾氣的。
哈維太太捏捏她的肩膀。「她旁邊穿藍褲子的人是誰？」
葛芮塔猶豫地看著老師。「伊恩。」
哈維太太嘴脣抿成一條細線，把手指移到畫架的左側。「這兩個呢？」
葛芮塔瞪著天花板。她不太確定。他們是長那樣嗎？「我真正的父母。」
哈維太太停下來，揉揉下巴。她把目光轉向右邊，用手裡的鉛筆在畫上輕敲。「所以妳是住在寄養家庭？」
葛芮塔想到伊恩，然後指向她的母親。「只有她照顧我。」

哈維太太皺眉，雙手放在太陽穴上，視線移回左邊。「為什麼這兩個裡面是紅色的？」

葛芮塔把畫筆伸向畫中的自己。「他們跟我一樣。我們流著一樣的血。」

「啊。」哈維太太慢慢點個頭，然後彎下腰，雙手撐在膝上，直視她的眼睛。「我懂了。」

葛芮塔保持沉默。當然。她為什麼以前沒想到？老師當然會懂。也許哈維太太能解釋這件事？她吸口氣，用腳掌站起來。

哈維太太微笑。「妳是被收養的。」

什麼？她以前從沒聽過這兩個字。

第八章

裴瑞茲警探伸手撫過臉。「妳是被收養的？」

「嗯。這本來就不是祕密。」

「妳爸媽沒告訴妳？」

「我媽有。我八歲左右的時候，在後院。」

「她為什麼不更早告訴妳？」

葛芮塔聳肩。「我也不知道。我要她跟我說她和我爸第一次見面的故事，結果她說起她是如何得到我。」

裴瑞茲警探點頭。「她那樣很貼心。」

葛芮塔嘆氣。這位警探腦子有問題吧。「不。就像她說的。她的用字是得到。」

「我剛剛沒注意到，」警探語調低沉，幾乎帶著歉意。「所以妳是在那天晚上發現自己被收養？」

警探又錯過了重點。她真想賞對方一巴掌。「不是。我當時已經知道收養是什麼意思。那天是我媽第一次坦承這件事。」她停頓幾秒。「妳有聽懂嗎？」她等警探做出答覆。「很好。因為這是她跟我說過最好的事情之一。雖然她很晚才告訴我，但我永遠不會忘記。我不會忘記她說了什麼。我媽說她選了我。」

※※※

那天晚上，在後院搖曳的影子消失了，取而代之的是一片漆黑。唯一的光源從指甲大小的月亮射下來，在她們頭頂發光。葛芮塔感到溫暖，就像塗了黏稠棕色肉桂的吐司。她坐在那裡，沉浸在媽媽舒適的語調之中。

「那是我。」她輕聲重複了一遍。

葛芮塔在月光下凝視著母親，自己的唇角勾起一絲帶著睡意的微笑。葛芮塔這時候真美，她穿著一件花紋棉質連身裙，雙腿整齊地收在底下，緊緊地折疊在座位上；她把掉落的髮絲從眼前拂開，塞回頭頂的鬆垮髮髻裡。她爸媽如何相識的故事終於開始朝好的方向發展的時候，葛芮塔的眼皮垂下，帶著溫暖黏稠的睡意，意識有些恍惚。她的頭慢慢向後傾斜，碰到椅子的邊緣。

「所以那一切是怎麼發生的？」葛芮塔感覺自己被輕輕抬起，上樓回到臥室時低聲說道。

「現在很晚了。改天吧。」

「不要啦。」她哀求。

媽媽用手梳理她的頭髮，鬆開她的髮髻，讓她的頭髮垂到肩上。「好吧，挪過去一點，給我一些空間。」

她漸漸閉上眼睛，把瘦削的身子緊緊靠在牆邊；媽媽躺在她身邊時，體溫滲到她身上；她用雙臂摟住媽媽，盡可能緊緊抓住對方。

「所以，親愛的，」媽媽當時輕聲道：「關於我是如何得到妳。」

葛芮塔的眼睛打開一條縫。透過枕頭上的少許月光，她看到媽媽臉上的表情，看得出來媽媽腦海裡浮現了回憶。鮮明的回憶。她把手伸進床單底下，找到了邦尼兔。

「在這裡住不到一個月的時候，我們得知了消息。」媽媽說。

她皺眉。消息？什麼消息？

「其實，來自帕里灣的那位女士曾向我們解釋說這種事情的時機沒人能預料到，所以當消息傳來時——而且來得如此之快——妳父親非常震驚。但由於表象對他來說最為重要，所以他淡化了這一切，並承諾會泰然處之。」

葛芮塔露出燦爛的笑容，但避免被媽媽發現。這是她第一次聽說伊恩有向她母親承諾什麼——承諾某件事——但她聽不懂所謂的時機和表象。

「妳總是問我為什麼妳不是從我肚子裡生出來的，而我沒有答案。我不記得是什麼導致了這一切，而且坦白地說，那也不重要。唯一重要的，是妳現在在這裡。」

葛芮塔對此不太確定。有時候事情很重要。有時候不重要。就像她媽媽對哈維太太撒謊那次。她確信她真正的母親永遠不會那麼做。

「這不是妳父親和我談過的事情，而是我們之間接受的事情。」媽媽的表情變得苦澀。她緊閉雙眼，試圖壓住自己的感受。「我的基因顯然是他的癥結所在，但我已經做出了決定。我告訴他，他最好探索其他選擇。」

葛芮塔目瞪口呆。自己原本是某個選擇？這感覺不太對勁。她怒瞪媽媽。媽媽在微笑，感到自豪，但她不知道媽媽為什麼這麼覺得。也許她是個好的選擇？她覺得稍微開心了一點。

「不過，」艾蜜莉在空中揮個手。「就跟往常一樣……」

葛芮塔的心往下沉。從媽媽的語氣中，她知道接下來會發生什麼。他什麼也沒探索。想也是。

「我掌握了整件事，安排了妳的收養。」

葛芮塔瞪大眼睛。當然是媽媽主導的。世上最好的母親挺身而出，讓這一切成為現實。葛芮塔就是因為她而在這裡。

「我們第一次見到妳的時候，感覺就像遇到海嘯。」母親看著她，眼中充滿了暖意，這讓葛芮塔稍微感到更安全。她咧嘴笑。有時候她真的好愛媽媽。

「妳父親哭了。哭得滿臉都是淚水。我轉過身，免得讓他看到我瞪大眼睛。」

什麼？

※　※　※

葛芮塔紅著臉，在椅子上坐直。「妳能相信嗎？『不許哭』是那份清單上的第二條規矩。第一條規矩是『保持安靜』。」

裴瑞茲警探納悶地看著她。「清單？」

「在冰箱上。別在意。那時候，我真的不相信他有哭——那是另一個謊言——但我記得我當時心想，如果他有哭，我會更恨他。那太不公平，所有的一切。我想過他可能發生的各種後果，比如被迫喝下毒藥，或像我的貓一樣被卡車撞到，甚至他的腳趾甲被一根一根拔掉。我那時候很生氣。我希望他死。我想過……」

裴瑞茲警探面無表情地盯著她。

「怎麼?」她說。

「然後妳的想法成真了,不是嗎?」

這個疑問懸在兩人之間。她是希望他死,但她沒想過要殺了他。至少那天沒想過。她嗤之以鼻。「那完全不一樣。我那時候還小。難道妳沒有那樣想像過?」警探臉上的表情不是她先前見過的,所以當警探示意她繼續時,她聳個肩。看來是沒有。

「總之,我媽接著告訴我我到了小屋之後發生的事。」

※　※　※

「當那位女士把妳交給我們的時候,」媽媽當時說:「妳裹在一條綠色的小毯子裡,柔軟得像奶油。妳頭上長滿了令人難以置信的濃密黑髮。還有一雙神奇的、水晶般的藍眼睛。誰知道嬰兒天生就有藍眼睛?我記得當時看著妳修長的手指,就知道妳以後會長很高。」

媽媽說的對。她比學校裡所有孩子都高。

「這讓妳爸很高興。他當時清楚表示,他在過去三年裡唯一的選擇要麼太矮,要麼有點太胖,絕對太愛說話,你能調低音量嗎?再低一點。不,立刻。就維持在這裡。」

這個部分的故事聽得她一頭霧水。不過沒關係。

「妳父親用他母親那邊一位姑姑的名字給妳取名叫葛芮琴。」

她不禁好奇，她真正的父親會給她起什麼名字。她等媽媽說下去，但媽媽沒再說話。媽媽睡著了？媽媽臉頰一側的肌肉抽動。她在思考。也許關於葛芮琴這個名字。床墊挪動時，她閉上眼睛等待。

「妳長大一些後，我們把妳的名字改得好念一點了。葛芮琴變成葛芮塔。就像暱稱。」

她知道這一點，就像「蜜糖」、「甜心」和「親愛的」。媽媽總是這樣叫她。然後她的床單拉直了，木板吱嘎作響，媽媽的腳步聲沿地板離去。

※　※　※

裴瑞茲警探微笑。「聽起來妳和妳媽媽那晚有一場很好的談心。」

葛芮塔點頭。

「妳父親呢？他有沒有跟妳談過收養妳的事？」

她竊笑。「妳在開玩笑吧？」

「妳為什麼這麼說？」

「我試過一次，也付出了代價。」

「所以妳再也沒提過？」

她站起身，指向警探的臉。「他對我來說什麼都不是。」

警探沒眨眼。「請妳坐下。我們來談談這件事。」

她發出粗魯的聲音。「那混蛋根本不在乎我的存在。」

第九章

葛芮塔站在客廳的邊緣，手裡拿著一個白色信封。她把它遞給父母。

「我能去嗎？」她站在原地等候，滿懷希望。

「當然。」伊恩讀完後說道。

她把邀請函拿回來。「我們能不能現在就出發？」

他靠向椅背，腳踝交叉，雙手搭在腦後。「派對是星期四。」

「你會送我去？」她問。

「不會。」他伸手去拿啤酒罐，一飲而盡。

她的臉沉了下來。「那我要怎麼去？」

他用手擦嘴，打個嗝，站起身。「妳已經二年級了，智障。自己想辦法。」

伊恩離開客廳後，葛芮塔轉向母親。

「別看我，」媽媽舉起雙手。「我沒車。」

她呻吟。「妳連證件都沒有。」

媽媽在空中揮個手。「那些只是細節，葛芮塔，細節。」

她拽了拽襯衫的底部。那些不是細節，而是規則。伊恩因為開得太快而被攔下時，她有看到他從前窗交出證件。且慢……她媽媽是在暗示無照駕駛？伊恩絕不會允許。

「那我就用走的。」她說。

「走去清水湖？」媽媽瞪大眼睛。「有二十公里耶。」

葛芮塔在她身旁坐下。「那又怎樣？來回也才四十公里。」

媽媽呻吟，拿走她手裡的邀請函，離開了客廳。媽媽回來時，把手伸過沙發，拍了拍她的肩膀。「菈托亞的媽媽說，妳可以和她一起坐校車回家。」

「明天？」

媽媽搖頭。「星期四。」

葛芮塔愣住。「她也要去派對？」

艾蜜莉嘆氣。「派對在她家。」

葛芮塔擁抱了母親，然後跑上樓回房間。她等不及想跟邦尼兔分享這個消息，但它提出的一個問題讓她頭暈目眩。它先是輕聲詢問，然後一遍又一遍，直到它的聲音大到她把它推到枕頭底下。為什麼她從來沒有舉辦過生日派對？

四天後，校車讓她們在一棟藍灰色百葉窗房屋的車道盡頭下車時，葛芮塔驚訝得瞠目結舌。前院用柵欄圍起，花壇滿是花朵，門廊兩邊飄著一串串的氣球。一條石板路通向前門。她們一走進去，一股帶著肉桂味的暖風就撲面而來。她不禁流口水。

穿過走廊後，菈托亞把背包扔在椅子上，午餐盒放在上面，然後在廚房的中島旁坐下。她指向自己的左手邊。「媽，這位是葛芮塔。」

一個頭髮緊緊綁起、深棕色眼睛的女人回頭看她，對她微笑。葛芮塔揮手致意，接著爬到菈托亞旁邊的一把高椅子上；菈托亞的母親關上冰箱，把一個白色的砂鍋菜放在流理臺上。她的胃袋咕嚕叫。熱狗？卡夫通心粉？湯？牧羊人派？至少她今晚不用再吃麥片了。

「好啦，女孩們，我需要妳們離開我的廚房，」菈托亞的母親一邊說，一邊靠向櫥櫃，在一堆瓶子裡翻找。「我要做羅提烤餅和牛尾。」

菈托亞牽起葛芮塔的手，帶她穿過屋裡，腳上的人字拖鞋在瓷磚地板上拍打。這讓她想起伊恩不知道她在放學後看過的電視節目。牆壁是白色的。家具是白色的。一切看起來都是新的。亮晶晶。跟屋裡的其他地方一樣，菈托亞的房間裡擺滿了玩具。想到自己的房間時，她的臉頰升溫。她的房間小得就像壁櫥，油漆斑駁，蜿蜒的裂痕陪著她度過不眠之夜。塞在牆邊的單人床墊凹凸不平，彈簧扎進她的背脊，留下痕跡；雖然夏天很熱，她只需要破舊的床單，但到了冬天就很慘，她總是冷得瑟瑟發抖。

菈托亞的媽媽叫她們下樓時，葛芮塔首先看到的是廚房裡擠滿了人。有的站著，有的坐著，但都有說有笑。她擠在大人們中間，抬頭看著他們，彷彿他們的出現能回答她的問題。

「孩子們在外面喔。」她聽見某人說。

她來到後門口，用手擋住陽光。在草地上，女孩們坐在一張擺在毯子上的桌子旁邊說笑。看到桌上一大堆禮物時，她的胃袋下垂。

「我要尿尿。」她瞇眼對菈托亞說。

她回到菈托亞在樓上的臥室，翻遍了書桌，找到了要找的東西。她拿起一支馬克筆，在一張紙上寫下自己的名字。她再次擠過廚房裡的大人中間，終於來到外面，拿了她能找到的一個最大的禮物，把紙片壓在上面。

葛芮塔不熟悉派對遊戲，只能盡力而為。晚餐時，她吃了太多食物，因此在吃完飯後覺得肚子疼。到了拆禮物的時候，她坐在菈托亞旁邊的毯子上。她最好的朋友打開她的禮物時，太陽晒得她腦袋發燙。菈托亞擁抱她時，菈托亞的母親和祖母交換了一個眼神。鮮紅色的滑板車很受歡迎。

到了傍晚，客人們都離去後，葛芮塔和菈托亞坐在客廳裡。她的父親穿著燈芯絨褲和拖鞋，正在看書，她的母親則在翻閱雜誌。她的兩個哥哥並排跪在茶几前，一起拼著一幅天際線的拼圖。

「該去洗澡囉。」十五分鐘後，她父親宣布，把書放在膝上。

菈托亞呻吟，乖乖照做的時候，葛芮塔看著前窗外。她在馬路上看不到任何車燈。

菈托亞的母親看了一眼手錶。「我確定他在路上。」她的嗓音裡充滿安撫。

菈托亞回來時，頭髮濕漉漉，穿著睡衣，爬上父親的椅子，鼻子依偎著他的肩膀。他微笑，用雙臂摟住她。葛芮塔移開視線。

「我們是不是該打電話？」菈托亞的媽媽強忍哈欠問道。

葛芮塔瞪著地毯。即使她想，也不知道號碼。

「我去拿班級聯絡簿。」菈托亞的母親消失在前廳，當她回來時，額頭緊皺。「好像有哪裡弄錯了。」

葛芮塔臉頰灼熱。她想像伊恩躺在沙發上，他的臉貼在塑膠布上。她幾乎能聞到他嘴裡流出來的惡臭口水。

她盡可能做出大吃一驚的表情。

※　※　※

鉛筆停止刮過紙面，裴瑞茲警探指向椅子。「我能理解那在當時可能讓妳有什麼感受。」

「他忘了我。」

「每天都有成千上萬甚至數百萬的父母忙著處理工作、開會、特殊任務、來自老闆的一通電話。光是交通就是一場災難。」

她坐下，雙臂放在身體兩側，神經緊繃。「他那時候在家。」

「也許他睡著了。」

「應該是醉倒吧。」

又一陣嘲諷的沉默。

那還不是最糟的。穿上菈托亞媽媽拿出來的睡衣後，她鑽進了地板上的臨時地舖，毯子裹在她身上，又厚又軟又暖，她滿腦子都想著邦尼兔。就像每個晚上一樣，她臥室門外的鎖會被緊緊鎖上。她祈禱邦尼兔不會半夜在黑暗中醒來，獨自一人，想著她，想知道她在哪裡。

裴瑞茲警探從眼鏡上方看著她。「讓我們繼續。妳的家族當中有沒有心理健康問題？任何家族史？」

葛芮塔抬頭。「什麼？我不知道。」

「如果有的話——我不是說一定有——也沒什麼好丟臉的。汙名化這種事讓我很火大。」

「不錯的選字，」她評論：「讓我告訴妳，警探，我這一代人對心理健康的瞭解比你們那一代多得多。基因。荷爾蒙。壓力。環境。順道一提，環境是被你們那一代破壞的。就像我媽會說的，你們那一代習慣把髒東西掃到地毯底下。」

裴瑞茲警探點頭同意。「那是一個不同的時代，我承認。」她雙手交叉放在身前。「我希望妳把注意力集中在妳父親身上。他有沒有——」

她用手掌拍了額頭。「他天生就是那樣。」

「那妳媽媽呢？」裴瑞茲警探問。

「她怎麼樣？」

「她的心理健康有沒有任何問題？」

「應該沒有。」然後她停頓。「也許除了一次。有一整年完全不正常。」

第十章

「妳的眼睛看起來像很可怕的棉花糖，」一天早上，葛芮塔在吃早餐時告訴媽媽：「它們又白又蓬鬆，裡面閃閃發亮。」

媽媽從咖啡杯上抬起頭，雙手托著下巴。

「妳生病了？」她問。

「沒有，親愛的，只是累了。」

她放下湯匙。「一點點累還是很累？」

「一點點。」

「妳動作會很慢嗎？還是妳會脾氣暴躁？」她不想錯過校車。

「都沒有。」媽媽說。

「所以是什麼感覺？」

「感覺周圍都是暴風雨雲。」

葛芮塔從廚房窗戶往外看，清晨的天空晴朗、明亮而湛藍，但等到放學後她跳下校車時，就知道出事了。媽媽沒有在車站等她。她沿著巷道跑向小屋。

「有人嗎？」她喊道。

沒有回應。

她把前門關上。廚房裡空蕩而黑暗，客廳裡的電視關著，後院的椅子是空的。

「媽？」她再次喊道。

一種撕心裂肺的痛楚填滿了她的胃。她衝上樓，打開臥室的門，用手摀住鼻子。裡頭散發著水煮捲心菜的臭味。「我到家了。」她呢喃。

媽媽沒動。

「妳忘了去接我。」她提高嗓門。

還是沒反應。

她把雙手放在身體兩側，俯身靠近媽媽的腦袋邊緣。「嘿。」

艾蜜莉在黑暗中瞇起眼睛。「是妳嗎，柯琳？」

她皺眉。除了她還會有誰？「柯琳是誰？」

「一個老朋友。不重要……我剛剛半睡半醒。妳去看電視吧。」

她完全沒動。「是暴風雨雲嗎？」

媽媽點頭。「妳看得到它們？」

她不知道該說什麼。她一整天都在找它們。去學校的路上，課間休息時在外面，在回家的校車上，但找不到。

「算是。」她說，以免媽媽難過。

媽媽輕拍她的頭，然後用枕頭摀住耳朵，翻了個身。

葛芮塔回到房間裡，找到邦尼兔，然後下了樓。她迫不及待想知道更多關於暴風雨雲的事，於是在電視上一直切換頻道。暴風雨雲是看不見的？很危險？是不是又會停電？暴風雨雲有魔法嗎？

每天放學後，她發現媽媽躺在床上或沙發上時，葛芮塔會四處尋找暴風雨雲；她會在被子上面、化妝品旁邊的梳妝臺上、布滿塵埃的床墊底下尋找，但從來沒有找到它們。

※　※　※

「憂鬱症很複雜。」裴瑞茲警探說。

葛芮塔並不著急，而是緩慢地深吸了一口氣。「她總是在睡覺。她不再刷牙。她的嘴唇開裂、脫皮，而且乾燥。她也很少吃東西。」

警探點頭。「除非有人親身經歷過，否則我們還在學習如何處理它。」

她雖然試著拼湊自己所知道的，但並沒有回想起多少。「我知道她不快樂，但當時我不明白為什麼。」

「妳那個地區當時有沒有什麼服務可以幫忙？」

「我跟妳說過了，我們那時候不看醫生。」

「的確。」警探清清喉嚨。「那一定很辛苦。」

她用雙手摀住臉，嘆口氣。「不算是。更讓我困擾的是謊話。」

※ ※ ※

那是十二月的一個下午。

「葛芮塔正在經歷一個困難時期。」她偷聽到媽媽在電話上這樣對哈維太太說。她很高興媽媽終於從臥室裡出來了，但她無意中聽到的東西令她震驚。也許她聽錯了。她閉上眼睛，在木樓梯臺階上努力捕捉對話。

「她下了校車後，會抱住我的膝蓋，哀求我讓她留在家裡。」

她才沒有這麼做。這是第二個謊言。她難過極了。她心愛的哈維太太會以為她是個巨嬰。她很可能會失去寶貴的點心分發員工作。

葛芮塔在最底層的臺階上起身，衝進廚房，等著談話結束。她數算一、二、三，生著悶氣。等媽媽掛斷電話後，她爆炸了。「妳怎麼這樣？」她嗓音的勁道在廚房裡迴盪，在灰暗的白色牆壁上反彈。「妳明明知道我為什麼在校車站哭。妳用力捏了我的胳臂底下。」

媽媽轉過身，嚇了一跳，但沒有反應，甚至沒有為自己辯護。

葛芮塔後退一步。妳究竟是誰？我真正的媽媽在哪裡？她不會忘了發生什麼事。妳對她做了什麼？她真正的媽媽會知道真相。

她拉起袖子，指著每一處瘀傷。紫色、黃色、棕色。冒充者看著每一處瘀傷。

葛芮塔等候。等了尷尬的整整一分鐘。

媽媽噘起嘴脣，慢慢地嚼著左下角。葛芮塔熟悉這個表情。她需要做出痛悔的行動——而且要快。她告訴媽媽，當孩子們叫她可憐蟲葛芮琴的時候，她雖然也不喜歡，但在內心深處並不在乎。難過的是媽媽，不是她。她的名字又不是她自己選的。

幾個月後，當巴迪校長發現葛芮塔沒去上學時，第三個謊言出現了。他打電話來家裡調查，媽媽說今天把她留在家裡是為了幫忙進行春季大掃除，聲稱四隻手比兩隻手更有效率。可是這番說詞有矛盾。伊恩在家裡，所以其實有六隻手而不是四隻，而且清潔日是在星期六。貼在冰箱上的規矩就是這麼寫的。她雖然還不識字，但經常聽到它們被說出來，所以她絕對確定它在清單上。她聽著剩下的談話，等著看會發生什麼。

「巴迪校長，我完全有權利三不五時把女兒留在家裡、幫忙做家務。」

停頓。

「我明白。」

停頓。

「這個嘛，我得跟我丈夫確認一下。」

更漫長的停頓。她清清喉嚨。

「那麼，她會在星期一早上搭上校車。」媽媽把聽筒放回電話機上。

「妳為什麼還在說謊？」葛芮塔問。

媽媽面紅耳赤。「我沒有。」

「妳現在又在說謊。」

「葛芮塔，我如果願意，可以把妳留在家裡。」媽媽在她身邊跪下，伸出雙臂。「況且，」她微笑：「我們一起在家的時候，就不覺得孤單，不是嗎？」

她後退，雙手叉腰。「我不孤單。我有哈維太太。」

艾蜜莉畏縮了一下。

「而且我有同學們。」

媽媽撐地板起身。「當我們在一起的時候，我們是安全的。」

她看著媽媽。媽媽發瘋了嗎？學校安全得很。巴迪先生說學校很安全，而且她不只一次聽他這麼說過。「如果妳需要安全，那妳應該自己去找一間給大人上的學校。」她對媽媽說。

媽媽滿臉烏雲。看媽媽凝視遠方，葛芮塔看得出來她在思考。這樣對她很好。也許她真的會去找一間學校——但如果她真的這麼做，就需要知道一些事情。「不管妳選了哪間學校，」她告訴媽媽：「妳在那裡大概不能說謊。」

※　※　※

一個尖銳的爆裂聲響徹辦公室。葛芮塔瞪大眼睛看著警探。

「抱歉。我的筆記本掉在地上。」她把胳臂伸到桌子底下。「我能明白妳為什麼難過。妳覺得她為什麼那麼做？」

「因為我父親。有我在家裡，她會覺得比較安心。」她把一隻手按在胸前。「她和我只有彼此。」

警探用手指劃過紙頁。「妳剛剛告訴我妳在學校有朋友。」
「是在那場談話之後才有。」
裴瑞茲警探皺眉。「所以妳當時沒說實話？」
她舉起雙手。「我是說了實話。只是時間點顛倒了。」

※　※　※

星期一早上，葛芮塔站在水桌旁邊的時候，她的右手邊傳來一個聲音：「很高興妳回來了。」說話的人是菈托亞。她穿著一件紫色的連身裙和厚厚的羊毛緊身褲，精心編織的辮子高高地紮在頭上。她很矮，不像葛芮塔那麼高。她濃郁的可可棕色肌膚跟葛芮塔陶瓷般的肌膚形成鮮明對比。菈托亞讓自己的拖船在特大號塑膠桶裡沿著一條假想的路線行駛。「天空為什麼是藍色的？」

葛芮塔把柔軟的黑髮從臉前撩到腦後。她從沒想過這個問題。天空就是藍色的，而且一直都是，除了下雨的時候。「不知道。」她說。她很高興有一個同學跟她說話。

「收音機裡的人有多小？」她問菈托亞。

菈托亞把兩根手指捏在一起。「小小小小小到不行，像這樣。」

葛芮塔咧嘴笑。「妳知道晚上會進妳房間確認妳在睡覺的那個男人？」

菈托亞轉頭面對她。「怎樣？」

「如果妳沒睡覺，他會生氣？」

菈托亞搖頭。「不知道。」

「這個嘛，一個人必須在毯子下等多久，就像已經死了一樣，直到那個男人再次離開？」

菈托亞停頓，在水中攪動小船。「我不認為這會發生在地球上。但如果它真的發生在某個遙遠的地方，就像怪物電影中的某個地方，我猜大概需要六分鐘。」

葛芮塔思索菈托亞的答覆，覺得聽起來有道理。六分鐘是很長一段時間，但也不會太長。這個女孩很聰明。為了確定，她又提出一個問題：「妳知不知道，當蜜蜂吃下花朵後，牠們放的屁聞起來像花？」

菈托亞發笑，露出兩顆門牙之間的空隙。「當然啊，妳這呆子。不然聞起來會像什麼？」

葛芮塔用左手拿起自己的拖船，將它駛過水面。然後她伸出右手，手指沿著水缸的冰涼塑膠邊緣慢慢移動，直到她找到菈托亞的手指。

第十一章

「就是昨晚在妳公寓的那位菈托亞？」裴瑞茲警探問。

她微笑。「只有一個菈托亞。」

警探翻閱筆記本，停下來後說道：「她的姓氏是——」

「傑克森。」

裴瑞茲警探記下來，在名字底下劃了兩條線。

「妳想跟她談？」她伸手繞過椅背，掏出手提包，拿出手機。「她知道我爸媽的事，也知道學校的事。一年級爛透了。我們當時的老師是斯坦頓太太。如果伊恩有去學校，我發誓他們兩個一定會成為最好的朋友。他們都喜歡沉默。」她沒有告訴警探的是，斯坦頓女士會反覆敲擊辦公桌邊的小銀鈴、維持教室秩序，而伊恩會要求家裡每個人都有一個明顯標記而且方便按下的「關機鈕」。他曾告訴葛芮塔，她的關機鈕就在她的太陽穴上。「而且他們倆都認為孩子是透過把同一件事重複做一千次來學習。」

「聽起來很耳熟。」裴瑞茲警探嘆氣。

「我和菈托亞跟我媽說斯坦頓太太有多嚴厲時，她答應我們會做些調整，而當我跟她說爸爸是個混蛋時，她保證他也會改變。」

「他有改變嗎？」

「那全是謊話。」她遞出手機。「妳不信的話可以直接打電話問她。」

「菈托亞？妳究竟認識她多久了？」

「我們情同姊妹。」

「我不是問妳跟她什麼關係。我是問妳認識她多久了。」

「我跟妳說過了。我認識了她一輩子。她願意為我做任何事。」

「而這就是我害怕的。我相信妳明白為什麼這是個問題。」

她聳個肩，把手機放回包裡，這時一個窄臉女人從辦公室的門框探頭進來。

「艾絲卓？」

艾絲卓．裴瑞茲警探朝她的方向伸長了脖子。「他們回來了？」

「沒有，不過我像妳要求的那樣搜索了受害者的背景。」

女子走進房間，裴瑞茲警探從她手中接過文件，迅速瀏覽了一遍。一陣短暫沉默後，她回過頭來看著葛芮塔。

「我覺得納悶。妳的用字是……」她看著筆記本，語氣酸溜溜。「妳父親是個混蛋。可是這裡寫著，」她揮舞手中的紙，「他被聘為教堂的執事。」她放下紙，兩隻手掌放在桌上，提高嗓門。「我不認識任何一個表現得像個混蛋的執事。」

葛芮塔胸口震顫。「這樣啊。世上每個執事妳都認識？」

「當然不是。」

「那妳該跟著他們回家，看看他們如何對待家人。」

警探繼續說下去時，怒氣從嗓音裡迅速消失。「除了菈托亞之外，有沒有其他人目睹妳描述的事情？」

葛芮塔深吸一口氣。香草、堅果和甜櫻桃的氣味充斥她的鼻腔，喚起了所有的記憶。做禮拜時在她耳邊響起的鈴鐺聲。人們在禮拜結束後在教堂門口的臺階上交談，身體從四面八方推擠她。她在開著窗的汽車後座上感到如釋重負，微風拂過她的頭髮。

然後是她父親的眼睛。

「當然有。他在糖果店大發雷霆的那一天。」

※　※　※

葛芮塔擺脫生活苦差事的唯一希望，是每週日吉芬一家在布雷斯布里奇的聖雅各教堂參加的三個小時禮拜；每個星期天，無論下雨、下雪還是放晴。在做禮拜的時候，她感到兩雙眼睛的重量壓在她身上。上帝的眼睛注視著她的靈魂，尋找她曾被告知自己犯下的諸多罪行，還有伊恩的眼睛，更為冰冷可怕，等著指出她的錯誤。

在星期天之前的六天裡，她會在自己臥室裡練習週日禮拜的例行公事。

站起。唱歌。坐下。跪下。禱告。

站起。唱歌。坐下。跪下。禱告。

禱告。她根本不知道禱告能帶來什麼成果，但她努力把馬塞羅牧師的指示做到盡善盡美。不要在公共場合讓伊恩難堪，這乃是重中之重。她的瘀傷提醒著她犯錯的下場。雖然做禮拜的前兩個小時令她緊張胃痛，但之後會發生的事激勵著她。

「妳今天表現得怎麼樣？」一家三口和其他會眾一起湧過教堂的臺階，走向汽車時，伊恩問她。

她一直盯著地面。「還好。」

伊恩打開車門，坐進前座，在後照鏡上看著她。當她在腦海中快速回顧自己的整體表現時，恐懼從胃袋裡升起。

「我有把所有步驟都做對吧？」

他沒回應。

當他終於點頭時，她呼出一口氣，安心感湧上心頭，她在鏡子上對他微笑。他把手伸進口袋，掏出多餘的零錢，為她完美達成的每一項例行公事給出一角錢。那個星期天，她把所有五項例行公事都做到完美。當他把卡車開出停車場時，她媽媽說：

「妳不覺得現在是開始存錢的好時機嗎？」

她嘆氣。每星期去糖果店的路上媽媽都會這麼問，這讓她很火大。她把掙來的五枚硬幣按在掌心裡，看著窗外。

「如果妳總是把錢花光光，在下雨的時候就沒有錢可用了。」

她把手伸出窗外，往上看。「沒看到雨，媽。」

「這是一種表達方式。」媽媽轉身，看向後座。「這句話的意思是，我們需要為意料之外的事情未雨綢繆。」

「我現在期待的是一個裝滿糖果的袋子。」

媽媽背脊僵硬，轉過身去。「妳講話不需要這麼刁鑽，葛芮塔。如果妳決定開始存錢，我有一個角錢盒給妳。」

她張嘴想問什麼，但在後照鏡上看到伊恩。他嘴裡唸著她媽媽說的話。她媽媽難以置信地看著他。當他開始大笑時，她母親低下頭，過了一會兒葛芮塔才注意到媽媽的肩膀也在顫抖。她對他們倆都很生氣，於是閉上嘴，頭靠在座椅靠背上，伊恩沿著綠樹成蔭的街道行駛。她對去市中心的路線瞭若指掌，也能準確說出他要從哪裡拐彎才能到他辦公室旁邊的停車場。

伊恩・吉芬，布雷斯布里奇市政府。

卡車停靠時，她盯著停車格的名牌。她不知道他為什麼會有專用停車格，但打從她第一次看到它，她就猜想他是重要人物。等引擎熄火後，她才跳下車抱住媽媽。

伊恩撫平禮拜服上的皺痕，走到她們身邊，把她舉到肩上。他用力戳到她的一側。

「我們要去哪？」

他笑得好像他不知道答案。

葛芮塔無視肋骨的疼痛，配合他。「糖果店，糖果店，糖果店。」她覺得輕盈自在，她緊緊抱住他的頭，她的手始終放在他腦袋的兩側，小心避免碰到他的頭頂，因為他不喜歡任何一根頭髮被弄亂。他轉變方向，沿著街道慢跑。

「等等我。」她媽媽喊道。

伊恩沒理她。她穿著高跟鞋和裙子，跑在他們後面，盡力試著跟上。伊恩停下來和街上的幾個朋友聊天時，她揮舞著手臂，讓他知道她差不多拉近了距離。就在她靠近時，他看向她，態度沉穩、冷靜而自信。然後他又迅速跑開。那家老式糖果店的招牌出現在一段距離外。葛芮塔口水直流，完全不願再多等一秒。她哀求伊恩進店裡。

「進去狩獵吧，小老虎。」他用手搓搓她的頭髮，這是一種罕見的溫柔舉動。

葛芮塔推開門，閉上眼睛，一股濃烈的含糖氣味撲鼻而來。她查看並打開櫃檯上一排排熟悉的玻璃罐，大聲唸出糖果的名字。焦糖、精靈棒、同笑樂軟糖、甘草煙斗、野草莓、酸櫻桃、橡皮糖自由戒指、拉菲太妃糖、瑞典魚。她知道哪些糖的價格是一角錢，哪些更便宜。她最喜歡的只要一分錢。她從櫃檯上的一堆牛皮紙袋中拿出一個，開始往裡面裝東西。

袋子的重量變得越來越重時，她媽媽推門而入。「別忘了我的酸櫻桃喔。」她微笑道。

她沒忘。雖然媽媽花了很長時間才趕上，但它們是她最喜歡的糖，她已經在袋子裡塞了五個。她為菈托亞抓起兩根精靈棒和一顆焦糖時，一個陌生的嗓音響起。

「艾蜜莉？」

葛芮塔把目光從玻璃瓶上移開，看著一名陌生女子走近她的母親。

「真的是妳。哎呀，真想不到。」她面帶微笑。

她媽媽驚訝地瞪大了眼睛。「柯琳……真的很高興再次見到妳。」

她認得這個名字，但當柯琳緊緊擁抱艾蜜莉時，葛芮塔注意到媽媽並沒有以同樣勁道緊緊回抱。她環顧著商店，眼睛來回轉動，掃視面前的走道。為什麼媽媽這麼害怕老朋友？覺得胃袋打結，她把糖果袋放在面前的櫃檯上，打量著女子。

柯琳的眼睛化了妝。她長長的棕髮剪得很漂亮，穿著也跟他們不一樣；她穿著高級牛仔褲和一件柔軟而時尚的黑色皮衣。她很時髦。她覺得這個女人不是什麼好人，而且伊恩會生氣。

柯琳靠向她的母親，觸碰她的手臂。「妳還好嗎？」她聽見女子呢喃：「他在這兒嗎？」

伊恩走進店門口時，她轉身數算袋子裡的糖果。她拿著裝滿的袋子來到店鋪前側等著，但爸媽沒過來。他們和柯琳擠在商店後側，以壓低的尖銳嗓門交談。她聽不見他們在說什麼，但可以從他們的臉上看得出來他們不開心。

伊恩突然中斷了談話，衝過走道，來到收銀臺。「我們走，」他堅持。「現在。」

葛芮塔急忙行動。她把袋子遞給收銀員，對方溫柔地微笑，拿走她的五角錢。柯琳擦身而來時，她的母親平靜地走到店鋪前側，牽起她的手，把她拉到一邊。

在店外的街道上，伊恩的情緒迅速惡化。他瞪她媽媽一眼；葛芮塔知道這意味著麻煩。她做好心理準備。「妳早就知道？」他朝艾蜜莉咆哮。

「我怎麼可能早就知道？見到她，我跟你一樣吃驚。」

伊恩湊到她媽媽面前。「噢，我知道妳有可能早就知道她會來。妳已經證明過了，不是嗎？別逼我算舊帳。」

她媽媽臉色蒼白。「她有權利像其他人一樣走進糖果店。這只是巧合。」

「巧合個屁。」他在馬路上吐出一大口白痰。他面紅耳赤，握緊又鬆開拳頭。他上前一把搶走葛芮塔的糖果袋，塞進垃圾桶。

葛芮塔難以置信地看著這一幕。「我好不容易選好了糖果。你不能搶走。」葛芮塔說。

「噢，我當然可以。」他的眼神使她的哭聲變成哭泣的嗚咽。「而且我剛剛就是這麼做了。」

「可是為什麼？」

伊恩怒火中燒。

「告訴我為什麼。」她的聲音尖銳而絕望。

他低下頭，衝著她的臉咆哮。「人生本來就不公平，孩子。而且我不想再聽到妳問問題。」

「那就把你的蠢耳朵蓋起來！」她尖叫。

伊恩眼球突出。他猛地站起，從她身邊退開，轉身大步走過人行道，把她們丟在身後。

回到家裡，沒人能聽到裡頭有什麼動靜的家裡，他們開始大吼大叫。葛芮塔在樓梯頂上看著爸媽吵架。她父親眼神呆滯，言語不清。她試圖聽清楚。

如果妳敢告訴任何人，我他媽的會割開妳的喉嚨。

她瞪大眼睛。

同樣的……

她身體前傾，但他的話語模糊不清。柯琳？

包括她。

包括誰？

我會把妳們三個全殺了。別以為我不敢。

她肚子疼。她現在也有麻煩了？

爭吵持續了很久。她媽媽試著要他聆聽，但他好像聽不到或不想聽。葛芮塔的耳朵被這些噪音弄痛，所以她放棄了，回到自己的房間，蜷縮成一團，把床單拉到頭上。就連邦尼兔的柔軟耳朵也沒辦法讓她平靜下來，這次不行。柯琳毀了這個星期天，而下一個星期天彷彿遙遙無期。

葛芮塔恨父親，也恨柯琳，無論那女人究竟是誰。

第十二章

裴瑞茲警探的視線從眼鏡上方投來。長長的文字一直延伸到筆記本頁面的底部，大寫字體，有些畫了下劃線，有些被劃掉。

「如果妳跟我說的是真的——」

「是真的。」

「妳媽媽當時一定也嚇壞了。」

葛芮塔苦笑。「她並不怕他，而是忍受他。」

警探從齒縫裡吹聲口哨，然後點頭。「如果是這樣，那她是個堅強的女人。」

警探這番話莫名讓她放鬆，雖然她說不清到底是因為什麼。她繞過椅背，又從包裡掏出手機，輸入密碼，用拇指滑過手機裡的照片。湘子一家。她的隊友們。布雷斯布里奇的相片。搞怪的菈托亞。無窮無盡的選擇，但只有一張是在她滿十四歲前拍的。她點開媽媽的臉龐，把它遞給裴瑞茲警探。「這個比較舊。」她解釋。裴瑞茲警探查看螢幕，接著抬起頭時，葛芮塔補充道：「我是說這張照片比較舊。」

警探把她的手機還給她。「多跟我說說關於她的事。」

她把手機放回包裡，在側面的口袋裡摸索，找出護唇膏，抹了抹嘴唇。「健談又可愛。」

※ ※ ※

這是葛芮塔印象中第二個最熱的夏天——遠高於正常氣溫。她放棄擦拭額頭上滴下的汗水，任由它們順著臉頰流淌。媽媽做的手榨檸檬水裡的冰塊在幾分鐘內就融化了，細小的檸檬塊往下沉，像蟲子一樣聚集在玻璃杯底部。

「怎麼會這麼熱？」她從褪色的綠白相間的塑膠露臺椅上抬起兩條大腿。這些椅子從來沒有換過。

「我們沒辦法控制天氣，」媽媽說：「況且，如果沒有這種天氣，我們還有什麼話題？」

媽媽總是告訴她，加拿大人就是喜歡談論天氣。每次她遇到新認識的人，談話總是以同樣的方式展開……雨。太陽。雪。濕度。嘿，你能不能相信……？這句話後面一定會接上當天的天氣。這就是典型的加拿大式問候。

那天下午，兩條主要道路在高溫下坍塌，坑洞太大，市政府因此封鎖了公路，但由於村民們開始北上度假，他們需要道路工作人員加班。伊恩被安排在那天晚上工作到很晚，然後他的老闆告訴他他一整個星期都要上夜班。雖然他不喜歡這種安排，但她能跟媽媽獨自在小屋度過的任何一個晚上都是一個難得的機會，兩人可以聊到深夜，或是看想看的電視節目。

她用手搧搧頸後，抖動襯衫。「跟我說說妳跟伊恩第一次認識的時候。」

艾蜜莉翻白眼，給她一個妳怎麼又來了的眼神。媽媽在她小時候跟她說過這個故事，但她記不太清了。現在她八歲了，想再聽一遍。說不定這次她能查出家族的祕密？為什麼伊恩那麼討厭她，而且為什麼她完全不記得小時候的事情。

「當時是一九九六年七月。妳爸爸和我在『榔頭』墜入愛河。」

她癱躺在露臺椅上。真的有夠怪，她心想。她搞不懂怎麼會有人在一個以工具命名的地方墜入愛河，但她沒打算在故事的開頭就問問題，否則她知道媽媽會徹底停止說話。

「那是一見鍾情。」媽媽說。

「就像《小姐與流氓》那種浪漫的愛情？兩隻狗狗在高級餐廳一起吃義大利麵？」

媽媽發笑。「我當時十六歲。」

噁，葛芮塔心想，媽媽當時好老啊。十六歲就跟金字塔一樣古老。

「妳爸爸和我，我們度過了那年夏天的每一天。有幾天是跟漢娜姨媽一起——」

她看著媽媽。「漢娜姨媽？漢娜姨媽是誰？」

「我的姊姊。」

「蛤？」她在小屋裡任何地方都沒看到媽媽的姊姊的照片。牆上或客廳裡沒有。媽媽的臥室裡也沒有。媽媽是不是喝掉了檸檬水底部的蟲子？她盡量保持嗓音平穩。

「妳以前從沒說過她的事。」

「我們不討論她。」媽媽疲憊地看著自己的膝蓋。「而且別追問她的事。那是很久以前的事了。」

她在傍晚的陽光下審視媽媽的臉，知道不值得追問。雖然她一直想要一個妹妹陪伴，但她還是決定先把漢娜姨媽擱置一邊。
「大概六個月後，」媽媽說：「妳爸爸和我是如此相愛，所以我們開始新的生活。」
「妳舊的生活有什麼問題嗎？」
「這只是一種表達方式。」
她以前從沒聽過任何大人說過類似的話，但決定相信媽媽。「繼續說下去，」她指示，補充道：「拜託。」
「我們買了幾份報紙。《布蘭特福德解說員》。好像也買了《多倫多星報》？我記不清了，總之我們查了分類廣告，想找個地方住。那是在一九九六年，網路普及之前。」
她明白地點點頭。「我知道，你們生活在恐龍時代。你們必須開車去看朋友。我們現在可以隨時跟朋友交談，例如在臉書上。」雖然葛芮塔並沒有這麼做，因為小屋裡並沒有網路，但儘管如此，她也知道網路是怎麼回事。她在學校圖書館上過臉書。「而且你們聽的音樂，是在車輪那麼大的黑色閃亮圓盤上，或是跟書本一樣大的錄音帶。」
「八軌道磁帶，」媽媽說：「那叫做八軌道磁帶。」
「隨便啦。現在我們有iPod，可以播放幾百首歌。雖然我不像班上人人都有一臺就是了。」她對自己這個微妙的暗示感到洋洋得意，希望對媽媽造成的小小愧疚感會在自己的下一個生日帶來回報。「我很慶幸我不是妳這種拓荒時代的女士。那種生活一定爛透了。」
媽媽皺眉。「一九九六年其實是很有趣的一年，葛芮塔。安大略省爆發了一場邪惡的龍捲風。馬克・加諾開始了他的第二次太空任務。」

她扮個鬼臉。「很高興知道。」

媽媽的歷史課讓她厭煩。媽媽總是這麼做，她也熟悉媽媽的蹩腳把戲。說到一個精采故事的一半時，媽媽會用無用的細節來破壞它，沒人想知道也沒人關心的無聊瑣事。彷彿媽媽認為她還太小，沒意識到她正試著睜開眼睛，想看看這個安大略北部社區以外的世界。

她在椅子上坐直，咬緊牙關，隔著院子瞪著媽媽，對媽媽開始講故事的方式感到非常生氣——她要求聽的故事。她不想再聽了。她不在乎媽媽跟伊恩是怎麼認識的——反正她本來就不喜歡他——也不再對他們的歷史感興趣。她拿起玻璃杯，回到屋裡，把它砰地一聲扔進水槽裡。媽媽和她一起坐在客廳的沙發上時，她抓起膝上的電視遙控器，調高了音量。

※　※　※

隔天早上，葛芮塔踮著腳尖走出臥室，爬下木樓梯，偷偷溜出了小屋的前門。然後她奔跑，跑下門前的臺階，繞過房子的一側，跑過石砌露臺，腳跟在泥土路上踢起塵埃。沒時間磨蹭了。她跑過後院，來到草地的盡頭，在眼前這座腐爛的結構前交叉雙腿，抬眼望天。

「拜託不要讓它發出吱嘎聲。」

她知道這沒有用——而且不能再等了。

「一，二，三。」

門發出呻吟聲。她摸索前路，稍微向前移動，然後向左移動一吋，遠離座位上的裂縫。馬桶座圈是用螺絲固定，只要一個錯誤的動作就意味著使用者會臉朝下淹沒在下面的棕色淤泥中。「噁。」她呻吟，捂著嘴。這麼做沒用。她也屏住了呼吸。

葛芮塔搞不懂為什麼有些人把屋外廁所稱做「私人空間」。這裡才不私人。成群結隊的蒼蠅在她頭上嗡嗡作響，當成自己的家。眼睛適應昏暗後，她揮手指揮牠們。

「好，給我閉嘴聽著，」她對牠們說，然後停頓幾秒，確保引起了牠們的注意。「瓊斯家族，你們可以發言。桑托斯家族，你們坐板凳。麥肯齊家族，今天早上屋頂是你們的。」但是蒼蠅沒聽話，而是到處嗡嗡作響，三大家族混在一起。

然後砰一聲。葛芮塔嚇一跳，差點從座位上掉下來。

「妳在裡頭做啥？」她聽到伊恩在外面呼喊。他搖晃廁所的牆壁。

葛芮塔呻吟。他想怎樣？

砰。砰。

她感覺到屁股底下的粗糙座椅挪移。她的臉龐升溫，她抓住長椅的兩側。「不好笑。」她說。

「要塌了，葛芮塔，要塌了喔。」他狂笑，把外面的木板搖晃得嘎嘎作響。葛芮塔覺得自己彷彿就坐在地震當中。然後搖晃停止了。伊恩打開門，窺視裡頭，手裡緊緊握著一根樹枝。他瞪著她，她的褲子拉到腳踝處。他竊笑。

「它塌下來的時候，」他說：「我不會跳進去救妳。」

「滾出去。」葛芮塔警告他。她的下唇顫抖。她把捲筒衛生紙扔向他。

伊恩用樹枝戳她的兩條腿——戳得很用力。她舉起雙腿，這麼做的時候聽到馬桶座圈吱嘎作響。她的背脊冒汗。她把手伸向廁所的地板，摸索潮濕的木板，找出自己藏在這裡以備不時之需的石頭，直接朝伊恩扔了過去。它擊中了他的額頭。

「我靠——」他茫然幾秒。他用手撫摸臉龐，放下手，指尖上有一塊紅色汗漬。

葛芮塔的心臟跳進喉嚨裡。她感覺到他的黑眼看著她。他向前走了兩步。

「我要把妳推下那個臭坑。」

葛芮塔急忙站起，拉上廁所的門，用力把門內側的鉤子扣進鎖孔裡。她抓住門內側的把手。「你真是個王八蛋。」她咕噥。

她感到門板在她手中震顫。鉤子滑動，但她盡可能抓緊把手。她衝著他尖叫：「如果你再這麼做，我會在你睡覺的時候割開你的喉嚨。」

伊恩吆喝，把全身的重量壓在門上。一聲響亮的啪聲傳來，葛芮塔感覺門板已經屈服於他。伊恩的手指一根根伸進木板內側。他的手臂從縫隙中蜿蜒鑽過、拍打鉤子時，她向後退縮。突然，她聽到附近傳來她媽媽嚴厲的嗓音。

「伊恩，夠了。」

他的手臂垂了下來。現場安靜了幾秒，接著是啪的一聲，某個東西掉在地上。葛芮塔急忙從座位上站起，透過木板上的小洞窺視外面。媽媽的臉頰上燃燒著憤怒的粉紅色。伊恩站著，拳頭舉在她上方。

「放過孩子。」她說。

他的拳頭揮了過去。又一聲咚。葛芮塔聽到媽媽的呻吟聲。然後他從她的視線中消失了。她從一數到十，這樣數了五遍，然後解開門鎖，推開門。媽媽在地上慢慢翻到側身，擦掉鼻子上的血，然後站起來。

「親愛的，妳沒事。」她遞來一卷衛生紙。「去把廁所上完吧。」

葛芮塔坐回馬桶座椅上，用手掌揉揉眼睛，紅著臉，盯著地面。「我恨他。」

「我們去散個步。」

「我也討厭散步。」

「別這樣。我會把剩下的故事告訴妳。」

※　※　※

裴瑞茲警探用一根手指撫摸下巴。「我開始明白妳為什麼不喜歡他了。」

她爆笑幾聲。「妳這麼覺得？」

「幸好妳和妳媽很親近。」

「我們做什麼事都在一起。那時候，她瞭解我的一切。」葛芮塔竭力試著從緊縮的喉嚨裡說出話。「我喜歡吃什麼、我在想什麼、我的夢想、我最喜歡的顏色。我們分享了我們所有的祕密。」

這算是真的，但也不完全是真的。因為，事實證明，媽媽隱瞞著她做夢也想不到的祕密。

第十三章

葛芮塔走過拐角處，漫步來到小屋前面，發現媽媽正在門廊上等她。媽媽親吻了她的額頭，然後兩人並肩而行，腳下的碎石吱嘎作響。兩人都沒提到伊恩愚蠢的屋外廁所遊戲、他緊握的拳頭或艾蜜莉瘀傷的臉。

「我們在三年內住過四個地方，」沿著巷道前進時，媽媽說道：「第一個是在林賽鎮，一個寡婦家的地下室。裡頭很冷，吹進去的飄雪堆積了五呎高。」

葛芮塔停下腳步。她相當確定那比她還高。會不會也比媽媽高？

「而且光線不多，因為窗戶上貼著錫箔紙。」

「那個老太太是吸血鬼還是什麼？」葛芮塔記得在圖書館發現的一本書，書中解釋吸血鬼必須待在黑暗中，因為他們認為如果走到室外就會被太陽晒傷。她故意讓上排牙齒露在下唇外面。

媽媽發笑。「不，不是。箔紙能讓房子在夏天保持涼爽，而且比窗簾便宜。我猜她只是忘了在冬天拿下來。」

「我懂。」她其實不懂。她在腦海中快速走過自家小屋，仔細檢查。

小屋是由長長的、多節的、以她母親形容的方式堆疊在一起的原木組成的。兩扇分別由四片玻璃組成的小窗鑲嵌在木製前門的兩側。兩扇窗的形狀一模一樣，看起來有點像她在工藝課做的日本摺紙。進入前門，就在左邊，是一個壁櫥。在它旁邊，一個高聳的木架用來掛毛衣和夾克。廚房在前門的右邊。一個長長的米色流理臺在從窗戶透進來的光線下伸展開來，緊挨著冰箱和爐灶。列出規則的那份清單就貼在那裡，貼在冰箱的一側。到二年級結束時，葛芮塔能看懂那份清單，上面是她父親的字跡：

沉默是金。

不許哭。

只有被要求說話時才能說話。

說實話。

衣物必須樸素，遮住全身。

屋內禁止遊戲。

晚上七點後不許看電視。

星期六是打掃的日子。

星期天是上教堂的日子。

沿廚房往裡頭走，就是客廳。一扇從地板一直延伸到天花板的窗戶，陽光從家具的塑膠布上反射回來。在客廳左側緊鄰牆壁的位置，是一道歪歪斜斜的木樓梯；她每次上下樓梯時，無論多麼小心翼翼，樓梯都會挪移。有著怪異尖頂的二樓擴大了小屋的寬度。她透過慘痛教訓明白，伊恩不認為這裡適合玩「拋接子」的遊戲，不適合跳格子，也不適合打保齡球。她父母的臥室——兩間當中較大的一間——在左邊。她的臥室小得多，在走廊對面的右邊。葛芮塔停止胡思亂想。她在腦海中沒看到窗簾。是因為買不起？他們需要多少錫箔紙才能蓋住那些窗戶？

「那間公寓是什麼樣子？」她鼓勵媽媽說下去。

「天花板很低，房間很潮濕。到了二月，妳爸爸和我得了嚴重的冬季流感。我們那時候還年輕，根本不知道該怎麼辦。兩個病人擠在一個狹小的空間裡，更是於事無補。」

「如果妳在嘔吐，要怎麼去上班？」

「我沒去上班。妳爸爸有，是兼職工作。」

「薪水夠買吃的嗎？」

「錢是用來付房租。我們錢有點不夠，但我們處理了房子裡所有的家務，來幫忙支付所有費用。寡婦的兒子起初不喜歡這樣，但我認為有房客和他母親一起過冬，這有讓他安心。」

「真不錯。他讓妳和伊恩免費住在那裡？」葛芮塔感到驚奇。「等我長大後我也要速速看。」

「不行，絕對不行，」媽媽說：「而且不是『速速看』，是『試試看』。我得告訴妳多少次，說話得體很重要？」

傍晚的太陽正在下沉，蚊子成群結隊地出動。牠們在她的後頸周圍嗡嗡作響，尋找下一個飽餐一頓的位置。她拍開牠們，但牠們死纏爛打，讓她變得暴躁和不舒服。如果彼此間的談話開始變得有點冗長，媽媽也似乎沒有注意到。

「如果你們喜歡那裡，為什麼搬走了？」葛芮塔問。

「老太太被什麼嚇壞了。妳也知道老人家就是那樣。」

「不，我不知道。」走回家的路上，她一直盯著路上的石頭。它們在某些位置有裂痕，看起來幾乎能像熱刀切開奶油一樣切開她赤裸的腳。「我不認識任何老人。我不認識妳的父母。我不認識伊恩的父母。我有爺爺奶奶外公外婆嗎？」她想起菈托亞的生日派對。「我班上所有孩子都有。我甚至不認識所謂的漢娜姨媽。她是不是老——」

「她不老。」

「我唯一知道的老人是在教堂裡的那些，而且他們都很臭。」真的很噁心。儘管他們沒有坐在她旁邊，但有時候她隔著走道也想塞住鼻孔。「在馬塞羅牧師講道的時候，那些老人閉著眼睛，腦袋往後仰到長椅上，有時候我以為他們已經死了。但他們沒死，因為當他說完後，他們又醒了過來。」

媽媽在巷道停步，雙手叉腰，目瞪口呆。

「禮拜結束後，我們在地下室拿餅乾時，他們用力擁抱我，他們下巴上的汗毛在我的臉頰上留下了刮痕。那真的超噁。所以，除了那些人之外，我並不知道老人家是什麼樣子。」

媽媽張嘴，但很快又閉上，兩人繞過巷道盡頭、停在家前門時，她轉向葛芮塔。「好吧，別在意，」她放下那個話題。「重要的是那個老太太叫我們搬家。所以我們在彼得堡找到了一個新住處。」

太陽消退，北方的天空一片緋紅，但白天的熱氣徘徊不去。伊恩正在上班，所以吃過晚飯後，葛芮塔提議去後院聽完故事的剩餘部分。

「彼得堡在哪裡？」她問。

「林賽鎮以東約四十五公里。」媽媽在她旁邊的椅子上坐下。

葛芮塔根本不知道那有多遠。她聽父親說過家門前的巷道有一公里長，所以林賽鎮和彼得堡之間的距離就像不停地來回奔跑四十五次。不能休息。如果明天沒那麼熱，也許她會試試。「新的住處好嗎？」

「一樓？一樓有一個帶石砌壁爐的客廳，一間臥室，後面還有一個小廚房。它藏在特倫特河邊一座維多利亞式聯排別墅的中間。我們住在六號，兩邊都是鄰居。」

「窗戶上有錫箔紙嗎？」

「沒有，是跟這間小屋一樣有大窗戶。」她指向後面的外牆。

「有窗簾？」

「沒錯。它們像知更鳥的蛋一樣藍，而且有荷葉邊。」

「聽起來很土。」葛芮塔思索。「為什麼妳和伊恩在那裡有窗簾，在這裡沒有？」

媽媽閉上眼睛，葛芮塔坐在原處等待。「那時候，妳父親不希望任何人看到房子裡頭。」媽媽說。

「他是不是做了什麼不該做的事？犯法的事？」她曾在爸媽的臥室裡看到手銬，帕帕斯警官去學校演講時也在黑腰帶上繫著同樣的手銬。她的大腦飛快運轉──完全失控。「伊恩是罪犯嗎？所以妳的梳妝臺上有手銬？」

媽媽嗤之以鼻。「當然不是。而且妳不應該在我們的房間裡窺探。」

她沒理會媽媽這句話。「那為什麼我們這裡沒有窗簾？」

「看看周圍，寶貝孩子。妳看到什麼？我們方圓十哩內都享有隱私。」

葛芮塔凝視著森林。媽媽說的有道理。除了媽媽每年在光滑的白色小石頭堆周圍種植的紅花之外，她只看到樹木和灌木叢。森林非常茂密，她的視線無法穿透。「你們在彼得堡做了什麼？」

「爸爸有試著找工作，但幾乎所有工作都被特倫特大學的學生搶走了，他們想賺學費。」

「妳有上大學嗎，媽？特倫特大學？」

「沒有，親愛的，」她說：「那對我來說是不可能的。」

葛芮塔轉頭，看媽媽這句話是不是認真的。是認真的。

「幾星期內，妳爸爸在彼德堡水閘找到了一份兼職工作。那是體力活，在炎熱傍晚的戶外。但它讓我們在其他時候能自由地做我們想做的事。」

她不確定媽媽喜歡做什麼。媽媽總是按照伊恩的吩咐去做，但也許那也是她的選擇，畢竟他們結婚了，她很確定結了婚的人就是那麼做——做什麼事都在一起。

「有時候，我們帶午餐去巴克霍恩的桑迪湖灘野餐。其他日子，我們走過河濱動物園的小徑。我們看到了駱駝、二趾樹懶、犛牛和鴯鶓。在炎熱的日子裡，我們待在家裡，走出後門，跳進河裡。」

葛芮塔瞇起眼睛，細如刀刃。不對勁。「那不是事實，」她說：「妳怕水。」

媽媽移開視線，她的臉在長長的陰影中顯得陰沉，她凝視著後院的盡頭。葛芮塔想像漆黑的池塘裡滿是野生動物、獅子、獵豹和野豬，滿嘴獠牙卻缺乏耐心。

「所以是怎麼回事？」她說。

「妳知道特倫特塞文河道上的船閘雙升降機嗎？那時候，它們是世界上最高的液壓升船機，」媽媽說：「真正的加拿大寶藏。」

葛芮塔呻吟。又來了。她拒絕被捲入歷史遊戲。這次不行。

「媽，妳是怎麼跳進河裡的？」她又問一次，決心查明真相。「妳不會游泳。」

媽媽彷彿看向她的身後，避開了這個問題。「那年夏天，妳爸爸盡力了。他很努力工作，但因為壓力太大而錯過了兩個班次。也許不只兩次。大概有幾次。他老闆打電話來時，他要我跟他老闆說他病了。我照做了，但他老闆不相信我，所以伊恩丟了工作。因為付不出錢，所以房東驅逐了我們。」

「驅逐是什麼意思？」葛芮塔覺得自己大概知道是什麼意思，但想確定。

「離開，親愛的。我們不得不離開河邊的房子。所以在警察出現在門口之前，妳爸爸和我盡快收拾我們僅有的一點東西。」

※　※　※

裴瑞茲警探用鉛筆敲敲桌面。「等一下。妳媽媽對這些驅逐還說了什麼嗎？」

「沒有。」
敲，敲。
「警察有出現嗎？」
「我不知道。她從沒說過，而且她告訴我的時候我大概九歲。」
敲，敲。
「她有沒有說她為什麼不告訴妳？」
她搞不懂警探為什麼問這些問題，也不喜歡對方的貓捉老鼠遊戲。她回想起導致那一刻發生的所有事件。
「了解。但那些細節對我來說是有幫助的。」
「妳？我說出來不是為了妳。我是在為我自己回想往事，尋找她曾留下的線索。而在那天晚上，她像妳一樣惹毛了我。」
警探丟下鉛筆，它滾過桌面。「妳有沒有找到妳想要的線索？」
「沒有。」她伸手把鉛筆推了回去。

※　※　※

在院子的露臺上，葛芮塔瘦骨嶙峋的細長胳臂起了一層雞皮疙瘩，傍晚空氣中的蚊子也越來越過分。牠們把她的腳踝當成吃到飽自助餐，這一處因此又紅又腫。她打個哈欠，不確定自己是否還能撐下去。如果撐不下去，她知道可能再也沒機會聽到故事的剩餘部分。愛情。兩個住處。驅逐。警察。她知道有些事情前後矛盾。但究竟是哪些事情？她決定換個方法。軟土深掘。對媽媽施展柔情攻勢。畢竟，媽媽原本是她最好的朋友——直到她有了真正的朋友，例如菈托亞。

「媽……」她讓自己的臉上流露些微驚訝。「那太瘋狂了。妳當時又得搬家？我替妳感到難過。」

媽媽看著她，眼角浮起皺紋，嘴角慢慢勾起微笑。葛芮塔回以微笑。「那並不是發生過最糟糕的事。」媽媽說。

她愣住。就是這一刻？媽媽即將把一直隱瞞的事情告訴她？腎上腺素湧過體內，讓她能保持清醒。「什麼意思？」她刻意配合媽媽甜美而低沉的音調。「我是指關於那不是最糟糕的事。」

「噢，」媽媽在半空中揮舞一手。「這只是大人的表達方式之一。」

她踢了椅腳。

媽媽似乎沒注意到。「提醒我一下。我們剛剛講到哪兒了？」

她的臉頰加溫。「妳和伊恩被驅逐。妳說伊恩不是罪犯，但我認為他是，而且我敢打賭妳也知道他是。妳只是沒說出來。」

媽媽給了她一個警告的眼神。她注意到這個眼神，但她很沮喪；她明明拜託媽媽把這個故事告訴她，因為她想聽整個故事。她想聽真相——完整的真相。事實。這讓她火大。感覺好像媽媽不想告訴她這個故事。她伸出嘴唇，噘起嘴。

「第三個地方在布雷斯布里奇。我們以前從沒去過那麼北邊的地方。我們到達那裡時，秋天的色彩已經蔓延到馬斯科卡，像毯子一樣覆蓋當地。黃色、紅色和橙色，都從樹上飄落，隨風旋轉，留下一條彩色的河流，流過小鎮的街道。」她身體前傾，似笑非笑，陷入沉思。「真美。生活在這樣的城鎮怎麼會出錯？它是聖誕老人村的所在地——那是一個聖誕主題公園。」她看著葛芮塔。「巧合的是，妳知道嗎？聖誕老人村坐落在緯度四十五度，正好在赤道和北極之間的中間。這太酷了吧？」

「很酷，非常酷。」她回嘴。她哪知道酷不酷？爸媽根本沒帶她去那裡看過。

媽媽移開視線，彷彿看穿了她的心思。「在我們到達之前，爸爸已經在市政府找到了一份工作。就是他現在的工作。」

「保持道路安全。」她在去學校的路上看到很多汽車，更不用說星期天在教堂的停車場。

「而且全職工作意味著福利。」

「就像獎品？」她問。這就是為什麼客廳裡的家具用塑膠布包裹著？

艾蜜莉發笑。「健康保險和假期。」

葛芮塔竊笑。又一個謊言。他們根本沒度過假。

「那感覺就像我們中了樂透。」

「伊恩賺多少錢？」

媽媽看起來跟她一樣困惑。「不知道。我從沒問過他。財務的事情都是他打理。」

葛芮塔胸腔緊繃。這倒是事實——毫無疑問地，他能把更多錢花在他自己身上。

她想起那些看著他們在布雷斯布里奇時尚精品店裡搜尋二手貨的旁人的臉。學校的孩子們叫它「布雷斯布里奇時尚精品店」。但它其實不叫這個名字。它真正的名字是「布雷斯布里奇舊貨店」。爸爸給他自己買了閃亮的新鞋和白色排扣襯衫，而她和媽媽得到的只有二手毛衣和長褲，這讓她很火大。她在心裡記下，下次她在學校圖書館的電腦前的時候，她會查查布雷斯布里奇的全職員工的薪資是多少。

「我們的第三個住處古色古香。」媽媽告訴她。

「那還真怪。」她皺起鼻頭。

「沒錯。那真的很奇怪。那是一棟夏日木屋。沒有水，而且後面的古井徹底乾涸。爸爸的新朋友們有來幫我們。」

她保持面無表情。爸爸的新朋友們……他這種人永遠不可能有任何朋友。在她住在小屋的這八年中，她不記得家裡有過任何一次訪客。

葛芮塔感到疲憊不堪。媽媽說他們住過四個地方，但目前為止只說了三個。她掐了自己以保持清醒，因為第四個住處就是她的住處：在雷文斯沃思的小屋。小說中的偵探南希・德魯會在面對懸疑案件的時候讓自己睡著嗎？不可能——所以她也不能睡。她強忍哈欠。

「妳那時候快樂嗎？」她問。

媽媽舉起一隻手，撫摸脖子上的項鏈，來回轉動粉紅色的小珠子。「搬到八十公里外的郊區？」

葛芮塔從媽媽的口氣裡知道答案。「為什麼搬去妳不想住的地方？你們那時候又沒結婚。換作我，我會把他踢到路邊。」

媽媽發笑。「事情很複雜。等妳長大後，妳會發現人際關係有潮起潮落。」

不，葛芮塔心想，才不會。而且她不知道潮起潮落是什麼意思，只覺得聽起來很噁心。

「總之，這無關緊要。妳爸爸第一次帶我看這間小屋時，他已經付了頭期款。」

「那就另外再找間房子，另外再付頭期款。」

「小屋是很小，但以狩獵營地來說保存得很好。他必須開車去布雷斯布里奇上班，但他確信我們這麼做是正確的。」

葛芮塔思索。「所以伊恩想要這個地方，他得到了。他想要隱私，也得到了。而且他可以開車去上班。」她等媽媽確認。媽媽一言不發。「哈囉？妳從中得到什麼了？」

媽媽下巴抽搐，轉身看著桌子對面。她微笑。「親愛的，我得到了我想要的一切。我得到了妳。」

第十四章

「要瑪芬蛋糕嗎？」裴瑞茲警探把一個白布袋輕推過辦公桌。「我昨晚做的。」

這個問題太過出乎意料，讓葛芮塔措手不及。這場談話怎麼會花這麼長時間？而且她不想要瑪芬蛋糕。她想拒絕對方，但知道這是個壞主意，所以還是伸手拿了一個。灑在蛋糕頂部的細小、濕潤的紫色斑點，讓她想起她和媽媽在後院盡頭的灌木叢中採摘野生藍莓的日子。她戳了戳水果。

裴瑞茲警探皺起眉頭，把手伸進袋子裡，拿出一把餐刀和一罐奶油，把它們推到桌子對面。「我們回過來談談妳父親。」她說。

葛芮塔拿起餐刀，彷彿可能把對方切成兩半。「妳沒聽見我說的？我不想再跟他有任何瓜葛。」

警探嘆口氣，看著她。

「我什麼也沒做。如果我做了什麼，哪可能同意來這裡？」葛芮塔說。

「跟他不一樣，妳還是有能力做出那個選擇。」

她回想起糖果店和屋外廁所的瘋狂時刻，以及其他發生的一切。「他不是受害者。妳為什麼不問問我的事？」

警探停住，瑪芬蛋糕離嘴巴還有一吋。「妳？」

葛芮塔戳戳瑪芬蛋糕。「沒錯，我。在妳知道我是如何活下來之前，我不會再告訴妳任何關於那個混蛋或在醫院發生的事。」

裴瑞茲警探嘆氣。「好吧。如果妳非說不可。」

※　※　※

三年級的開學日，葛芮塔在操場上跑來跑去，急著想找到菈托亞。菈托亞沒有上校車，但這一事實並沒有敲響警鐘；菈托亞不是那種喜歡被催促的人，所以她母親經常不得不開車送她去學校。鈴聲響起後，葛芮塔跟著隊伍進入學校，停下來，瞪大眼睛，提高警覺。教室前側的老師是個男的。他有寬闊的肩膀，深棕色的頭髮，瘦削的鼻子。他是不是跟她爸一樣喜歡晚上喝酒？同學們紛紛就座時，他拿出一個文件，從名單上讀出名字。

「不好意思，你……」她遲疑不決，因為他還沒有自我介紹。「老師先生，你犯了一個錯……你忘了菈托亞。」

全班咯咯笑。他檢查那張紙時，她屏住呼吸，看著他反複檢查了三次。大約過了五分鐘，他從鼻尖上那副銀色的月形眼鏡上方抬起頭。「小傢伙，妳叫什麼名字？」

咯笑聲像煙火一樣炸開。她臉頰通紅，蜷縮身子。這個人是誰，來自哪裡？雖然這個表情讓她想起了媽媽喜歡的那些表情，但她猜爸爸也會認為這個男人是個白痴。

「葛芮塔。」她呢喃。

「我叫恩尼斯先生。」他指著黑板，上面用粉筆和大寫字母寫著他的名字。課堂上傳來更多竊笑聲。「名單上沒有菈托亞。」

她不明白。菈托亞不見了。她消失了，人間蒸發。

整個上午，葛芮塔都在生悶氣，希望恩尼斯先生只是犯了他職業生涯中最大的錯誤。但後來，在課間休息時，她得知菈托亞和她的家人在夏天搬走了——搬去了一個叫奧里利亞的地方。她最好的朋友居然不告而別，完全沒說一聲。她知道他們家有她的電話號碼，卻沒打給她。她的心碎成一千塊，每一塊都像鵝卵石一樣飛過操場。

沒時間悲傷（她目睹過獨自玩耍的孩子會有什麼下場），葛芮塔開始尋找一個新的麻吉。祕密……每個人都有祕密——而且她很會隱瞞祕密。這是一種藝術形式，她的家人提供了完美的訓練來掌握的藝術形式。她瞭解到，嚴格來說，你是否知道祕密並不重要，重點是「你知道祕密」所產生的幻覺。人們在獲得之前不知道自己想要的未公開情報。

那天下午，操場的八卦網路充斥著多汁的小道消息。巴迪校長打了斯坦頓太太，為了叫她服從他。害羞的孩子們好奇地從遠處觀望。巴迪校長在自己的辦公室裡準備了手銬，以防斯坦頓太太不想聽話。

這些消息如野火般擴散。酷孩子們紛紛湧向她身邊。有誰看過那副手銬嗎？有人說自己看過。然後其他人也確認說自己也看過。葛芮塔一言不發地站著，讓他們繼續深掘祕密，她在一旁評估他們的猜測。她只需挑個眉，在完美的時機露出微笑、一個調皮的笑容，隔天校車上的每個孩子就都想坐在她身邊，或請她和他們一起吃午飯。

第二天早上，葛芮塔能感覺到老師們對她投來稍微更專注的目光；恩尼斯先生向全班同學講述了在操場被散布的令人不安的謊言後，他帶著他們到後場跑步。他指著跑道。「跑五圈。」全班目瞪口呆。兼任學校田徑教練的恩尼斯先生雙臂抱胸。「快開始吧。」

當全班同學覺得再跑下去就會死的時候，恩尼斯先生告訴他們，他們已經充分熱身，可以參加一系列的比賽。全班同學齊聲呻吟，但葛芮塔暗自興奮：從她有印象以來，她就經常在家門口的巷道上跑來跑去。恩尼斯先生要他們六人一組時，她在跑道上蹲下，等候信號。

「開跑！」他喊道。

葛芮塔一馬當先。她的雙臂在半空中來回擺動，每場比賽她都跑得像雙腳著火，猶如草上疾飛。預賽結束時，她是班上唯一一個能參加每場決賽的人，而到下午結束時，她是每場比賽中跑得最快的。

回到教室，一個男孩從嘴裡噴出湧泉般的棕綠色嘔吐物，濺到後排的每個人身上；雖然大多數孩子都筋疲力盡地趴在課桌上，葛芮塔體內卻還剩下燃料。儘管她的襪子布滿破洞，跑鞋緊貼著腳底，她還是可以跑一整天。這就是她晚上做的夢。她可以永遠跑下去。

※　※　※

葛芮塔八歲，而且很聰明，知道家裡有什麼東西正在她身邊分崩離析。她努力試著當和事佬，但她能做的也有限。伊恩怒火中燒。他整個人氣得發抖。媽媽保持沉默，而她的順從助長了他的怒火。她那時候已經習慣了長時間的沉默；她爸媽有幾個星期都互不理睬。伊恩每天晚上下班回家時，葛芮塔都待在樓上的房間裡。只有晚飯時間必須見面。

「這些盤子醜斃了。」某天晚上，她把餐盤一一放在桌上，對媽媽說道。

艾蜜莉回頭看一眼。「它們有個性。」

她舉起一個盤子，對著光源；盤子上布滿斑點和缺口。她怎麼以前都沒注意到？

「它們為什麼這麼破爛？」她查看另外兩個。「三個盤子，三種不同的顏色。」

媽媽聳肩，把一些切碎的胡蘿蔔扔進鍋裡。「舊貨店只有這些盤子。」

葛芮塔翻白眼。當然。這些是別人的廢棄物。「真噁心。」

它們一直都是這樣嗎？

她在餐桌旁坐下，用手指撫摸其中一個盤子的邊緣。你是從哪裡來的？她想像自己是盤子邊上一個看不見的小斑點，注視著原物主的生活片段。在他們的廚房。在他們的後院。在他們的客廳。她敢打賭，這些盤子之前的生活比現在更好。她想像那裡有堆積如山的食物。歡笑。也許生日派對。也許它們甚至原本屬於一組餐盤。但現在，它們流離失所，被扔掉或送人了。它們真正的家人在哪裡？她真正的家人在哪裡？她真正的父母長什麼樣子？她長得像她的母親？還是像她的父親？她有沒有兄弟姊妹？發生了什麼事？為什麼他們沒有留下她？

「我能不能看看我的出生證明？」她問。

媽媽嘆氣。「妳挑的時機不太對，葛芮塔。妳父親很快就會回到家。」

「那晚點？」

「改天吧。」

「每個收養都有證件。我想看看。」

「等妳長大一點，妳就會為這一切做好準備。」

「多大？」

「十二歲。」

「不要，我現在就要看。幹麼這麼神祕兮兮？」

「沒有神祕兮兮，所以放下這個話題，把妳的手指從盤子上拿開。總有一天我們會買些新盤子。」

葛芮塔嘛嘴。這感覺不對勁。四年是一段很長的時間，而且伊恩有工作，所以他們現在肯定買得起新的盤子。他有自己的停車位，有新鞋，有喝不完的酒。她指向冰箱上開給教堂的支票。

「我們有錢。」一想到自己的衣服，她的臉就燒了起來。她的衣服不像其他孩子的那麼時髦，而且因為她的髮型很樸素，所以她一直把頭髮紮成馬尾辮。她的運動鞋上有破洞，襪子因此會被雨水浸濕，而且她到現在還在用第一天上學時拿到的粉紅色背包。所以錢跑哪去了？花在哪裡？她需要錢。

「媽，」她以甜美口吻問道：「能不能買 iPod 給我？」

「妳在開玩笑吧？我們連盤子都買不起。」

葛芮塔只聽到媽媽說他們有錢，但他們的錢不是給她花的，不是拿來買她需要的東西，不是拿來買她想要的東西。她很清楚其中的區別。「好吧。我自己買。」她知道自己做不到，但還是這麼說，只是為了找媽媽麻煩。

「非常好的主意。」

「蛤？」她沒想到這會是媽媽的答覆。

「這就是為什麼我一直叫妳存錢。」

這是媽媽每週日去糖果店的路上對她說的話，她很討厭媽媽確實說得對。媽媽總是對某件事喋喋不休。那玩意兒叫啥來著？「關於那個叫角錢盒的東西……」

媽媽從湯鍋前轉身時，臉上的表情讓葛芮塔畏縮。糟了。她把頭趴在桌上。媽媽又要開始講歷史課了，從那愚蠢的三字開場白開始。爐子上的轉盤發出咔噠聲，媽媽在她身邊坐下。「在以前……」媽媽開口。

葛芮塔呻吟。

「到處都有公共電話。」

她抬起頭，皮笑肉不笑，假裝感興趣。

「一九四六年發明了電話後，電話公司每通電話會收取五分錢的費用，但到了一九五〇年代初期，電話公司把費用漲了一倍。人們被激怒了。一角錢是一大筆錢

——是他們過去支付的費用的兩倍。」

她嗤之以鼻。所以咧？「布雷斯布里奇的公共電話收費五角錢。相較之下，一角錢算很便宜了。如果他們不想付錢，就不該打電話。」

媽媽皺起眉頭。「他們別無選擇。當時沒有手機，而且有些人家裡沒有電話。他們依賴那些公共電話。跟醫生預約時間。跟家人保持聯繫。」

媽媽什麼時候才要講重點？「我們能不能直接說到角錢盒？」她問，已經在腦海裡提醒自己在學校圖書館查找關於公共電話的事情。公共電話的事情其實很有趣，但媽媽不需要知道她這麼想。

媽媽雙手交叉放在桌上。「因為人們永遠不知道什麼時候需要打電話，所以會用一個盒子來存放一角錢的硬幣。這就是為什麼這種盒子叫做角錢盒。」

用來放一角錢硬幣的盒子？長什麼樣子？是大還是小？裡頭能放多少枚一角錢硬幣？如果放太多，從盒子裡溢出來怎麼辦？在這個家裡，任何後果都會被處理。伊恩會確保這點。

媽媽離開廚房，回來時手裡拿著一個紅色木盒。葛芮塔跳起來抓住它。「這真的是角錢盒？」她查看盒子。

媽媽點頭。

她打開它。裡頭空無一物。她把盒子湊到鼻子前嗅聞。有霉味。她關上蓋子，高高舉起。盒子外面刻有圖案，她的手指沿光滑的脊線慢慢撫摸。然後她把它翻過來。

「看。某人的姓名縮寫。」

媽媽的臉色變得陰沉。她走過廚房，站在爐子前。
葛芮塔指著盒子底部。「DS是誰？」她說。
「我也不知道，親愛的。」
她把角錢盒放在桌上。「妳從哪裡弄來的？」
媽媽拿起勺子，攪拌鍋裡的湯，盛入流理臺上的兩個碗。「好幾年前，在布雷斯布里奇的一個古董市場。」她把湯端上桌後，把一隻手伸進裙子的側邊，從口袋裡掏出一樣東西，遞了出去。
「這是什麼？」葛芮塔問。
「妳的出生證明。」
她攤開這張紙。

葛芮塔・吉芬。
出生日期：二〇〇〇年七月十六日。
出生地：帕里灣。

她抬頭。「這是影本。正本在哪裡？」
「別再問問題了，葛芮塔，」媽媽說：「妳爸爸今天比較晚回家。妳喝妳的湯吧，別煩我了。」
葛芮塔把出生證明影本放在角錢盒裡。她很高興得到了想要的兩樣東西中的其中一樣，她改天再要正本和收養文件。如果爸爸不在家，也許她會問媽媽關於她的老朋友柯琳的事，以及她在爸媽吵架的那晚無意間聽到的事情。

那天晚上晚些時候，她把角錢盒藏在床底下。她和邦尼兔一起躺在毯子下，想著這些年來她在糖果店花光光的那些錢。她如果存下其中一些，就能買一臺 iPod。她如果全都存下來，搞不好就能去奧里利亞探望菈托亞。枕頭濕濕的，她用手掌撫過臉頰。她覺得心痛，好像她被吞噬了。她還是很想念菈托亞。

第十五章

裴瑞茲警探拿起手機，輸入一些號碼。接通後問道：「桑切斯和哈登在哪？」

她翻白眼。

「我是艾絲卓……不然你以為我是誰？」

驚訝狀，接著又翻白眼。

「提醒他們，我這裡的背景資料少得幾乎是零。」

聽到電話另一端的擴音器發出的聲音時，她停了下來。

「他們找到了什麼？」她寫下東西。「我需要看看。他們正在來這裡的路上？」

更漫長的停頓充斥了房間。

「那就叫他們盡快發給我。」她再次敲擊螢幕，放下手機。「好了，葛芮塔。我記下了妳說的話。妳為了避免被孤立而說的謊，還有妳從妳媽那裡得到的木盒。妳說完了嗎？」

葛芮塔臉頰灼熱。「還沒。我不是這樣熬過我父親的爛事。」

「我們在這裡，是為了討論妳父親去世前那個病房裡發生了什麼。」

「話題已經回到他身上了？」想也是。「我開始跑步——多虧了他，我跑步的速度很快。」

裴瑞茲警探把雙手搭成塔狀。「妳應該知道我純粹是為了查出真相而忍受妳的——」

「那時候，他像星期六晚上那樣得意洋洋地看了我一眼。但我還是應付掉了。」

※ ※ ※

「我想在課間休息的時候和妳談談。」春假結束不久後，恩尼斯先生說道。

葛芮塔從瀏海底下看著他，整個上午在課堂上一動不動。她遇到了什麼麻煩？恩尼斯先生聽說了她在那年早些時候散播的謠言？她希望沒有。

鈴聲響起，同學們魚貫而出，留下老師和她。他在辦公桌後面清清嗓子。「妳是個跑者。」他說。

她的肩膀放鬆了，但她繼續待在教室後側，跟老師保持距離。「算是。」

「對青少年田徑感興趣嗎？其他女孩年紀比妳大，但我認為妳會做的很好。」

她維持面無表情，努力不透露她已經知道的事情。她有跟年紀較大的女孩子賽跑過，而且擊敗了她們每個人。她有信心能再次擊敗她們。

「午餐時間在後場練習。每星期三次。」他遞給她一張紙條。「妳爸媽今晚需要在上面簽字。我們操場上見。」

那天晚上吃晚飯時，葛芮塔等著伊恩把糖漿倒在他的鬆餅上，吃完他最喜歡的一餐。他放下叉子，喝了口咖啡。她把紙條遞給他。

「桌上不許放垃圾。」他說，把它推回給她。

「這不是垃圾。我需要你閱讀它。還有簽字。」

「這是啥？」

「允許參加學校的越野和田徑隊。」

「不行。」

她目瞪口呆。他連看都沒看。她瞥向桌子對面的媽媽，媽媽正低頭看著自己的盤子。她一放學回到家，媽媽就在上面簽了名。「為什麼不行？」葛芮塔問。

「因為我說不行。」

伊恩把空咖啡杯重重地砸在桌上，起身離開了廚房。

葛芮塔上樓回到自己的臥室，在床上蜷縮成一團。她的大腦飛快運轉，然後突然停下來。她擤了鼻涕，翻個身。她的腳碰到地板，她悄悄下樓。廚房裡沒有人。她站在冰箱前，盯著固定在門上的支票。聖雅各教堂。一百元。她仔細檢查支票的右下角。她查看周圍，確認沒人，接著把支票從磁鐵下面拉了出來。

她回到臥室，從口袋裡拿出恩尼斯先生那張皺巴巴的紙條。她撫平摺痕，把它平放在支票上面。她屏住呼吸，把兩張紙完美地堆疊對齊，仔細端詳。

「靠。」她沒辦法看到底下那張。

她把鼻尖壓低到紙上，手指撫摸她能辨認出的每一個曲線和直線。雖然只能看到一點點，但她還是慢慢撫摸支票上的簽名，練習著，幾乎就像一個醫生在做手術。練習一次。兩次。十次。

「媽的。」她還是看不見簽名。

一定有什麼辦法。她的背在痛。她坐直身子，伸個懶腰。她絕不放棄。她擦擦額頭上的汗水，起身打開窗戶。然後她靈機一動：她從地板上抓起紙條和支票，將兩者壓在窗玻璃上。她能看到她父親的簽名，看得一清二楚。她拿起筆。

※　※　※

葛芮塔隔天出現在訓練場時，年長的女孩們給了她難堪，說她還是個嬰兒，說她的運動鞋很破，甚至批評她跑步的樣子。但大夥第一次一起繞著跑道奔跑時，取笑聲就煙消雲散了，因為她把她們遠遠拋在身後。在她們作為一個團隊一起練習的幾星期裡，葛芮塔的速度和紀律讓她們忘了她醜陋的衣服和笨拙的步態，而且在今年第一次區域大會的早晨，她贏得了每場比賽。她的隊友一一跟她擊掌、拍拍她的後背時，她滿臉自豪。她是她們的一分子。

留到下午的短跑比賽是最後一場。葛芮塔在無意中聽到一群家長說這是區域大會的主要賽事。她不明白。

「百米衝刺是啥？」她在隊友旁邊等候區的地上坐下後問道。

隊長斜眼看她一眼，伸個懶腰，頭擱在膝上。「那是真正的運動員的比賽。」

葛芮塔環顧帳棚。「不是每個人都是嗎？」

隊長竊笑。「不是。有些只是業餘的。」

「吉芬，」賽事總監喊道，打斷她們的談話。他一手拿著寫字板，另一手拿著巧克力甜甜圈，是唯一一個看起來不像運動員的人。他指向肩後。「一號選手，」他對她說：「三號跑道。」

她來到賽道上。她凝視跑道時，競爭對手們走上前來加入了她。有些蹲下，有些僵硬地站著。她彎下腰，雙手按在地上。然後她把腳放在起跑架上，抬起臀部，按照恩尼斯先生教她的方式低著頭。她聆聽指示。

「就位。」

人群中一片寂靜。她繃緊身體，深吸一口氣，屏住呼吸。

「預備。」

槍聲傳來。

她從起跑架上激射而出。她盯著前方，把身體往上推。她的雙臂向後擺動，跑到三十公尺處，她感覺腳掌平穩。跑到五十公尺處，雙肘稍稍離開身體兩側，她迅速向左看一眼，然後向右，沒有其他跑者的蹤影。跑到七十公尺處，她看到其他人。六個女孩從後方迅速湧過，她只能看到她們的背影。減速進入終點時，她前傾胸口，越過終點線。第七名？她徹底輸了。她大感失望，她沒能進入決賽。

比賽結束後，隊員們疲憊不堪但精神抖擻地登上了校車。回到高松小學時，恩尼斯先生要葛芮塔留在座位上。他在她身旁坐下。「今天很辛苦吧？」他說。

她轉過身背對他，肩膀垮下來。

「這是勝利的喜悅，也是失敗的痛苦。」

什麼？她沒回應。

「來。」他遞給她一個盒子。

她祈禱盒子裡是個三明治。雖然團隊中沒有人注意到，但她是唯一一個沒吃午飯的人。伊恩究竟是沒有買三明治肉，還是他自己把那些肉全吃光了，這都不是她最在意的問題。總之，她正在餓肚子。

「來，」恩尼斯先生說：「打開它。妳可能會喜歡裡頭的東西。」

她拿起盒子，掀開蓋子。她臉紅，嘴巴僵成一個圓圈。盒子裡是一雙全新的跑鞋。

回到小屋，她把手伸到床底下，拿出盒子，把新鞋套在腳上。她從床上低頭凝視著從毯子底下伸出來的兩只大鞋，心情好得不得了，很快就睡著了。

※ ※ ※

本賽季最盛大的比賽進行到超過下午一點。除了公園裡的跑者、老師和家長之外，葛芮塔這輩子從沒見過這麼多人聚在同一個地方。她希望爸媽有考慮來觀賽，但當她想起自己最初如何能賽跑時，她喉嚨緊縮，覺得想吐。

「準備好了嗎，葛芮塔？」發現她在場地上伸展雙腿時，恩尼斯先生問道。

「應該吧。」她準備好了。她的新跑鞋讓她天下無敵。

英尼斯教練狐疑地看她一眼。「五公里是很長一段路，也是妳第一次參加的重要比賽。上場去，快快跑，玩得開心。」

她目瞪口呆地看著他。她的速度讓隊伍覺得這個賽季的結局或許能比去年的平庸結局更好。她來這裡不是為了快快跑、玩得開心，而是想贏得整場比賽。

恩尼斯教練掃視群眾。「妳爸媽在這兒嗎？」

她身體前傾，鼻尖碰到膝蓋。「他們在忙工作。」

「噢。」他看起來很困惑。「我原本希望今天能見到他們。」

「也許下一次吧。」她盡力試著結束這場談話。

恩尼斯先生似乎沒注意到她的不自在。「那由我來幫妳加油。」他在她身邊坐下。

「看看我帶來了什麼。」他手裡拿著十枚閃亮的一角錢硬幣。

葛芮塔哈哈大笑。她已經忘了他們那天在校車上的談話；她的新跑鞋把那天的一切從她的腦海中抹去了。她當時告訴恩尼斯先生，如果他要她在下次比賽時跑得更快，他就必須付錢給她。

「多少錢？」他當時問。

「十角錢。」她告訴他。

「真的？」他看起來全然訝異。

「沒錯。」她說。十角錢，否則她不跑。

那其實只是開玩笑。警示號角響起，各校的女孩們走向起跑線。口乾舌燥，硬幣塞在口袋裡，她起身小跑去加入她的隊友們。妳一定會贏。她的心怦怦跳。妳一定會贏。

最後一聲號角響起，她迅速邁步而出。開頭一公里，她跟在隊伍的前面。到了第二公里，她的身體放鬆，呼吸放慢，她開始大步向前。到了第三公里，她和五個她不認識的跑者一起跑在最前面。她打量她們。如果想贏，她知道自己需要加快步伐。

在第四公里，她向前推進。她經過三個女孩，但仍然落後在最快的跑者後面。第五公里也是最後一公里，是比賽中最困難的部分，這條路線帶她經過一個大池塘，穿過森林裡的一條泥土路，最後爬過一座長滿草的陡坡。兩個女孩跑得不分軒輊。一同上山時，葛芮塔把注意力集中力在前方，加快速度，超越了競爭對手。汗珠順著她的臉頰流下。她的兩條腿在尖叫，但她強忍疼痛，面無表情。她登上山頂並拐過轉角時，看到終點線。她做出最後一次衝刺，跑下山坡，衝破了終點線的紙帶。

人群歡呼，恩尼斯先生站在終點線祝賀葛芮塔。她氣喘吁吁，在空中揮舞拳頭，跟他擊掌。北安大略省初級小學越野田徑錦標賽，以前從未有三年級學生獲獎。她創造了歷史——而且在她的角錢盒裡增加了十枚閃亮的新硬幣。

※　※　※

葛芮塔等著裴瑞茲警探做出回應，但對方只是在椅子上扭動身體，繼續寫字。幾秒後，她抬起頭。「讓我們休息一下。」

就這樣？沒有恭喜妳？沒有評論？連個微笑也沒有？這個女人真冷血。她把手伸到椅背後面拿外套。

「妳有帶誰一起來嗎？」警探說：「菈托亞？妳媽？」

她頭暈目眩。有那麼一瞬間，她以為自己的心臟會停止跳動。「什麼？我媽？我爸殺了她。」

第十六章

裴瑞茲警探瞪大眼睛。「妳媽死了？妳為什麼不早說？」

「我現在說了。」

「可是我之前不知道。」

「那不是妳的職責嗎，警探？」

沉默來到彼此之間。警探臉紅。「我不會讀心術。如果妳以為——」

「我是這麼以為，」她回嗆：「妳只在乎他。妳不在乎我媽，妳他媽的也肯定不在乎我。」

警探用手梳理頭髮，呻吟著。「這種在乎會轉移事情的焦點。」

她耳裡充滿血流聲。她幾乎沒辦法看著對方，她不敢相信自己聽到什麼。她胸腔緊縮，全身都在顫抖。轉移事情的焦點？對誰來說？她母親的遇害徹底改變了她的人生。

「什麼時候發生的？」警探問。

葛芮塔想起自己似乎永遠無法逃離的那些黑暗歲月。她渴望在小屋的後院和媽媽在一起的日子。夏天她們一起走在巷子裡的那些時光；媽媽穿著綠色的背心裙，頭向後仰，放鬆，面帶微笑，腳底布滿鏽棕色，午後陽光反射在她赤褐色的頭髮上；葛芮塔在她旁邊，握著她纖細的手腕，聽她說話，盡力試著理解。她真希望能把那些時光抓在手裡，就像把螢火蟲抓進果醬罐裡。如果緊閉雙眼，她還能感受到那些日子的一絲暖意，母女之間的暖意依然存在。

「先是妳母親。現在是妳父親？」警探重複。「怎麼會？」

她陷進椅子裡，雙手摀住臉。一切都比那複雜得多。她根本不知道該如何解釋。一隻手觸碰她的肩膀，她掙脫開來，倒吸一口涼氣。她睜眼時，看到裴瑞茲警探蹲在她身邊的地板上。警探用一隻手捏著她的手，肌膚又熱又涼。

「慢慢來，葛芮塔，」警探說：「跟我說話。」

※　※　※

那年夏天，葛芮塔很難入睡。之前的多年來，只要看著臥室天花板的裂縫，她就能很快睡著。但在她九歲的時候，無論看那些裂縫多少次，都無法讓她腦海中瘋狂的想法停下來。她好不容易睡著時，會夢見自己赤身裸體地跑到小屋外面。她不知道這個夢是什麼意思，但不管她如何嘗試，就是無法讓它停止。每天晚上它都會把她驚醒，然後她的失眠循環再次開始。

整個晚上，她都聽到小屋裡發生的一切。有些聲響讓她安心，有些讓她害怕。她記得小時候坐在木樓梯頂上，躲在陰影裡，看著爸媽吵架。她能透過空氣中的靜電來判斷那些聲響什麼時候出現。她對它們的節奏瞭若指掌。首先，艾蜜莉提高嗓門；接下來，一扇門會砰的一聲甩上；然後伊恩低沉洪亮的嗓音會迴響，接著是一聲巨響。物體會飛過半空中，不然就是他會揮動拳頭。但葛芮塔每次的感受都一樣。她很想衝下樓梯幫媽媽，但她只是和邦尼兔一起蹲著，雙手摀住耳朵，看著爸爸的力氣變得越來越大。他彷彿就是浩克——一個她越來越討厭的超級英雄。超級英雄不打老婆……應該吧？

到了早上，空氣中的靜電和吵架的雷聲都已經結束。她的爸媽總是若無其事地繼續過日子，葛芮塔常常懷疑自己看到的是否只是一場夢。但現在，她的失眠充斥著他們的故事。之前她母親盡量淡化的那些爭吵都變得清晰，她也不再對什麼是真的、什麼不是真的感到困惑。伊恩是怪物。

魔鬼是如何進入她父親體內，這是一個謎。這折磨著她。她不明白，他在家裡明明是個魔鬼，怎麼會被要求去教堂當執事。上帝不知道嗎？難道祂沒有看到一切，祂不是應該像聖誕老人一樣無所不知？但在那時候，她早已對那個會在聖誕節拜訪家裡的神奇老公公失去了信心，畢竟他從沒來過。至於上帝……好吧，她對祂的信心也在動搖。因為，說真的，祂應該知道真相。如果祂不知道，那她父親就證明了上帝其實沒有把自己的工作做好。

她經常在想，這一切是怎麼開始的。難道他生來就是個利爪怪獸，被父母裹在毯子裡？她媽媽永遠不可能跟那種人約會。媽媽討厭長指甲，而且總是確保葛芮塔的指甲剪短。更有可能的是，他出生時是一個長著小天使臉蛋的可愛嬰兒，後來在十幾歲時變成一個野蠻人。她媽媽一直警告她要遠離十幾歲的男孩，因為他們一個人在房間裡會做很多奇怪的事情。她猜這就是其中之一。

儘管度過了無數個不眠之夜，夏天還是過去了，葛芮塔回到學校，對每晚聽到的暴力感到無能為力。她的爸媽從未討論過這件事。當她試著單獨和媽媽說話時，她無法直視媽媽的眼睛。唯一讓她活下去的就是跑步。當她心中的痛苦倍增時，腳踩在地上的感覺和吹過頭髮的風給了她撫慰。而且，雖然新學年意味著換一位新老師，但恩尼斯先生依然是她的田徑教練，這讓她心中充滿了暖意和家的感覺。她是團隊的一員；她屬於這個團隊。午餐時間的練習成了她的生命線，而且只要她保持安靜，沒人在乎她在家裡做什麼，所以她每天晚上晚飯後也會偷偷溜出去跑步。

到了春天，葛芮塔熟悉了小屋方圓五公里內的每條人行道和小徑，也橫掃了包括百米衝刺在內的每場比賽，還連續第二年贏得了青少年田徑錦標賽冠軍。

錦標賽結束後的第二天，巴迪校長衝進她的教室。他懶得敲門就闖了進去，紅著臉，在頭上揮舞著一張報紙。當他在教室前側停下來，展示手中的《布雷斯布里奇觀察者》時，葛芮塔的嘴巴掉了下來。團隊照片在哪裡？她的照片──葛芮塔的照片，獨自一人，沒有她的隊友──登在頭版。膽汁湧進她的嘴裡。如果被人看到怎麼辦？

巴迪先生的嗓音在顫抖。「高松小學的青少年田徑隊再創佳績。」他的眼睛發光。

葛芮塔蜷縮在座位上。這張照片並不漂亮；她的雙臂放鬆，流線型的身材雖然會讓恩尼斯先生驕傲，但她的嘴巴張得大大的，鼻孔垂著鼻涕。她等著同學們竊笑，他們卻鼓掌祝賀她。為自己是獲勝團隊的一員而自豪，為自己感到自豪，她慢慢抬起頭，到了下午結束時，她的焦慮減輕了。

※　※　※

隔天一早，葛芮塔蜿蜒穿過樹林裡的小徑。陷入沉思的她在屋子外圍一扇生鏽的掛鎖大門前停下來，轉身，加快腳步，以最快的速度穿過乾燥的灌木叢和茂密的樹林。當她跳上臺階，打開小屋的前門時，蚊子咬了她的臉。值完夜班回到家的伊恩擋住了門口。

「這他媽怎麼回事？」他厲聲道。

葛芮塔看一眼他手裡的東西，心臟為之凍結。她自己的臉從報紙頭版上盯著她。

「回答我。」

他把她拉進去，把她甩到地上，跨坐在她身上。

他一把揪住她的頭髮，把她的頭向後甩，重重砸在地板上。走廊裡的裱框相片喀啦作響，其中一幅掉在地上摔成碎片。葛芮塔眼冒金星。

「妳是又蠢又聾？」他咆哮。

她沒辦法呼吸。她扭動身體，試著吸氣。

「為什麼我現在才發現妳背著我偷偷做了什麼？」

她沒回答。他轉移身體重心時，她覺得自己的背脊可能會斷掉。

「我從沒給過妳跑步的許可，」他吼道：「所以妳現在得求我。」

她不需要求他，因為她已經贏了。他別無選擇。他永遠不會拿他寶貴的名聲冒險。

「快求我。」他加強手勁。「妳最好現在就求我。」

她眼眶泛淚。她不能冒險。跑步對她來說太重要。她掙扎著，用喉嚨裡剩下的少許空間發出聲音。「我能不能參加學校的田徑隊？」

他又把她的頭撞在地板上。

她勉強開口。「求求你。」

「這才是我的乖女兒。」

他的聲音讓她不寒而慄。他把體重從她身上移開，把臉壓低到她的臉上。他噴在她臉頰上的氣息，聞起來像一個溫熱的體育用具袋。「我他媽才不在乎妳做些什麼。」他說。

他們彼此都知道這不是事實。她翻身，朝他比出中指。伊恩起身，抬起腳，迅速而有力地踢了她的肋骨一腳。她閉上眼睛，筋疲力盡，深吸一口氣，蜷縮身子。她徹底失去了鬥志。

※　※　※

太陽升起，黎明褪去。葛芮塔醒來，穿上鞋襪，踮著腳尖走出屋子。在恩尼斯先生的鼓勵下，她在那年夏天的每個早晨重新投入訓練——但不是為了恩尼斯先生希望能第三次贏得青少年田徑錦標賽，也不是為了學校希望能再次出現在報紙頭版上。想起那張照片時，她還是感到害怕。他們的夢想並不是她的動力；她清楚意識到自己內心持續不斷的疼痛，那種如刀切般的痛楚，在劇烈奔跑的壓力下暫時得到緩解。

家裡的一切都在發酵；一種泥土質感的腐爛在她的嘴裡留下一種強烈的酸性餘味。她的想法和意見都被忽視。她活得像個鬼魂。在晚上，伊恩要求絕對的服從。她躺在床上，睡不著，聽到了一切。

「我不是在請求妳……給我把書放下。」

畫面在她眼前閃過，她努力忘記的場景。伊恩大步穿過廚房，眼球突出。她的媽媽繃緊下巴，把書放到桌上。

「把它給我。」她聽到他咬牙道。他的臉這時候想必僵硬通紅。

爭論是沒用的，因為爭論總是導致更糟的事發生。她聽到他從媽媽手中奪過那個東西，扔進垃圾桶。就像邦尼兔。她知道媽媽這時候會一動也不動地坐在椅子上，面如死灰，整個人因恐懼而僵硬。她也感受到了那種恐懼，而且她知道這對他來說還不夠。

伊恩把她母親重重地撞在牆上，用拳頭毆打她的臉時，葛芮塔的心跳聲在耳裡迴響。她媽媽哭著倒下，葛芮塔知道她會舉起雙手來保護頭部，抵擋接下來會發生的傷害。她父親握緊拳頭，把她母親的身體當成沙包，施加超出他能感受到的痛苦。她把頭埋在枕頭底下，肉體被敲打的沉悶砰砰聲讓她想吐，她以意志力命令這場毆打停下來。她想下樓去幫媽媽，但她動彈不得。她自己的黃綠色瘀傷還沒消退，她不想再添上一筆。時鐘在無聲的幾分鐘內滴答作響。當她以為一切都結束時，她父親把她母親舉起來、拼命搖晃，她確信自己聽到骨頭斷裂的聲音。然後是寂靜。然後某個東西掉在地上。她想像著她的母親疲軟得像個布娃娃。

葛芮塔從床上爬起來，飛奔下樓去廚房。她父親站在那裡，頭髮凌亂，雙手攤在流理臺上，凝視著窗外。在他的右邊，她母親顯然剛剛爬過了房間，在地板上留下一道血跡。

「媽，」她說：「醒醒。求求妳。」

她彎下腰，把媽媽的頭枕在自己的膝上，不知道該怎麼辦。伊恩彎下腰，握緊拳頭，看著她的眼睛。她垂下媽媽的頭，向後蜷縮身子，想讓自己變小。

「葛芮塔。」他低聲說，灼熱的氣息噴在她的脖子上。一道寒顫爬過她的脊椎。他的手沿著她的手臂頂端輕輕揉搓，滾燙的尿液順著她的腿流出來，濕透了她的米色睡衣。「葛芮塔。」他說，把彼此臉龐之間的距離又縮小了一吋。他狠狠瞪她一眼，然後離開了她，走出了小屋。

他的眼神讓她僵住。感覺過了一個小時後，雙腿無力的她爬過廚房地板。媽媽的後腦勺沾滿凝結的厚厚血塊。她從水槽裡拿出一條茶巾，輕輕按在媽媽的鼻子和嘴脣上，試圖止血。媽媽眼神呆滯，發出輕聲呻吟，皮膚呈半透明。每一個動作都痛苦而緩慢，她整夜靜靜地坐在媽媽身邊，感到安心。她搞不懂自己怎麼會以為她們在那裡很安全。

隔天早上，陽光灑滿了廚房。媽媽的臉已經面目全非——一片深紫——而且她幾乎無法行走，全身僵硬腫脹。再多的化妝品也無法遮掩傷害。這次不行。

葛芮塔數算媽媽在家裡總共躺了十四天，等扭傷痊癒，等瘀傷消退。從那次開始，葛芮塔感到無助；她實在不忍心看到媽媽被打得那麼慘。伊恩不在她們身邊時，她以完全不同的眼光看待媽媽。媽媽能自由地做自己。當他工作到很晚時，她們會看電視或唱些蠢歌，在屋子裡玩捉迷藏。當她們烤了巧克力餅乾，媽媽從不擔心撒在床單上的碎屑。媽媽只是微笑，把碎屑撿起來，塞回嘴裡。然後，盤子空了，媽媽說她還餓，伸手去抓女兒的腳趾頭。媽媽堅稱說她的腳趾跟餅乾一樣好吃，葛芮塔並不相信。因為她去咬媽媽的腳趾時，並不覺得跟餅乾一樣美味。

葛芮塔的恐懼和絕望最終變成了憤怒，她在奔跑時帶著這團怒火。她恨父親。她恨自己沒幫助母親。她恨媽媽這麼軟弱。她討厭那些沒幫她的大人。大人們低估孩子，以為他們不知道發生了什麼，以為不知道誰在騙他們。為什麼大人不乾脆說實話？他們叫孩子說實話。為什麼就不能這麼簡單？

六個月後，當巴迪校長出現在她的教室門口時，他臉上的表情告訴了她需要知道的一切。出了大事。他和一個她有些印象的男子一起出現。他是訪客？輔導員？她不確定。他站在校長身邊，身著筆挺的海軍藍西裝。

巴迪校長直視著她。「我能不能稍微跟妳談談？」他說。

她查看左右。「我？」

「是的，」他溫柔地說：「而且帶上妳的背包和外套。」

熱浪湧上她的臉頰，她能感覺到同學們的目光都投向自己。她不知道自己為什麼惹上了麻煩，也不知道是多大的麻煩，但從她肚子裡的空洞感來判斷，她猜是很大的麻煩。

她默默走過走道時，她的朋友們竊竊私語。走到教室前側所花的時間，比她贏得的任何五公里比賽都漫長。她從教室前側的掛鉤上抓起她的東西，然後走進走廊。

「嗨，葛芮塔。這位是……」巴迪先生咕噥道。

她沒聽到名字。巴迪先生閉上眼睛，前後搖晃身子，捏捏鼻樑。他沒說話，但他們之間的眼神交流證實了她需要一些「輔導」。

「妳媽媽今天早上出了意外。」他緩緩道。

她從鼻子裡吐出熱氣。雖然巴迪先生的嗓音聽起來比平時高亢，但她似乎沒遇上什麼麻煩。她想在原地起舞。「她還好嗎？」她問。

巴迪先生咳了一聲，用拇指指向他左邊的西裝男子。「這邊這位凱茲先生會說明。」然後他退後一步，交出發言權。

她對巴迪先生說的話有種不祥預感；他好像一直避免多說什麼。他在隱瞞什麼？她以前遇過這樣的情況。她的胃袋下垂，她打個寒顫。為什麼大人不乾脆說實話？

在凱茲先生開口之前，從他跪在她面前並直視她眼睛的樣子來看，她知道家裡發生了可怕的事。她用手摀住耳朵，蹲在地板上，做好承受衝擊的準備。衝擊到來的時候，對她造成了重大打擊。

衝擊揮之不去。久久不散。

第十七章

「我很遺憾。」裴瑞茲警探說。

葛芮塔默默坐著，眼睛盯著地板。

「我為妳感到遺憾，為妳母親感到遺憾，為妳和她短短的共處時光感到遺憾。」

她抬起頭，看到裴瑞茲警探向後搖晃身子，雙手緊緊交扣，指節發白。

「我早該知道，」她說：「我根本不知道妳經歷了什麼。」

「是啊，」葛芮塔同意：「妳早該知道。妳試著瞭解我行不行？與其試著把我父親的死歸咎於我，不如想想我父親殺了我母親對我造成什麼感受。」

警探坐回桌子後面。「請繼續說下去。」她拿起鉛筆時，手在顫抖。

※　※　※

巴迪先生和凱茲先生解釋說，那天早上她爸媽都在家，廚房裡發生了一起意外。她媽媽在烘焙東西的時候向後倒下，頭撞在一張小金屬桌的邊緣。她的父親沒有當場幫助她，而是因為驚慌失措而失去了理智。這很常見，巴迪先生向她保證，處於同樣危機的任何人都可能發現自己處於類似的狀態。凱茲先生先生告訴葛芮塔，她的父親隨後跳上他的卡車，以最快的速度開車去向鄰居求助，但當她問起時，他們不知道是哪個鄰居——她也不知道是哪個，因為在她這十年來，她還沒有遇到任何一個鄰居。當這位鄰居和她父親一起回到小屋時，顯然為時已晚。她的母親已經離世了。

故事就是這樣。他們就是這麼說的。她的母親離世了。離開了。

這個詞彙在她腦海裡迴響。離開哪裡？去了哪？他們想告訴她什麼？她不笨。她知道真相。離世的意思是死了。那他們為什麼不這麼說？她母親死了。死了。她想像媽媽倒在廚房地板中央、後腦勺一道傷口流血的情景。當葛芮塔以為事情不會變得更糟時，事情真的變得更糟。巴迪先生張開雙臂安慰她。

「我很遺憾，葛芮塔。」他難過地低聲說。

遺憾？他只說得出這兩個字？

她的絕望沸騰。她跑過走廊，推開樓梯間的門，跑到學校後面。巴迪先生和凱茲先生追上她時，她站在操場跑道邊緣，雙手抱頭，傷心欲絕。他們在她旁邊坐下。沒人動。沒人說話。葛芮塔一直哭，直到再也哭不出來。她抬起頭時帶著沉重的悲痛，眼睛直直地注視前方。「這個故事沒這麼簡單。」她斬釘截鐵地說。

兩名男子對視了一眼。「什麼意思？」巴迪先生擔憂得皺眉。

她隱藏多年的祕密浮出水面。她沒試著阻止它們；她需要它們被公開，讓每個人都能聽到。如此一來，如果之後有人想聽這些真相，她母親人生中的一些謎團就會被公諸於眾。她如果現在不說出來，以後任何人都能在那些謎團上胡說八道，好像他們都自以為知道發生了什麼。他們其實不知道。他們不可能知道。他們沒有在場目睹。他們一無所知。

她說出一切。

「我媽跟我爸處不好。」她知道直呼父母名諱會讓大人不舒服，所以她沒這麼做。「我父親被解雇了，他對此很不高興。他的老闆強迫他把剩下的假期休完。他老闆告訴他，不使用那些假期就會失去它們。這星期他一直焦躁不安，脾氣暴躁。真正的王八蛋。他和我媽昨晚大吵了一架。我都聽到了。」

葛芮塔停下來，深吸一口氣。巴迪先生和凱茲先生等她說下去。

「我今天早上醒來時，還能感覺到吵架之後的緊張氣氛。我跟我媽說我想留在家裡陪她，但她說我應該去上學。她多年來一直在處理我父親的情緒；她通常能順利地大事化小。」

巴迪先生和凱茲先生對望一眼。

「所以我做了我的午餐。媽媽很難過，因為我爸沒去自動提款機領錢，冰箱裡沒有吃的。我做了一個奶油三明治，塞進背包裡；當我去上學時，她還活著。」

她開始啜泣。凱茲先生把手搭在她的肩上，送她進學校。她坐在他的辦公室裡等待時——她不知道在等什麼——她拿出三明治，用力往牆上扔。她想回家，蜷縮在被窩裡，從地球上消失。

巴迪先生下午提早開車送她回家。開過巷道時，石塊撞擊他汽車的底部。當他把車開進貧瘠的草地上，擠在伊恩的卡車和一輛安大略省省警警車之間時，她在前排座位上能看到小屋裡一片寂靜。她雖然不願進去，但還是鼓起勇氣，下了車，打開了小屋的前門。巴迪先生跟在她身後。走過廚房。走過走廊。來到她父親和警官坐著談話的客廳。

「不好意思。」巴迪先生說。

兩名男子抬頭。

「葛芮塔。」伊恩說。

他站起來伸出雙臂想擁抱她時，她退後一步。她覺得好想吐。一隻手輕輕按在她的肩上。

「妳去把妳的背包放在妳房間裡吧？」巴迪先生說。

他向警官伸出右手自我介紹時，她爬上樓梯，當她回來時，他們正在專心交談。不確定他們是否聽到了她的聲響，她深吸一口氣，折回廚房裡。她沒開燈，直接穿過拱門。沉浸在陰影中，被松木香清潔劑的氣味淹沒，起初她什麼感覺都沒有。

有人清理了血跡。成果實在不算理想。桌子底下一片粉紅色。她的胃袋開始翻騰時，她抓住廚房椅背來幫助緩解頭暈，但她的腿一軟，屁股重重地落在椅子上。等暈眩感過去後，她慢慢睜開眼睛，適應周圍的環境。她母親三縷長長的赤褐頭髮垂在金屬桌邊，黏在凝結的血裡。她不知道自己為什麼在這一刻需要向那些髮絲吹氣，但她就是這麼做了。她輕輕地吹氣。她想確認它們是真的。它們微微擺動。

她停住。巴迪先生和凱茲先生的說詞刺痛了她的腦袋。那個故事根本不合理，她也討厭自己必須指出這一點。她穿過廚房時，怒火中燒。她無法控制自己，用力打開烤箱門。一陣寒意襲來，地板傾斜，她抓住廚房流理臺。烤箱裡什麼都沒有。她瘋狂地在廚房裡跑來跑去。

地板上沒有一塊碎屑。沒有髒碗。沒有烤盤紙。沒有塗了奶油的麵包盤。也沒有瑪芬蛋糕盤。完全看不到生的、半生的或全熟的任何烘焙物。

她的世界四分五裂，她跪倒在地。

※　※　※

艾蜜莉去世的消息傳得很快。第二天，鄰居們帶著用特百惠塑膠容器裝著的自製餐點來到小屋，送上安慰的話語，以幫助死者的家屬緩解悲傷。他們的突然出現，連同糖霜漿果餡餅和砂鍋菜，讓她噁心。為什麼他們這十年來從沒出現過，直到她母親去世？他們想怎樣？而且誰會把乾癟的老葡萄混進糖漿裡，這不是毀了奶油餡餅嗎？她母親絕不會這麼做。她感謝他們送來的肉和芥末蛋，但沒碰甜點。

在她樓上的房間裡，她和破舊的邦尼兔一起坐在床尾。持續不斷的敲門聲令她惱火，她來到窗前，額頭抵著冰冷的玻璃。在下面，鄰居們在回到車上之前互相竊竊私語，那些車子隨意停在巷道底端。沒營養的談話和玩笑。她都聽到了。

「那可憐的男人。發生了什麼事啊？」

「聽說她在我們剛剛站著的廚房裡摔倒，撞到了頭。」

「他們有個女兒？」

「真可憐，在那種年紀失去母親。不過沒看到她在屋裡。她是田徑明星。是個跑者。」

「我有印象。《布雷斯布里奇觀察者》好像去年有刊登她的照片？」

「這整件事太糟糕了。幸好她還有她父親。」

「他很善良。他是我們這個社區的支柱。」

「這對他來說也很悲慘。在這種年紀喪偶。」

葛芮塔好想吐。她前一天下午回到家時，聽到警官問了伊恩什麼。你今天為什麼在家，沒去上班？意外發生時是什麼時候，你在哪裡？你是開車去鄰居家？走路？用跑的？關於你的婚姻，你有沒有什麼想告訴我的？

二十四小時後，巷道裡擠滿了人，而且沒人問同樣那些問題。

※　※　※

夜幕降臨，伊恩和葛芮塔坐在廚房裡。伊恩把一個塑膠容器推過桌面。「吃。」

她推回去。一想到要吃任何東西，她就覺得想吐。

他聳肩。「行。」他把容器拉了回來。「那我能吃更飽。」

「請自便。」

他的叉子停在半空中。

她瞪著他。「我他媽才不在乎你是不是把它吃光光。」

伊恩的手猛然伸過桌面。他用力捏她的手腕，讓她知道他隨時能折斷它。「別再生悶氣，」他捏得更大力。「我警告妳。」

她眼眶濕潤，淚水順著臉頰滑落。她沒辦法看著他。

「怎樣？」他張開下巴，鬆開她的手腕。「妳認為這是我的錯？」

她不知道該說什麼。這不是很明顯嗎？這下她永遠看不到自己的收養文件了。

伊恩拿起叉子，叉起千層麵。「妳媽不算很好相處，妳知道。」

她瞪大眼睛，難以置信。

他往嘴裡塞了一大塊義大利麵。「妳還小。」他在空中揮舞著叉子。「妳以為妳什麼都知道，但妳只看到事情的一面。」

「我看夠了，」她平淡地說：「我不笨。」

「是嗎。妳有看到妳媽扔東西？」

「沒有。」

「妳有看到妳媽對我拳打？」他停頓。「腳踢？」

她整個腦袋都在震顫。她感覺自己的皮膚從內側裂開。

「我想也是。」

他從餐桌旁站起來，把盤子摔進水槽裡。她退縮一下，急促地吸口氣，蜷縮在座位上。他在拱門停下來，回頭瞪她。「那女人總是毫不示弱地做出反擊。」他轉身走出了廚房。

※ ※ ※

艾蜜莉下葬那天，天氣陰沉，似乎快要下雨。教堂的高聳尖頂和磚砌外牆通常在陽光下閃閃發亮，現在卻是暗灰色。旁邊是平時熙來攘往的圖書館和老年人中心，在這個三月的星期二早上十分安靜。葛芮塔走過教堂的實木門扉，沿著破舊的紅地毯進入中殿。這是她走過無數次的路，但這一次一切都感覺非常陌生。她在靠近祭壇的一張前排長椅上坐下，深吸一口氣。她的鼻腔裡充斥著家具亮光漆、舊紙和膝凳上布滿灰塵的棕色布料的氣味。在她小時候，她不明白自己和媽媽為什麼要祈求平安。媽媽雙手合十跪下時，她也照做。媽媽呢喃禱詞時，她也照做。想起媽媽那些話，葛芮塔不禁打個寒顫。

親愛的上帝，讓我們的心保持輕盈而安全。讓我們堅強得能提供寬恕。阿們。

這一次的雙手合十、跪地祈禱不一樣。她沒有人可以仰望。沒有人可以追隨。一切都改變了。

她以前從未參加過葬禮，但她明白何謂哀悼。她的周圍一切都是黑色。她的心因為她保守的祕密而是黑色。失去母親所造成的悲痛是黑色。伊恩穿上西裝時給她的眼神是黑色；送他們來葬禮的那輛車是黑色。當她母親的棺材被下降到墳坑裡的一口木箱裡時，就連她為了告別而鏟在棺材上的泥土也是黑色，黑色，黑色。這部分感覺正確，連同這個陰天，因為她沒辦法承受晴朗日子的重量。

葛芮塔在濕潤的微風中往回走，微風無拘無束地吹過廣闊的墓園。讓她感到不安的是，周圍有那麼多死亡，他們卻非得在教堂地下室舉行派對。輕柔的問候和瀰漫香水味的擁抱。那些氣味讓她頭暈。她在人群中找不到熟悉的面孔，就連媽媽的老朋友柯琳也沒出現，她不禁好奇這些人究竟是誰。她的悲痛太沉重，她因此沒辦法在哀悼者當中走動，沒辦法去吃放在塑膠杯、紙巾和黃盤子旁的白色手推車上堆積如山的食物。她仔細觀察桌子，發現一些來自不同時代的怪異小三明治。黃瓜和奶油乳酪。某種粉紅色的東西。鮪魚。火腿片配上——那是調味醬？乳酪片和烤牛肉。餡料都不同，但外觀出奇地統一。葛芮塔仔細看了看。那些三明治都沒有麵包皮。呃？老人家不吃麵包皮？

在令人疲憊的嗡嗡聲中，葛芮塔在教堂地下室尋找媽媽的臉，然後才想起他們為什麼在這裡。她抬頭望向帶有水漬的天花板時，她的眼睛感到刺痛。如果媽媽在場，會拉拉她的袖子，提醒她兩年前她們在後院的談話，關於媽媽住在林賽鎮那位老太太家裡的故事，還有媽媽說老人家就是容易被嚇到。現在她明白了：老人會變得像三歲小孩一樣暴躁，而且不喜歡麵包皮。她溜出房間，來到大廳，這樣就不用所有的話都憋在心裡。

「媽，」她低聲說，顫抖著深吸一口氣。她的話語滾滾而出。「妳在哪裡？我需要跟妳說一件事。我搞懂了老人是怎麼回事。我終於明白了妳的故事。」

但媽媽並不在場聽她講話。媽媽在一個封閉的棺材裡，在一個孤墳的潮濕泥土深處。

回到家裡的臥室，葛芮塔滿腦子只想著她父親多麼卑鄙。就好像他把所有的卑鄙都收集在一個點滴袋裡，固定在他的衣服底下。每天從早到晚，卑鄙靜靜地流過他的血管，當點滴袋爆開、灑了一地時，事情就變得更難以忍受。她數不清自己多少次祈禱那個袋子會在最不方便的時候破裂，向他的朋友或他的社區——最好的是盤問他的警官——揭露他的真面目。又或許，如果袋子滑到他的心臟下方，阻止他的血液流動，這樣會更好。但她也希望袋子再也容納不下一滴卑鄙，毒素因此回流他的體內。

她祈求能得到喘息。哪怕只是一個晚上。

※　※　※

「所以妳熬過了葬禮？」裴瑞茲警探問。

「很勉強。但我當時想離開。我不想吃東西。我只想睡覺。一切都讓我火大。我只想獨處，從地球表面消失。」

警探點頭。

「妳知道最糟的是什麼嗎？每個人都相信了他的謊話。他們帶著那些該死的食物出現在小屋時，他老闆說他在工作上任勞任怨。他們說他是社區的支柱。人們談論他如何從鎮上的麵包店把東西送去給病人——」

「教會執事。有家室的男人。」

「那都是狗屁。沒人支持我。他們討厭我。他討厭我。我只希望他死。」

裴瑞茲警探猛地抬起頭。

第十八章

「妳為什麼說這種話，葛芮塔？妳又說了一次。妳希望他死？」

葛芮塔掙扎著站了起來。「我說的話妳一個字都沒聽進去？我父親殺了人還逍遙法外，警察對此沒採取任何行動。妳他媽那時候怎麼沒問問題沒錄音？現在這個王八蛋死於癌症，妳卻想把罪名釘在我頭上？」

「也許我剛剛的措辭不太恰當。」

「廢話。」她咆哮。

裴瑞茲警探歪起頭。「妳現在看起來很生氣。」

「因為妳把妳的工作做得很爛，而且妳有非常嚴重的溝通問題。」

她穿過房間，坐在窗臺上。為了冷靜下來，她開始在心裡數數。一。呼吸。一名男子站在他辦公室的窗前伸個懶腰，看著下面街道上來往的車輛。二。一群人在一家餐館外轉角處的人行道上走來走去，一名警察邊看著他們邊滑著手機。三。一位女士遛著兩隻毛色相同的小狗。她的呼吸現在變得緩慢而穩定。牆上掛鐘的聲響充斥整個房間。

敲，敲。

她轉身，怒瞪拿著鉛筆的裴瑞茲警探。她很想把那支鉛筆塞進對方的喉嚨裡。

警探放下筆。「當時一定有某種——」

「調查？」葛芮塔瞪大眼睛。

裴瑞茲警探伸出一隻胳臂，示意她回到椅子上，笑容從容不迫。「是的。妳一定有跟他們說些什麼。妳告訴我的一切？」

她從窗臺起身，走上前，用拳頭敲了桌子。「妳知道警察做了什麼嗎？」

「我不知道，但我想知道。」

「就像他們對待我的方式一樣。」她的膝蓋一軟，她癱坐在椅子上，嗓音微弱。「他們什麼也沒做。」

※　※　※

葬禮結束一星期後，小屋裡寂靜得令人不安，整個早上都是這樣。葛芮塔聽到一輛車隆隆駛入小屋外的巷道盡頭。

「別動，」伊恩說：「我去開門。」

他突然出現在她臥室門口，這把她嚇了一跳。他頭髮凌亂，浮腫的臉龐讓她知道他昨晚喝了多少酒。他走下樓梯，打開前門。

「早安。伊恩・吉芬？」

「是的。」

「伊恩·吉芬執事?」

「就是我。」

「我是帕帕斯警官。」

葛芮塔在床上坐直，倒吸一口氣。她沒聽錯?帕帕斯?為了確認自己是對的，她從床上滑下來，爬到樓梯頂上，保持安靜而充滿希望。

「我是安大略省省警。」他伸出一手。

伊恩看著這隻手，但沒握手。

「我能不能進去?」

從警官的語氣來判斷，葛芮塔知道這不是請求。她父親後退一步，讓他進了門。劈啪作響的聲音響徹小屋，在牆壁上反彈，有個說話聲要求「確認抵達現場」。

葛芮塔滑下四級臺階來到樓梯中央，在這裡能看到帕帕斯警官。他站在她父親面前，至少比她父親高一個頭。體型也更寬。他看起來像是職業橄欖球隊的線衛。

她盯著他的制服。深藍襯衫，海軍藍褲，左肩上的無線電——都和社區警員們去她學校時穿的一模一樣，只是她之前從沒見過那件胸前印有「警察」黃色大字樣的龐大黑色背心。她把視線往下移，瞪大了眼睛。他的槍套裡有一把槍。真槍。

帕帕斯警官和她父親在走廊裡尷尬地站了一會兒，然後魚貫進入廚房。有那麼一段時間，帕帕斯警官只是站在那裡，一動不動。他仔細打量周圍時，他的眼睛飛快轉動。他有沒有看到沾滿汙漬的油氈地板，因多年使用而傷痕累累的舊櫥櫃?葛芮塔坐在臺階上，以意志力命令他仔細觀察桌上的刀痕，還有她父親投擲鹽瓶和胡椒瓶而在牆上造成的傷痕。

伊恩向他示意一把椅子。「今早我能為你做些什麼嗎，警官？」

「我想和你還有令嬡談談艾蜜莉的死。」

聽到媽媽的名字，葛芮塔顫抖了一下。至少他沒說「離世」，但她真希望他說的是「被謀殺」。

「葛芮塔，親愛的，」她父親的聲音響起：「能不能麻煩妳下來一下？」

她沒動，直到她父親的椅子向後刮過廚房地板。當他從廚房走出拱門時，她跳到樓梯底下。他伸出手。

「妳來了，親愛的。」

他帶她來到一張椅子坐下時，她只想吐。帕帕斯警官隔著桌子打量兩人。

「首先讓我對艾蜜莉的死……表示哀悼。」他清清喉嚨，然後直視葛芮塔。「……妳母親的死。」

她畏縮了一下，把目光從他深棕色的眼睛上移開。

伊恩慢慢點頭。「謝謝你。」

他真會演戲。

伊恩把手伸過餐桌，放在帕帕斯警官的前臂上。「死亡向來令人難過。」

帕帕斯警官似乎對他這個突如其來的舉動感到不自在。「的確，執事。」他又清清嗓子。「我有機會在局裡看了來到現場的那名警官的筆記，我有幾個問題。」

伊恩高明地掩蓋了心中驚訝。「是嗎？我們能如何幫忙？」

帕帕斯警官在椅子上挪動身子。「我想和你們兩個單獨談談。先是葛芮塔。然後是你。」

「真的有這個必要嗎，警官？我女兒剛失去了她的母親。她需要我陪著她。你一定能明白。」

她看著父親，被他的大膽無恥驚呆了。

「是的，」帕帕斯對他說：「麻煩你離開廚房，只需一分鐘。」

伊恩從廚房椅子上站起來，同時把臉貼在葛芮塔臉前，在她耳邊輕聲耳語：「我就在另一個房間裡。」他直起身子，給她一個淡淡的竊笑，彷彿看她敢不敢做些激烈的事。

伊恩離開廚房後，帕帕斯警官看著她。「我知道這很困難，葛芮塔，但我需要問妳一個問題。」

她點頭。

「關於妳母親的死，妳有沒有什麼想告訴我的？」

她聳個肩，但沒正視他的眼睛。

「慢慢來。」

她交叉雙臂。伊恩會聽得一清二楚。她不能說。她沒辦法深入說明導致她母親死亡的悲慘生活的每一個骯髒細節。她沒辦法說她父親殺了她母親。她沒親眼目睹。

「妳還好嗎？」男子額頭上出現深深的溝紋。

她張嘴想回應，但喉嚨緊縮，她很難說話。「我很好。」她試著讓自己聽起來正常，但她的腦海裡充斥著那三縷頭髮黏在桌子上的畫面。她強迫自己微笑。「我可以問你一個問題嗎？」

「當然，葛芮塔。我會盡我所能告訴妳。」

「我需要知道我媽發生了什麼事。她是不是撞破了頭？」

帕帕斯警官有點結巴。「這個嘛，是的。算是。」

她盯著他。「所以究竟是不是？」

「她的頭骨破裂，腦部出血。」

她回想事發的前一天晚上。「你有看到其他傷勢嗎？」她知道一定有。

帕帕斯警官歪起頭。「例如什麼？」

伊恩闖進廚房。「夠了，」他命令。「妳回房間去。」他指向樓梯。

帕帕斯警官把手伸進口袋，掏出一張名片遞給葛芮塔。上面用花俏的字體寫著他的名字。「如果妳改變主意，或有什麼想告訴我的，可以打這個號碼給我。」他指向號碼，確保她知道號碼在哪。

「當然。」她盡可能以充滿說服力的方式說道。但她知道她不能打電話給他。

接下來輪到伊恩。葛芮塔在樓梯頂上熟悉的位置坐下，緊緊閉上眼睛，眼淚從眼角滲出。她只能聽到談話的片段，但她父親正在盡力掩飾自己的情緒。他的兩條腿一定在桌子底下拼命顫抖。他焦躁的時候就是會抖腳。而且她知道他很焦躁。他現在一定很焦躁。她希望帕帕斯警官有注意到。

伊恩長嘆一聲。「總之就是那麼回事，」他說：「我深受打擊。她也深受打擊。我們都是。」

「我明白，執事，但我相信你也明白，當有人提供新情報時，我必須進行調查。」

低沉的咕噥聲隨之而來。葛芮塔身體前傾，試著聽清楚他們在說什麼。

「我明白。只是對我來說，現在真是一段沉重又黑暗的時光。」

她不確定伊恩所謂的沉重是因為葬禮的壓力，還是因為他在掩飾自己的罪惡感。椅子在廚房地板上刮擦的聲音讓她畏縮了一下，接著突然間，她父親和帕帕斯警官站在走廊裡。他的制服全是汗水。

「隨時聯絡我。」他從她父親身邊向她揮手告別，說道。

葛芮塔舉起手。

門在警官身後關上時，她想著他說的話。

「那個王八蛋。」伊恩咕噥。

葛芮塔的心猛地一跳，她把雙手交叉放在膝上，以免手顫抖。從她坐的位置，她能聽到伊恩在廚房水槽下面翻找東西。他再次出現在廚房的拱門時，手裡拿著一個長方形的瓶子，上面有一個熟悉的標誌。傑克丹尼威士忌。他擰開瓶蓋，把它湊到嘴邊，灌了一大口。然後他用手背擦擦臉，又灌了一口。棕色液體被喝掉半瓶後，他把瓶子從脣邊放下。這才是她認識的父親：生氣又酒醉。

他轉身面對她。「妳這個小屎球。」他咬牙道。

葛芮塔血液升溫。她感覺到他的怒氣。但讓她害怕的不是他的憤怒，而是她自己的憤怒。怒火在她的耳朵裡迴盪，在她的血管裡湧動，使她全身顫抖。他殺了她母親，她知道。

她爆發了。「你這天殺的騙子。」她咆哮。

伊恩喉部發紅，臉頰泛紅。他掐住瓶口，把它摔在地上。碎玻璃四處飛濺，但這個聲音沒有嚇到她。

「你殺了她。我知道你殺了她。」她跳下樓梯，從牆上抓起一張照片——她父親微笑的照片。她把照片當成棒球一樣擲向他。它擊中他的腦袋。「我恨你。」

他站著一動不動，臉孔如死亡般平靜。

「而且你不是我真正的父親。我的收養文件在哪？」

他繃緊身子，看起來就像籠中困獸。

「我他媽的恨死你。媽媽說她會把那些文件給我。」

伊恩握緊拳頭，瞇起眼睛。他低下頭，檢查地板。然後他彎下腰，撿起他能找到的最大一塊碎玻璃，朝她邁了一步。「葛芮塔。」他的呼吸越來越沉重。

「殺人犯。你是殺人犯。你知道。我也知道。」

他衝向前，手裡緊握著碎玻璃。碎玻璃擦過她的手臂時，她倒抽一口氣。他要割開她的喉嚨？他也要殺了她？他多年前對她母親說過他會割斷她們倆的喉嚨時，現在他要兌現諾言？她後退一步，重新站穩，從他身邊繞過，慶幸自己受過跑步訓練。他再次撲上前時，她側移避開，飛快地跑過走廊。她衝出前門，她的雙腳盡力帶她遠離這裡。

這一次，她是為了逃命而奔跑。

第十九章

現在過了下午一點，葛芮塔知道該怎麼做。「帕帕斯。P－A－P－P－A－S。」

裴瑞茲警探在筆記本上潦草地寫下。「妳知道他叫什麼名字嗎？」

她搖頭。

「我們等會兒休息時我再查查。重要的是我要聽聽他當時說了什麼。」休息？一個小時前就該休息了。這位警探有沒有去過廁所？吃過東西？喝過水？檢查手機？「他不會給妳任何跟我剛剛說的不一樣的說詞。」

「妳最好希望是這樣。」裴瑞茲警探查看手錶。「在我們討論妳和妳父親死前在那間病房裡發生了什麼之前，還有最後一件事。妳離開小屋後做了什麼？」

※　※　※

她在灌木叢深處觀察了小屋。她父親的卡車不見了，但她懷疑他可能躲在某處等她。腿上沾滿泥濘，她偷偷來到前門，迅速查看屋裡。玻璃碎片散落在走廊上，它們的顏色被傍晚的陽光反射在牆上。紫色。藍色。橙色和洋紅色。傑克丹尼威士忌的標誌在一層薄薄的棕色液體中閃閃發光。在屋裡，他的臭味——他的血，他的鼻息——讓她想吐。她翻遍了廚房櫥櫃，找出一個水桶和一雙手套，開始忙碌。

到了傍晚時分，當伊恩的車頭燈出現在巷道盡頭時，他先前發怒的所有跡象幾乎都消失了。她匆匆上樓，鎖上臥室的門。前門發出砰一聲，牆壁為之顫抖，腳步聲隆隆地向她接近。他知道她在這裡？他一定喝醉了，她不確定她從廚房裡偷來、藏在床墊下的刀是否足以保護她的安全。如果她被迫使用它，她下得了手嗎？她真的能想像自己將刀刃刺進他的胸膛嗎？把刀子劃過他的手腕，還是從他的手臂上劃到他的肘部？刺他腿的頂部？她知道如果必要的話她會動手。

葛芮塔躺在床上，裹著床單，屏住呼吸，忍住尖叫的衝動。他的腳步聲退去，他臥室的門關上了。

※　※　※

「我早上醒來時，小屋裡沒人。」葛芮塔說。

「在妳指控他殺人、他不理妳之後？」

「他什麼也沒說。他沒承認。」

裴瑞茲警探用牙齒咬住下唇。「我覺得很怪。」

「為什麼？他就是那樣對待我媽。在他殺她的前一天晚上，我聽到他們吵架。吵得很凶。但他表現得好像什麼都沒發生。」

警探抬頭看一眼，但沒做出回應。她在筆記本上記下來，等葛芮塔繼續說下去。

※　※　※

春天變成了夏天。晚上有些陌生女人會來到小屋，她父親像牧場上的公牛一樣昂首闊步，充分利用自己的單身身分。沒人注意她，沒人在乎她。她成了自己家裡的隱形客人，站在前廊的女人們偶爾敷衍地對她揮手打個招呼，她們用塑膠杯喝酒，抽著燒到濾嘴的薄荷菸。在某個夏夜，在蟋蟀的交響樂干擾下，她聽到一段對話。

「她多大了，親愛的？」一個性感的嗓音輕柔道。

「剛滿十一歲。」她父親說。

她一愣。所以他其實知道上個月是她的生日？為什麼他什麼都沒說？她怎麼會期望他會說什麼？他平時完全把她當空氣。

「你打算怎麼做？」那個女人問。

呃？什麼打算怎麼做？

「她平常都做些什麼？」

他嘆氣。「穿著拖鞋在巷道上跑來跑去。」

隔著牆，從他的語氣來判斷，葛芮塔知道她父親是什麼表情。他在竊笑，在取笑她。如果他關心除了他自己以外的任何人，就可能知道她是什麼狀況。她在幾個月前就穿不下現在的跑鞋了。

「她的腳不疼嗎？這樣太危險了，那條路上到處都是車轍和溝壑。它差點把我的車底撞壞。」

她也知道他現在在想什麼。他不會清理它的，甜心。他什麼事也不會為妳做。

「是啊，我很擔心她。我不知道該怎麼辦。她顯然很痛苦，妳知道，在她母親死後。這真的很難熬。」

她握緊拳頭。難熬？對誰來說難熬？

「我現在只有她。我願意為她做任何事。我非常愛她。」

她瞪大眼睛，覺得想吐。

「噢，親愛的，我相信她也愛你。」菸槍嗓子以安撫的口吻說。

「我唯一能做的就是陪著她。在她需要的時候讓她說話。」她父親嗓音哽咽。然後是沉默。然後在哭？真可悲。「任何好父親都會這麼做。」

她覺得自己的肺臟好像被打到洩氣一般。任何一點聲響都讓她渾身緊繃。她父親的嗓音變得更低，喃喃自語，走廊對面房間裡的彈簧床發出嘎吱聲。然後是呻吟和吆喝。

他的房間明天會散發一股潮濕味，就像泥土。她咬著拳頭，用枕頭的四角裹住自己的頭。

※ ※ ※

葛芮塔在座位上扭動身體。「我把話說清楚：伊恩很邪惡。冰冷。無情。就像石頭。那年夏天的每一天，我都以為他會砸爛我的腦袋。」

鉛筆停止寫字。「妳不覺得這種說法誇張了點？」

「他就是這樣殺了我媽。他為什麼不會對我做出同樣的事？」

「孩子在腦海中想像的恐怖景象總是比實際情況更嚴重。」

她的心跳加速。「他很危險，而且他不笨。因為我媽的事，他得到了同情。免費的食物。性愛。如果他也殺了我，他就什麼也得不到——除了人們的質疑。帕帕斯警官會回來問話。」

「妳在那個夏天覺得他是什麼狀況？」

「除了我們大吵一架那次，他有控制住自己。他沒有再發脾氣——至少我印象中沒有。但他沒變。他很忙。我的意思是，那麼多女人……」

裴瑞茲警探直截了當地駁回這個暗示。「也許妳擔心他在妳母親去世後太早發展出新戀情？」

她氣得汗毛倒豎，一臉怒容。「我才不在乎。」

「聽起來不像是不在乎。我認為妳當時擔心這個。」

「沒人能取代我媽。我知道他如何對待她就會如何對待我。他只是需要時間來想辦法擺脫後果。妳何不把這句話記在妳該死的筆記本上？」

※ ※ ※

臨近夏末，葛芮塔要伊恩帶她去掃她母親的墓。他們還沒掃過她的墓——在那次週日告別式後一次也沒有——她想看看媽媽的墓現在怎麼樣。她想跟媽媽說話，讓她知道她仍然想念她，告訴她她有多愛她。她想提醒媽媽，她過了生日，現在十一歲了。她比以往任何時候都更想瞭解媽媽的來歷和出身。

她解釋自己為何想去時，伊恩把酒瓶放在地板上，從沙發上抬起頭，哈哈大笑。

「妳瘋了嗎？」

她堅守陣地，等著看他會怎麼做。

「如果妳想去看她，就去穿上鞋子，開始走路。」他這句話造成的尖銳刺痛令她震驚。他拿起瓶子，把酒喝光，然後砰的一聲扔在地上。他轉身面對她。「她跟我之間已經毫無瓜葛。別再目瞪口呆了，接受事實吧。」

在隨之而來的沉默中，葛芮塔怒火中燒。在她母親死後的所有時刻中，這是最糟糕的一刻。她媽媽跟她之間永遠不會毫無瓜葛。但她跟他之間已毫無瓜葛。她衝上樓，砰的一聲甩上臥室的門。她蹲在床邊，在床墊和彈簧床墊之間摸索，握住那年夏天藏起來的小刀。刀柄在她的手掌中感覺光滑，刀刃懸在她手臂內側一吋處，她把刀子直接劃過手腕。她猛吸一口氣。她檢查自己的成果時，她的手指緊張地移動刀刃，她再次動刀，這次劃得更深，刻下一條猙獰的紅線。感到疼痛、難受又害怕，淚水從她的臉頰上滑落，滴在地板上。她把頭垂到床邊，呼了口氣。

※　※　※

「妳還有那些疤痕嗎？」裴瑞茲警探問。

「啥？」

「刀疤。它們還在嗎？」

「我不知道。」她拉起運動衫的袖子，檢查手腕內側。找到她要找的東西時，她將手臂伸到身前。她指向某處。「這兒。」

裴瑞茲警探戴上眼鏡，身體前傾。她伸出一手，手指擦過葛芮塔的肌膚。然後她坐回去，皺著眉，鉛筆移到筆記本上。「好。」她寫下一些東西之後說道。她拉開辦公桌的抽屜，拿出一個印有她姓名縮寫的皮夾。AP。「我們休息一下。妳去吃點東西，我找找那位帕帕斯警官。」

第二十章

三十分鐘後，葛芮塔坐在窗臺上，透過十五呎高的窗戶凝視著周圍的建築物，只聽見下午尖峰時段從下方的大學街傳來的嗡嗡聲。汽車喇叭聲；煞車尖嘯聲。樹木閃著綠光。一股低沉的壓力在她的腦袋兩側悸動，直到她把手舉到太陽穴上，輕輕揉了揉，然後轉身背對窗戶。

裱框的證書排列在遠處的牆上。榮譽調查員。年度領導者。裴瑞茲警探的工作是蒐集事實並做出判斷，但在她們共處的這段生澀又僵硬的時間中，她覺得這位警探聽得心不在焉。沒錯，她有潦草記下一些筆記，但她也啃了一塊瑪芬蛋糕，偶爾問問題。葛芮塔厭倦了談論整件事。但那些疑問依然困擾著她。裴瑞茲有相信她說的嗎？她能看到她盔甲上的裂痕嗎？什麼事都有可能。她擔心裴瑞茲警探在想什麼，儘管目前為止她已經用各種方式剖析了她們的談話。

舊城法院的大鐘響了三聲時，裴瑞茲警探走進房間，瞇著眼睛。「我想填補一些從今早累積至今的漏洞，但在我們這麼做之前，請告訴我，妳有沒有回去學校？」

她胃袋裡升騰的不自在感停止了。警探或許不太瞭解她的人生，但顯然正在努力試著瞭解她對多年前發生的事情的描述。從牆上那些牌匾和獎項來看，她認為這不是警探第一次處理這種狀況。她在這間辦公室一定聽過上千個悲傷的故事。

「人生會繼續前進。」她邊說邊從窗臺上滑下來，在警探對面坐下。

裴瑞茲警探的微笑比較像是一種愁容。「我希望我們現在也能繼續前進。我需要結案。然而，如果妳對妳父親的死不想坦白，那就隨妳吧，妳需要說什麼就說什麼。」

※ ※ ※

六年級開學的第二天，葛芮塔被叫到辦公室時注意到的第一件事，就是巴迪校長的新眼鏡——顏色跟他的蒜頭鼻一樣。跟那副眼鏡不匹配的，是從他的鼻孔裡伸出來的茂密棕色鼻毛。他去年的時候沒有那些鼻毛。如果有，她會注意到。

「歡迎回來，葛芮塔。」他帶她進去。「很高興見到妳。」

她感到反胃。「當然。」她咕噥，不想多說。她上一次來到學校辦公室時，是得知媽媽的死訊。

「我要妳來這裡，是為了讓妳知道我已經把妳的名字添加到凱茲先生每週四會見的學生名單上。妳記得他吧？」

她沒預料到會發生這種情況。「真的？這就是你想說的？」

他盯著她，有點困惑。「輔導員。」

「輔導什麼？」過去五個月裡，她每天都一個人獨處，她做得很好，謝謝關心。

「嚴格來說也不算是輔導。」他停頓。「妳可以把它當成是談話的機會。分享妳的感受。說出胸口裡的話。妳懂嗎？」

不懂。她根本聽不懂他的意思。她還沒開始長胸部，也沒有任何感覺。她整個人麻木。

「過去幾個月妳經歷了很多。要處理的東西很多。很多事情要面對。凱茲先生能幫妳。」

「感謝你的關心，巴迪先生。我很感激。可是我不感興趣。」她停頓一下，似笑非笑。「不過，如果我覺得需要找個人談談，我一定會讓你知道。」

巴迪校長顯得失望。她看得出來，這不是他預想的談話走向。她覺得有必要澄清。「我在凱茲先生身邊感覺不自在。」

巴迪先生一臉困惑。「為什麼？」

她向前傾身，低聲說：「他有點怪。」

巴迪先生尷尬地在座位上動了動。「怎麼說？」他的臉上浮現出關切的神情。畢竟他是掌管學校安全的官方負責人。

她停頓。她從之前的辦公室談話中瞭解到，巴迪先生相信執法分為三個不同的階段：警告，後果，然後是執行。因為媽媽總是說她想像力過於活躍，所以她謹慎選擇了接下來要說的話。

「別誤會。」她抬眼看著校長。「凱茲先生讓我聯想到那種在飛機上享受性高潮的『高空性愛俱樂部』持卡會員。」巴迪先生難以置信地回望她時，她把他的表情解讀成邀請她說下去。「只不過我認為他是用雙手來獲得會員資格。不是口袋自慰，也不是五指姑娘。」她停頓一下，給他一個淡淡的微笑。「你明白我的意思嗎？全。手。動。操。作。」

巴迪先生繃緊下巴。他的臉頰變成消防車般的紅色，顏色擴散開來，越過他的眼鏡，越過他的耳朵，消失在他的髮際線中。他看起來好像想說些什麼，但又說不出話。他從辦公桌旁站起，衝出辦公室。她坐著，看著牆壁，等他回來。感覺好像過了一輩子後，她起身離去。

「噢，葛芮塔，」學校祕書對她喊道：「妳和凱茲先生的會面定在明天早上。」祕書發出低沉的菸槍笑聲。「明早九點半準時見，親愛的。」

※　※　※

裴瑞茲警探打岔。「那麼做令人安心。」

她皺眉。「是嗎？」

「妳的校長。」她瞥向筆記本。「他立刻幫妳安排了輔導。妳有從那場輔導中受益嗎？」

「是好幾場輔導，」她強硬道。「複數。」她停頓。「而且答案是沒有，一開始沒有。」

「真可惜。但重要的是妳去了。」

「每星期。準時。每週四。」

※ ※ ※

第二天早上，葛芮塔坐在一張板條木椅上，雙手抱頭，等著被叫進辦公室。學校祕書對她微笑揮手。巴迪先生跟她愉快地打招呼。凱茲先生穿著休閒的高爾夫襯衫和牛仔褲到達時，握了她的手，帶她進入一個沒有窗戶的小房間，向她表示歡迎。

「那麼，我們最近好嗎？」他問。

她嗤之以鼻。我們。好像彼此成了麻吉還是怎樣。「你在開我玩笑吧？」

「沒有。」他說。

「我最近好極了，就像美夢成真呢，凱先生。」她酸溜溜地回答。「你覺得我最近過得怎樣？」

「我不知道。我不是妳，」他指出。「所以我問妳。」

她困惑地看著他。他不是應該給她提供指導嗎？告訴她她應該有什麼感受？她用口香糖吹了一個粉紅色的大泡泡，啪地一聲爆開，再把整團口香糖吸回嘴裡。

「妳經歷了很多事情。」凱茲先生說。

「這種說法也太輕描淡寫了。」她回嗆。如果眼神能殺人，凱先生早就當場死亡。

「我懂，」他說：「如果妳想談談，我就在這裡。」

她在她面前交叉雙臂。「不用了，謝謝。」

凱先生嘆氣。「那我要怎麼幫妳？」

她咬牙。成年人總是問最愚蠢的問題。「你幫不了我。沒人幫得了我。」

「沒關係。妳有很多傷痛。這會需要時間。」
「隨你怎麼說。」
「我唯一能告訴妳的，是妳需要允許自己去感受妳的感受。那個感受可能是痛楚。失望。生氣。恐懼。」
她怒瞪他。生氣？她不僅是生氣，而是火大。她開始在心裡數數。一，二，三。她跳了起來，高舉雙臂。椅子撞在後牆上。「我只希望整個世界都別來煩我。」
在下一次會面中，凱先生非常溫柔地戳到她的痛處時，她崩潰了。「我渾身到處都在痛，凱先生，而且我每天都在痛。」她背負的重量令人難以承受，她也不想一直感到內心如此破碎。
「跟我說說妳的痛苦，葛芮塔。痛苦有各種類型。我們最好知道妳的感受是什麼，這樣才能理解它。」
「它沉重黑暗，感覺爛透了。而且它不只是在我的腦海裡，你知道嗎？它是實際的身體疼痛。就像我早上醒來的時候，一開始的幾秒感覺很好，然後我想起發生了什麼，然後……」她中斷，無法繼續說下去。
「這很正常，葛芮塔。」
「我不在乎這是否正常。我只知道我很痛。我沒辦法讓它消失。」
「悲痛並不容易，」他嘆氣。「而且我對妳的悲痛瞭解不多。我只能告訴妳，擺脫痛苦的唯一方法就是走過它。」
她看著他。他在說什麼屁話？讓他覺得自己聰明而讓她覺得自己愚蠢的詞彙組合對事情並沒有幫助。他覺得隨便說些什麼都好過看著她哭？還是他是在誘導她，準備像她母親以前那樣開始上歷史課？想到那件往事，她感到既安慰又惱火。

「我的意思是，如果妳忽視妳的痛苦，並將它深埋在妳內心深處，妳就是在剝奪自己的治癒能力。妳必須承認痛苦。讓它出來。解決它。」

她嗓子顫抖。「我該怎麼做？」

他搖頭。「我不知道。每個人都不一樣。寫日記？學自由搏擊？」

她氣得臉紅。「你在提供指導方面不是應該有某種專業知識？」

「我有，但我不是妳。妳想怎樣處理傷痛？」

「我不知道，」她回嘴：「我爸天天喝傑克丹尼威士忌。也許我也該試試？」

他看著她。「別試比較好。」

「擁有那些漂亮學歷的人是你。有答案的人是你。所以告訴我，告訴我該怎麼做。」

凱先生微笑，彷彿以為自己取得了突破之類的。「跟我談談。跟妳的老師談談。跟恩尼斯先生談談。思考。寫東西。畫畫。健身。練瑜珈。看什麼對妳有用。」

「我有在跑步。」

「好極了。那就這樣。把妳所有的痛苦都傾注到跑步中。」

她看著他。哇。好一個天才。這就是他偉大的解決方案？他媽的白癡。她受夠了大人。他們全都沒用。她對他比個中指，起身離去，砰一聲甩上門。

※ ※ ※

手機響了。

裴瑞茲警探舉起一根手指示意，拿起手機，聆聽，隔著桌子看著她。「等我一下。是省警分隊打來的，在亨茨維爾。」

她把筆記本夾在胳臂底下，去走廊講電話的時候，葛芮塔皺眉。在事後發生的一切，她只想得起零碎片段。她麻木地度過了那年秋天，害怕又困惑，態度叛逆。她對同學飆髒話，對老師咆哮，在校園打架。恩尼斯先生買給她新鞋時，她告訴他除非把交易金額從一角錢提高到一塊錢，否則她拒絕跑步。在家裡，她翻遍櫥櫃尋找伊恩懶得補充的糧食，並避開他。

在溫暖的夜晚，葛芮塔會冒險去後院感受媽媽的靈魂，蒼白的月光是方圓數哩的唯一光源。灌木叢深處發出的怪異聲響——在她小時候曾讓她害怕——沖走了她的一些寂寞。蟋蟀的交響樂，偶爾傳來的郊狼嚎叫，遠處火車的汽笛聲，這都減輕了她內心深處的痛苦。在晴朗的夜晚，繁星照映松樹，月光映襯雲杉，她想像宇宙中所有的星球，好奇她可以把哪一個當成家。有些晚上，她會屈服於痛苦，把媽媽的照片抱在胸前。有些晚上，當她感覺更堅強的時候，她會在角錢盒裡翻找：髮夾；一條舊橡皮筋，鬆弛而磨損；帶有粉紅小串珠的黯淡金鍊；她和媽媽共同創作的一幅未完成的畫；媽媽收藏在露臺盡頭的最小的石頭；還有邦尼兔的破爛耳朵。她會把盒子拿在手裡翻來覆去，夾在指間。她會把它抱在臉上。儘管媽媽的氣味總能給她帶來安慰，但她始終無法感到完整。因此，有些時候，她會把媽媽的照片放在身邊，數算角錢盒裡的硬幣，希望有足夠的錢買張票去某個地方——任何地方——很遠很遠的地方。但她記得，在她得到這個盒子的這兩年裡，她只存了五十六塊錢——她知道這些錢不夠她去任何地方。

「他怎麼說？」

裴瑞茲警探漫步回到房間。「抱歉久等了。」

「電話上的人不是帕帕斯警官，而是他的搭檔。他確認他們就是妳母親去世那天的值勤警官。」

「他當然是。我已經跟妳說了。」

「他說他們有出席葬禮，在守靈時和妳說話。」

「他有去？」葛芮塔當時沒看到帕帕斯警官在場。

「妳父親去看妳狀況如何而妳衝出去時，他們就站在妳旁邊。」

「他的搭檔也有去？」她沒印象。

「是的。他問我妳好不好。還記得他嗎？就是他在妳跑掉時找到妳。」

「不，我不記得。我當時坐在外面。」她很確定。她當時在和她媽媽說話。

「不是在葬禮上，而是在樹林裡。妳當時大約六歲？妳媽媽在那個週末不在家，他告訴我妳當時生妳爸爸的氣，所以星期天下午妳跑進了樹林。」

「事情是在那時候發生的？」

「妳迷路了幾個小時。」

「不可能。我爸絕不可能讓我媽那麼做，而且當時不是下午。我是夜裡獨自一人在樹林裡。」

「他不是這麼說的，葛芮塔。他記得很清楚。妳媽媽在星期天下午晚些時候打電話去了分隊。」

葛芮塔瞪著裴瑞茲警探，覺得想吐。那個週末她到底在外面待了多久？她父親對她做了什麼？對她母親做了什麼？

「總之，他很親切。他在葬禮後不久就退休了，現在擔任志工，負責接聽電話幾個小時。帕帕斯警官正在上夜班，所以我晚點再跟他談。」

葛芮塔瞥一眼時鐘，癱倒在椅子上。「我永遠沒辦法離開這裡了。」

裴瑞茲警探怒瞪她。「我們剛剛談到哪裡？」

※ ※ ※

雖然這一年大部分的時間都是一場災難，但田徑方面進展順利。這是她唯一喜愛的東西——她奔跑時的感覺。跑步減輕了她的痛苦，幫助她覺得完整，恩尼斯教練今年早些時候給她買的新鞋讓她的腳可以呼吸。和前一年一樣，她橫掃了地區賽，有望參加大賽。錦標賽那天，天空開始吐水，跑者們在樹下擠成一團。她坐著伸展身子，下巴放在膝上，這時有人喊她的名字。她抬頭查看，一個來自敵對學校的女孩站在她面前，雙腳張開。葛芮塔站起。

「我今天一定會擊敗妳。」女孩說。

她把女孩上下打量一番。雖然女孩個子矮小，身材也不錯，但不是個威脅。她的步伐不夠好。「我不這麼認為，親愛的。」

女孩點頭，面帶微笑，刺激她。「妳準備輸吧，魯蛇。」

她停頓。「妳是誰？」

「艾蜜莉，」她說：「別忘了。」

聽到她母親的名字，她的心臟扭曲。她的隊友們在起跑線上喊她，一開始嗓門不大，後來變得焦急。血液冰冷，胃袋翻攪，她用手指撫過臉頰，不知道感覺到的濕潤是汗水還是淚水。她轉過身嘔吐。

恩尼斯教練小跑過來。「妳怎麼了，吉芬？妳快錯過比賽了。」

她的雙腳拒絕移動。她擦去嘴裡的酸味。開賽的號角在遠處響起，歡呼聲淹沒了她的話語。

第二十一章

「那一年一定很難熬。」裴瑞茲警探說。

葛芮塔胃裡一陣刺痛，點點頭。「最可怕的是早上的第一件事。不是晚上，而是就在天亮之前。妳知道，醒來……無處可躲。」

「沒辦法逃離妳的悲痛？」

她停止扭動身子。「沒辦法逃離我自己。一切感覺就像才剛發生。如此真實。非常痛苦。」

「我猜母愛是能吞噬一個人。」

她用一隻手擦拭臉頰。「我當時希望一切正常，但一切就是不正常。我沒辦法往前走。我沒辦法放下過去——我連動都沒辦法動。我媽死的時候把我的勇氣一併帶走了。」

※　※　※

某個星期四早上，凱先生隔著桌子盯著葛芮塔。「學校裡有人擔心妳。」他告訴她。

她重重地嘆口氣，不想參與談話。深藍色的眼袋掛在她的眼睛底下。她沒有朋友。她的成績一落千丈。她的指甲髒兮兮。她的灰色運動褲破爛不堪，膝蓋處汙跡斑斑，褪色的紅色「威斯康辛獾橄欖球隊」T恤如同破布。她知道媽媽會說什麼，但她不在乎，因為這身衣服很舒服。她已經一星期沒洗頭又怎樣？誰在乎她那雙閃亮的黑色軍靴是不是來自布雷斯布里奇時尚精品店的二手貨？在她從那個地方偷來的所有東西當中，這雙靴子是她最好的「五指折扣」的成果。

「叫那個人別再擔心我了。」她知道那個人是他。

「那個人不會相信我的。妳看起來很疲憊、厭倦。說真的，我也很擔心。」

也許那個人不是他？「我沒事，凱先生。」

「妳怎麼可能沒事？妳的臉色蠟黃。」

「我聽不懂蠟黃是什麼意思。」

「黃色。就像黃疸。蒼白。」

「不是每個人都是《歡樂合唱團》的一分子。」

他的表情表明他聽不懂她說什麼。她用盡了所有自制力才沒跳到桌子上巴他一掌。

「怎麼回事，葛芮塔？妳是不是有什麼麻煩？」

她嗤之以鼻。「在這裡？住在這種荒野？」

他突然瞪大眼睛，吐口氣，抖抖面前的一張紙。「妳是不是有在抽大麻？」

這個問題像臭氣一樣懸在空中。她停止摳指甲。「你說什麼？」她怎麼可能想毀掉自己的大腦？她的身體，她的殿堂，是她混亂人生中唯一能控制的東西。更何況她是運動員。他們討論過跑步是一種「情緒宣洩」。他們被迫在一起度過了這麼多時光，他卻顯然對她一無所知。

凱茲先生眨眨眼，意有所指地等她認罪。

「哈囉？」她發火。「我是田徑隊的。就因為我不穿名牌或是你不喜歡我的臉或是我似乎無法『重新找到自己』——」她在半空中畫引號來加強語氣。「——並不表示我有在吸毒。你這個結論也下得太扯了吧。」

他懷疑地看著她。

「你們這些人是怎麼回事啊？總是在當法官。」

凱先生在半空中舉起兩隻手掌。「我沒有在批判妳。」

「你有。」她起身上下打量他，她的眼睛閃閃發亮。「看看你。一點風格也沒有……真可悲。」她還沒提到他的頭皮屑。「你是不是在吸快克，凱先生？」

「什麼？」

她唯一的答覆是砰的一聲把門在身後甩上。

※　※　※

那晚回到家後，葛芮塔意識到，如果凱先生知道她生活中發生的一切，就不會做出那樣的評論。她沒告訴他她父親從來不在家，就算在家不是睡死在沙發上就是在他房間裡喝酒。這不是祕密。唯一有在吸毒的人就是他。她沒向凱先生解釋自己為何疲憊不堪。她沒提到她有多缺錢，也沒提到她在失物招領處找衣服穿是多麼的丟臉。如果她被逮到，他會不會以為她喜歡偷東西？他會不會主動幫助她？如果她告訴他是她父親殺了她母親，他會相信她嗎？她怎麼能求助？這會像在指責伊恩疏於照顧孩子。如果凱先生跟他對質，之後呢？她要怎麼做？逃家，免得也被他殺掉？她厭倦了隱瞞真相。她之所以撒謊，是因為真相是另一個陷阱。

在冬天，葛芮塔努力把心中的熾烈怒火轉調成小火。在混亂中找到平靜需要時間，雖然有幾天凱先生講話聽起來就像《查理・布朗》中的老師，但她慢慢地把自己從懸崖邊拉回來。她繼續前進，有時很辛苦，但她發現隨著時間的推移，事情開始變得越來越容易。那年春天，自從她母親去世後，長期以來一直如鐵鉗般緊緊夾住她腦袋的濃霧第一次開始褪去。某種東西在她心裡攪動。她感到自己在呼吸。

※　※　※

新田徑賽季的第一天，葛芮塔走上跑道，用腳在地上磨蹭。「好。我今年準備好好努力。」她對團隊說。

女孩們看著她，提高警覺，保持距離。

「我去年狀況不好，也許有一點——」

「刻薄？」其中一個女孩說道，從齒縫裡吹口哨。

她的喉嚨緊縮。如果她們感到焦躁，她也不怪她們。

她盲目地說下去。「這個說法很公平。我確實很過分。」她們有必要把這件事弄得這麼難嗎？畢竟她們沒一個人死了媽媽。更糟的是，她從視野邊緣看到恩尼斯先生從操場對面走來，進入了聽力範圍。她呼口氣，緩慢而平穩。「對不起。我想繼續前進。跟妳們一起。跟團隊一起。我希望我們贏得冠軍。」

她的隊友們彼此交換眼神。她不確定該怎麼辦，只是站在原地，雙臂垂在兩側，等候她們的下一步行動。一個女孩伸手握了她的手，感覺很好，她的雙手不再顫抖。另一個女孩上前熊抱起她、轉圈時，其他隊員紛紛湧向她。沒人說話，一切盡在不言中。她很感激她們給她的第二次機會——而且她準備好證明自己配得上這個機會。

「女士們，」恩尼斯先生在一段距離外隆隆道：「站在那裡抱來抱去是拿不到冠軍的。」

隊伍向前跑去，一起繞著操場跑了一圈，葛芮塔的心跳加速，頭腦清醒，全身開始放鬆。

練習結束時，她的肌肉在尖叫。她彎下腰，雙手撐在膝上。「我不記得以前跑步有這麼喘。」她喘著粗氣，大口吸氣。「我簡直就是鼻涕蟲。」

恩尼斯先生哈哈笑。「我們還有九十天。如果妳想贏，就最好提升妳的表現。」

她知道教條。「到場。工作。日復一日。」

接下來的十二週裡，她加強了訓練，將早上和晚上睡覺前的跑步時間加倍。雖然伊恩還是沒注意她，但恩尼斯教練注意到她的體重減輕。他為她提供早餐和放學後的零食，來為她的新承諾提供燃料。她吃得一乾二淨。

賽季開始時，女孩們毫不費力地贏得了第一場比賽。第二場很艱苦，而到了第三場，兩名女孩受傷，長跑延長至七公里，這讓整個團隊都面臨了挑戰。到最後，她們只是勉強擠進了決賽。校車在公園停靠後，人們在空地上縱橫交錯，女孩們三五成群地站著熱身。沒人看她們，編組桌上的工作人員在登記時幾乎連眼睛都沒抬起。熱身後，恩尼斯先生召集全隊、分發布製的號碼牌。

「我會把話說得很簡單，」他說：「我們的賽季很艱難，這裡每個人都知道我們充其量是第二名。」

葛芮塔看著他。他真的這麼相信嗎？從隊友們的表情來看，她們也不這麼相信。這個團隊根本不構成威脅。她們的信心已經徹底動搖。

「我們沒有什麼可失去的，」他說下去。「所以，去吧，帶著鬥志，不要放棄——在比賽中堅持下去。」

警告信號結束了他的賽前演講，成員們跑向起跑線就位。葛芮塔閉上眼睛，緩慢地深吸一口氣。她想贏，而且非常想。她想為那些在被她虐待後依然支持她的隊員們拿下勝利——就像伊恩虐待她母親那樣。

開跑的號角響起，人群發出歡呼。葛芮塔把自己排在跑得最快的前列。她的隊友們在她身後排成一列，跑在選手群中間的位置。一開始的兩公里，她的呼吸很痛苦。她找不到自己的節奏，而且一條腿一直在抽筋。在比賽進行到一半時，她進入了狀況。她的步態平穩，擺動手臂的次數減少了，她吸入了春天泥土的氣味。她看著前方的兩個跑者，她們呼吸急促，體力耗盡。她回頭看向正在逼近的一個女孩，以及跟在她身後三步外的另外五、六個人。這就是她的機會。

還剩兩公里的時候，她向前加速，超越了領先的兩個女孩。她腿部的抽筋加劇，但她沒理會，而是繼續加快步伐。她將思緒向內集中，忽略了場邊的聲音。接近路線的盡頭時，她身後的一個女孩加快速度，開始縮小差距。呼吸平穩，精神放鬆，她挖出了體內深處的某種動力，稍微又提升了速度。她衝過終點線時，尖叫聲在她周圍爆發。她把挑戰者甩在塵埃中。

恩尼斯先生跳上跳下，伸手搓亂她的頭髮。雖然相機的閃光幾乎讓她失明，但她不在意。她彎下腰，喘著氣，尋找隊友們，她們跑過山頂，跑下山坡。她站直身子，在其他跑者旁邊大喊大叫，鼓勵她們越過終點線、完成比賽。

※　※　※

裴瑞茲警探走過辦公室，打開靠窗的黑色小冰箱，拿出兩個瓶子，放在桌上。她手裡拿著飲料，坐了下來。「聽起來事情終於開始好轉了。」她說。

「嗯。學校也是。」葛芮塔伸手拿了一瓶飲料。

「妳和妳父親的關係呢？」

「關於這個……」她啜飲一口汽水，給自己爭取一點時間。那年夏天，伊恩受邀去他朋友的湖濱小屋。她興奮地想去外地，想去雷文斯沃思以外的任何地方，但她無法接受聽到他在電話上稱這次旅行為「家庭度假」。這感覺不對。在他兩年前謀殺了她母親後，他們就不再是一家人。這也無關緊要，因為在他掛斷電話後，他告訴她她並沒有被邀請。

裴瑞茲警探放下飲料。「妳當時十二歲？」

「那年夏天滿十三。」

「他讓妳一個人獨處了一個星期？」

她看著警探。「我跟妳說了一千次：他不想跟我有任何瓜葛。他只在乎他自己。」

「沒人注意到妳當時一個人？」

葛芮塔搖頭表示沒錯。他不在的那個星期，她被鳥叫聲喚醒。空氣中瀰漫著清新的松香，她每天早上都會跑步，將注意力集中在即將到來的賽季上。下午，她看電視，身邊放著一碗在家裡能找到的食物。晚上，她在後院露臺看著螢火蟲成群結隊地從她頭上飛過，綻放明亮光芒。牠們的光輝閃爍而燦爛，承載著她母親的相關回憶。

有太多事情是媽媽從來沒有機會告訴她的——她依然迫切想知道的事情——某天晚上，她屈服於恐懼，站在父母的臥室門外。她輕輕推門，讓門板在她面前吱嘎打開。在裡面，她來到媽媽那一側的床邊，手指穿過床頭櫃抽屜冰冷的金屬環，將它拉開。一疊疊的摺疊紙張，一張家具收據，褪色的食譜，舊雜誌的剪報，一張只有一個電話號碼的紙條——沒寫名字；背面什麼都沒有。抽屜最底下放著一本小說，四分之三處的某一頁折了角，好像在等她媽媽回來繼續讀下去。葛芮塔跪下來，把手指伸入更深處，在粗糙的邊緣摸索著，找到了她多年來一直想要的東西。

她把出生證明湊到光線下；不是影本，而且跟她手掌一樣大。這一定是正本。希望她的收養文件也在裡頭，於是她把出生證明塞進牛仔褲的前口袋，再把手指伸回抽屜裡。但她只摸到木板兩側的瘤結。她用力闔起抽屜。文件在哪裡？那天晚上，她在小屋四處仔細搜查，但無論多麼努力，就是找不到文件。

「我猜妳在妳父親旅行回來後沒問他文件在哪？」裴瑞茲警探說。

葛芮塔又喝了一口汽水。「那麼做也沒意義。他一回到家裡就喝得爛醉如泥。」

第二十二章

伊恩一開進巷道，停好卡車，就衝進家裡，一屁股坐在客廳沙發上，手裡拿著酒瓶。他命令她幫他整理行李，所以她整個晚上都在搬動他的露營裝備，晾晒，清理，把東西放回走廊的櫥櫃裡，沒有評論或抱怨。她站在一張椅子上，一手高高地伸進櫥櫃裡，把最後一個袋子平放在架子上，這時她的手腕擦過一張紙。她拿出一個白色信封。上頭署名給她，她跳下來，拉出一張廚房椅子。

親愛的葛芮塔，

我寫信是想告訴妳，得知妳母親去世的消息讓我多麼遺憾。我無法想像妳感受到的痛苦，我希望妳母親的溫暖回憶能支撐妳度過這段我確信一定非常艱難的時期。

幾年前一起工作時，我認識了妳媽媽。其實，妳我曾經見過面。那是幾年前的事了，妳當時還很小，所以我不確定妳是否還記得。

如果有什麼是我可以幫妳的，或如果妳有任何關於妳媽媽的問題，請隨時與我聯繫。

我最深切的同情。

葛芮塔胃袋翻騰，大口呼吸空氣。在閱讀的整個過程中，她沒有喘過一口氣。柯琳。毀了星期天糖果日的那位女士？她的腦海裡浮現出父母和柯琳擠在那家老式糖果店後巷的畫面。那個女人是個麻煩。她又看了一遍字條。柯琳怎麼知道她住在哪？她拿起信封，翻了過來。地址是正確的。她的目光移到左上角。

柯琳・瓊斯。布雷斯布里奇女性庇護所。

她倒抽一口氣。她母親未曾跟她說過自己第一次來到布雷斯布里奇時在哪工作；她對媽媽的人生終於有了進一步瞭解。她的心情好轉，但很快又感到消沉，因為她想像如果伊恩發現她在廚房裡拿著這封信會有什麼後果。她一開始不知道該如何解釋，但後來她重新考慮。她何必解釋？這封信是署名給她的，她父親把它藏了起來，所以她不在乎他是否知道她找到它。這封信屬於她。她衝過走廊，想去質問他。她的胃袋翻攪。他已經醉倒了，穿著野營服躺在沙發上，幾乎沒在呼吸。

那個星期，在她的臥室裡，葛芮塔把柯琳的信讀了一千遍。郵戳日期是在兩年前，在媽媽死後不久，她有很多時間來思索她母親告訴她關於自己人生的故事。她並不相信媽媽是徹頭徹尾在說謊，更可能的是媽媽刻意隱瞞了不好的事情。而現在，她有柯琳可以傾訴，她需要填補一些缺失的部分。也許柯琳會知道在哪裡可以找到她當年的收養文件。

一天早上，她父親去上班後，她拿起電話撥了字條底部的號碼。

一個女人接聽。「布雷斯布里奇女性庇護所。我能如何幫忙？」

她急忙掛斷電話。她從沒想過如果有人接聽的話她要說什麼。她整理思緒，再次撥號。

「布雷斯布里奇女性庇護所，」那個人說：「我能如何幫忙？」

一股寒意湧過她的血管。她覺得渾身又熱又冷，但這次沒掛斷電話。「喂，」她的聲音輕如耳語，她的嗓音在發抖。「柯琳在嗎？」

一陣停頓。「哪個柯琳？」

她不需要查看那封信，她已經記住了每一個字。「柯琳・瓊斯。」

「嗯……我是接待處的新人，我沒有在工作人員名單上看到她。等一下，親愛的，我問一下其他人。」

對方要她等著。她感覺等了一輩子那個人才回來。

「妳還在嗎，親愛的？」

「嗯。」她對這個暱稱有些惱火。但她裝作沒聽見。現在不是發脾氣的時候。

「柯琳這星期不在。她在度假。給我妳的號碼，她回來後我會叫她打給妳。」

葛芮塔毫無遲疑。她迅速說出自己的名字和電話號碼。她並不擔心她父親會截聽電話——反正他根本不在家。

等候柯琳度假回來，這是她人生中第二漫長的一星期。第一漫長的是她母親葬禮的那一星期。電話響起時，她跳了起來，深吸一口氣。她接聽了。她聆聽了。她難掩興奮。

「是的，我有。我終於收到那封信。」她說，她的蠢父親害她現在才拿到信。她腦海裡出現放著信封的角錢盒，裡頭安全地藏著她最珍視的寶物。她又聽了一遍，開始數數。一，二，三。然後她的腦子一片空白。她花了幾個小時仔細研究如何跟柯琳談話，但現在不知道如何提出任何問題。她精心設計的計畫化為泡影。

她迅速集中注意力，穩定自己的嗓音。「妳說如果我有什麼想知道的，我可以問……」她責備自己，因為她略過了她煞費苦心想好的閒聊內容。

「當然。我對發生的一切感到非常遺憾。」柯琳說。

葛芮塔眼睛刺痛，腦海中回到兩年前。如果讓這場談話回到那時候，會太痛苦。她現在更為堅強，她需要向前邁進。「那麼，我想……首先……妳是怎麼認識我媽？」

「在妳出生之前，我在庇護所遇見了她。」

她的腦子旋轉。媽媽剛搬到布雷斯布里奇時，一定就是在那裡工作。媽媽的另一段過去輕輕地在拼圖上就位。

「我也見過妳，」柯琳說：「其實見過兩次。妳當時太小，可能不記得了。」

「說說看。」

「第一次是在醫院。妳當時大約三歲？」

葛芮塔愣住。「我？妳確定？」

「妳媽媽沒告訴妳？」

「沒有。」她不記得去過醫院。

「妳媽媽說妳是個活潑的孩子。一眨眼就從爬到走再到跑。」

她咧嘴笑。難怪跑步對她來說就像喝水一樣容易。看來她一直都在奔跑。

「妳當時從一條堅硬的木樓梯上摔了下來。」柯琳說。

葛芮塔對那條樓梯再熟悉不過。

「妳摔破了頭。」

一股冰冷寒意順著她的背脊襲來。她想起媽媽倒在廚房地板上。她把血淋淋的畫面從腦海中趕走，將注意力集中在柯琳的聲音上。

「妳爸媽送妳去縫合傷口時，醫生說妳嚇壞了。妳不說話。甚至不會對妳的名字做出回應。妳沒哭。妳就只是坐在那裡。他們做了電腦斷層掃描，發現妳有嚴重的腦震盪。妳把妳媽媽嚇死了。她很慶幸能把妳帶回家。」

葛芮塔清楚知道媽媽當時會有什麼感受。一起在家，就意味著不孤單。一起在家，就意味著安全。問題是，危險就潛伏在家裡。失落的感覺沉重地壓在她的心上。

「幾天後，我打了電話給妳媽媽，想問問妳的狀況，她很擔心。妳還是沒說話。醫生告訴她這需要時間，但她看不出妳有任何改善。」

一些黑點開始在她腦海中連成線。她把手伸到後腦勺，手指沿著長長的疤痕撫摸。這就是為什麼她失去很多童年記憶？如果是，那最大的祕密是什麼？為什麼媽媽沒告訴她？每個孩子都會摔倒。每個孩子都會發生意外。除非那件事不是意外……

「葛芮塔，」柯琳說：「妳在嗎？妳的記憶力還是有問題？」

葛芮塔發笑。「不是。我只是稍微走了神。」

「妳記不記得我第二次見到妳？妳當時大約六、七歲，而且——」

「嗯。那家老式糖果店。」葛芮塔朝話筒吐口氣。「可是我以為妳會參加我媽媽的葬禮。」

柯琳停頓。「抱歉，我當時沒辦法參加。我那時候不在鎮上。」

「好吧，這種不巧有時候就是會發生。」

「妳現在多大了？」柯琳問。

「十三歲。」

「青少年了？這段時期很辛苦。該穿什麼。該跟誰一起混。很不容易。還有那些模特兒看起來好像生來就完美……」

「我只想熬過八年級，」葛芮塔試著讓話題保持在原本的軌道上。「柯琳，妳知道我是收養的吧？」

「我知道。」

「我媽有沒有告訴妳她把收養文件放在哪？」

柯琳再次停頓。「她怎麼會告訴我？」

「妳是她的朋友，不是嗎？」

「是的。妳問起這件事的時候，妳父親是怎麼說的？」

「他什麼也沒說。他拒絕討論這件事。」

彼此之間陷入一種令人不安的沉默，直到柯琳清清嗓子。「妳接下來要上高中嗎？」葛芮塔猜自己在收養文件的事情上是得不到答案了。「妳媽媽常常說起她的高中時光。她老是這麼做，搞得我都覺得我好像跟她一起度過了那些高中歲月。」
她精神為之一振。「她說了什麼？」
「她是就讀漢彌爾頓以北的某間高中。如果我記得是哪一間，我會告訴妳。」
她的心一揪。差一點又得到一筆新情報。差一點。
「妳母親很愛看書。她跟我說，其他人常常因為她是書呆子而取笑她。」
葛芮塔發笑。她媽媽手裡總是拿著一本書。「所以她喜歡那裡？」
「高中？應該吧。和所有人一樣，她害怕年紀較大的孩子，十三年級的學生。」
她無法想像她母親會害怕什麼——除了伊恩。
「他們是臉上有些鬍鬚、把孩子塞進置物櫃的巨人。妳能想像……」
「十三年級是什麼？」
柯琳咯咯笑。「在九〇年代，高中要上五年。現在一切都不一樣了。現在的社會有太多方式能吞噬你。如果你跟一般人不一樣，如果你不符合某人的完美期待，那你就是個怪胎。我相信妳已經學會了這些道理。」
葛芮塔回想自己與凱先生的談話。
「別執著於這種事，」柯琳說：「這是陷阱。它會奪走人生的色彩，讓一個人失去冒險精神。」她停下來，發笑。「我可真是囉嗦。我聽起來就像老屁股。我只是想告訴妳，堅強下去，做妳自己的事。」
柯琳不知道她已經有多堅強，但她還是把這項建議儲存起來，以備後用。
「無論妳做什麼，妳媽媽都會以妳為榮。」

柯琳這句話令她微笑。「謝了。」

「聽著，我得回去工作了。有什麼需要就打電話給我。」

葛芮塔還想知道其他事情，但知道必須等到下一次。她謝過對方，掛了電話。

※　※　※

裴瑞茲警探起身，把兩支空瓶扔進桌子旁邊的藍色箱子裡，然後把箱子放在門邊。「我想再次討論那個傷疤，」裴瑞茲警探說：「那是意外嗎？」

葛芮塔聳肩。「我跟妳說過了，妳要我回答我也只能用猜的。」

警探從老花眼鏡的上方看著她。「那就算了。在我這一行，『用猜的』就等於『不知道』。」她停頓。「我能不能看看？」

葛芮塔臉頰升溫，起身向前傾斜。「把妳的手給我。」

裴瑞茲警探用指尖撫摸葛芮塔的腦袋一側，然後縮回來，在筆記本上寫字。「至於那封信？來自柯琳的那封？」

「它怎麼了？」

「妳還擁有它嗎？」

「沒有。」她倒回椅子上。「我為什麼會還擁有它？」她其實還擁有它。它和她最珍視的媽媽留下的所有珍寶一起藏在她的角錢盒裡。它們是她的私人物品。

「在妳和妳媽媽的這位同事聯繫上之後——」

「我覺得比較平靜。伊恩從未提到或談論過我媽，所以柯琳是我跟媽媽之間唯一的連結。」

「這有改變什麼嗎？」

「我的成績改善了。我交了朋友。我在田徑場上屢創佳績。」她想起隊伍如何稱霸賽季，以及在大賽當天，開跑信號一響，她就衝到隊伍的最前面，大步前進，跑過她再熟悉不過的賽道。她比競爭對手提前兩分鐘衝過終點線，這一點也不令人驚訝。

「我拿下了冠軍。儘管每個人都說他們知道我會贏，但勝利對我來說還是很重要。」

「我相信是。」裴瑞茲警探停頓一下，然後坐下。「可是妳跟我說的並不合理，葛芮塔。如果妳當時那麼瞭解妳母親，妳知道她甚至在妳出生之前就去女性庇護所尋求幫助，那為什麼——」

「我還沒查出答案。」

「可是這個柯琳跟妳說她曾經和妳媽一起工作。」

「我以為她們是同事。我媽說她是一個老朋友。」

裴瑞茲警探雙手放在桌上，身體前傾。「妳當時沒看出其中的關聯？」

葛芮塔停頓下來，深吸一口氣。她有嗎？她當時有沒有想過這暗指著什麼？她當時才十三歲。「我不知道。沒有。也許有。也許一點點。也許我不想面對伊恩在他們收養我之前就毆打我媽的事實，因為那意味著——」

警探提高嗓門。「可是妳為什麼不把這件事說出去？這麼做就能證實妳的說詞——妳父親殺了妳母親。」

第二十三章

葛芮塔真想徒手掐死警探。「我有告訴某個人。」

「誰？」

「還用問嗎？當然是帕帕斯警官。」她從椅背上拿起外套和包包，站了起來。「這整件事實在太蠢了。妳晚點去跟他談吧。我要回家了。」

裴瑞茲警探的語調變硬。「想都別想。而且我耐心耗盡了。是妳把他捲進這一切。給我坐下，說清楚妳跟他說了關於妳母親什麼事情。」

※　※　※

她拿起並撥通了廚房裡的電話。

「你說我可以打給你，是吧？」

「是的。」

「我有新情報。」

「妳父親在家嗎？」

她拉來一把椅子，放在面前。「他在上班。」

「那我們就有點問題。」

「什麼問題？」她說。

「沒有他在場，我就不能跟妳說話。」

她的胃袋打了一個結。她把帕帕斯警官的名片放在桌上。她不希望伊恩在場。他們曾經在他在場的時候談過一次，完全是浪費時間。

「你在開玩笑吧。」她說。

「法律就是法律。」他告訴她。

「你能不能違法一下？」

「不能。」

「裝作不知道這條法律？」

「不能。我也不能改變法律。」

她雙手抱頭。「沒有任何辦法嗎？」

「就我知道沒有。」他說。

她掛了電話，閉上眼睛，覺得深受挫敗。一定有什麼辦法。

※　※　※

那個學年的最後一天，凱茲先生把車開進了科爾尼警局。這是一棟古老的棕石建築，四周是低垂在地上的枯萎蕨草。停車場在建築的右邊。有四個停車位，其中兩個已經被占據。他停進一個空位，關掉了引擎。

「我什麼也不會說。」他在駕駛座上說。

葛芮塔皺眉。「我不需要你說話。」

凱先生下了車，沿著小徑往前走。她走在他身邊，試著跟上。他在前門停下來。

「我負責擔任『代位父母』。」他邊說邊打開玻璃門。

葛芮塔查看周圍的人行道，什麼也沒看到，於是從他身邊進入門裡。兩人一走進裡頭，她的眼睛就變得濕潤，她把作嘔的感覺從喉嚨裡咽了下去。那是汗味？臭掉的鮪魚？她毫無頭緒。總之這裡臭氣沖天。

帕帕斯警官從一個拐角處出現。「葛芮塔、凱茲先生，歡迎。」他伸出手，示意他們往前走。他穿著斜紋棉布褲和長袖襯衫，沒穿黑色背心也沒帶槍。他們跟在他身後，穿過一條狹窄的走廊，來到建築的後側。

「在裡頭坐。」他指向左邊一個房間。「我很快就回來。」

葛芮塔把一張椅子拉到桌邊，手指碰到黏在椅子底下的柔軟口香糖。她在牛仔短褲上擦擦手，從三扇白框窗中的其中一扇凝視外面的森林深處。林木茂密，樹葉低垂，她陷入沉思，擦擦額頭上的汗水。兩分鐘後，帕帕斯警官帶著一名身穿紅色連身裙的中年女子來到房間。她的灰髮稀疏，細如薄霧。他說她是兒童律師。

「所以我聽說妳有新的情報？」帕帕斯警官在桌邊坐下，笑著說道。

葛芮塔點頭。她的手抖得厲害，所以她把雙手壓在身體兩側。

他打開一本小型的線圈式筆記本。「妳要告訴我什麼？」

她鼓起勇氣，深吸一口氣。「我爸有打我媽。」

「妳親眼看到？」他寫下。

她點頭。然後她解釋自己也被他打過。女子從內雙眼皮的眼瞼底下看著她。

「最後一次是什麼時候？」

葛芮塔回想。「大概三年前？」

帕帕斯警官和兒童律師互相看了一眼，什麼也沒說，但葛芮塔注意到她給了他一個複雜的眼神。他在椅子上身體前傾，雙肘撐在桌上。

「從那個星期日開始，我就從各個方面進行了調查。我跟妳的鄰居們談過。他們一無所知。馬塞羅牧師也是。我查過妳媽媽的病歷，而且——」

「我們沒有家庭醫生。」

「在醫院——」

「我有去過醫院。她從沒去過。」

他嘆氣。「我順道拜訪了幾間門診式診所，看看她有沒有去過其中一間。」

葛芮塔悶哼一聲。「伊恩從不讓她去。」

「那她去哪看醫生？」

她答不上來，他也沒再問。

帕帕斯警官把手放在她的前臂上，捏了捏。「葛芮塔，」他說：「我們需要證據。」

她掙脫他的手，點點頭，但不確定這個點頭動作是什麼意思。他為什麼不聽？她已經給了他一些情報。他還需要什麼樣的證據？

「你有沒有跟她工作場合的人談過？」她問。

帕帕斯警官的臉沉了下來。「沒人告訴我她有在工作。」

葛芮塔雙臂抱胸。「我現在告訴你了。她剛到布雷斯布里奇的時候。」

「那是多久以前？」

「我不知道。」她在空中舉起兩隻手掌。「在布雷斯布里奇女性庇護所。在我出生之前。」

帕帕斯警官和兒童律師一同看著她。

「妳確定？」他說。

她點頭。

帕帕斯警官靠向他身邊的女子。兩人四目交會，女子細長的眼睛顯得慈祥，戴著黑框眼鏡。「這樣夠嗎？」他問女子。

葛芮塔的心臟在胸口狂跳。

「調查。」她告訴他。

※　※　※

「終於，」裴瑞茲警探嘆氣。「我就知道調查沒有妳一開始說的那麼少。」

她板起臉。「這個嘛，很抱歉戳破妳的泡沫，可是……」

「妳剛說兒童律師同意了。」

「可是調查沒有任何成果。」

警探揉揉太陽穴。「不可能。」

「妳小看了伊恩。」葛芮塔咕噥。

※　※　※

自從凱先生帶葛芮塔去見帕帕斯警官後，炎炎夏季到來，三個星期過去了。冰箱裡沒有食物，但她還是每天跑步以維持體能，晚上在客廳看電視或獨自在露臺上度過。

某天深夜，伊恩衝進前門。「妳他媽在哪兒？」他喊道。

葛芮塔把電視靜音。她抬起頭時，整個人愣住了。他聳立在她面前，眼球突出。

「妳他媽說了什麼？」他的頭髮全是汗水，緊貼頭皮。他猛然伸出一手，把她的一條胳臂扭到她身後。「別跟我玩遊戲。」

胳臂某處啪了一聲。痛楚淹沒了她的肩膀。她動彈不得。「我不知道你在說什麼。」

「妳說謊。」口水從他的嘴邊飛了出來，落在她的臉頰上。「妳一定說了什麼。」

「我沒有。我沒有對任何人說。」

伊恩鬆開她的手臂，後退一步。他用雙手撫過臉頰，開始來回踱步。他在房間裡走來走去，怒火中燒。然後他停下腳步，把黑色眼睛轉向她——那雙眼睛裡頓時充滿恐懼。

「該死的鄰居害我被解雇了。」他咆哮。

她睜大眼睛，在沙發上挪了挪屁股。

「而且馬塞羅牧師把我踢出了教會。我現在一無所有了。一無所有。我要殺了他們……」

葛芮塔靜靜坐著，膽汁湧上喉嚨。一無所有？真好笑。

「收拾行李。」他下令。「我們要離開這裡。」她凝視遠方，腦袋空白。他在她面前的半空中彈個響指。「哈囉？地球呼叫太空人葛芮塔。我們要搬去布雷斯布里奇。」

她蜷縮身子，無法聽懂這句話。

「星期二早上八點整。如果妳到時候沒準備好，那妳就用走的。全程八十公里。」

在他們搬家的前一週，葛芮塔在小屋裡走來走去，加深記憶。這是她唯一知道的家——凹凸不平的廚房櫥櫃，她跌倒摔破頭的破舊樓梯，俯瞰後院的後屋大窗戶，梳妝臺的鏡子。雖然她媽媽的氣味已經消失了，但身影無所不在，她想盡可能帶媽媽的存在感一起走。媽媽，赤著腳，在廚房烤餅乾。樓上走廊向一側傾斜，是玩「拋接子」遊戲的完美空間。母女倆坐過的後院露臺，兩人一起伏在桌上看書，碰觸彼此的腳。她不在乎他們要搬去城裡：一想到要離開媽媽，她就覺得想吐。

隔週的星期二，在小屋外，伊恩按了喇叭。現在才剛過七點，下著傾盆大雨。他搖下車窗大喊：「快出來，葛芮塔，否則我親手把妳拖出來。」

車裡空氣混濁，她覺得頭暈目眩。龐大的雨滴打在卡車車窗上，淹沒了她在後座發出的啜泣聲。從卡車的後座望向窗外，霧氣像幽靈一樣從人行道上升起，她想在公路邊下車的念頭壓倒了一切。卡車開進了布雷斯布里奇的一個停車場——在一棟破舊的兩層樓建築旁邊——她想逃走的念頭變得更加強烈。在後座上，蜷縮在箱子之間，她凝視著外面。大道上沒有一棵樹……街道上空無一人。建築的一樓正面掛著黑白相間的大招牌，上面寫著「蜜蜂餐廳」。它下面用紅色的潦草字跡寫著「本地最佳的中華料理」。她下了卡車，一排參差不齊的水泥露臺石塊散落在建築物的左側，在她腳下搖晃。建築的後門有四扇小窗，三個用木板封起，一個像蜘蛛網一樣裂開。窗戶之間是唯一的入口，一扇紗門。

咚。咚。

她爬上樓梯。空氣混濁，聞起來像油脂。這裡看起來有人住過，感覺很髒。油漆從木門框上剝落，地板上布滿斑點和汙漬。餐廳頂層的兩戶公寓被一條狹窄的走廊隔開。伊恩打開門鎖，推開門。她走進去。鉤針編織的阿富汗毛毯高高地掛在沙發靠背上，廚房邊緣皺巴巴的破舊藍色地毯是這裡唯一的色彩。她的跑鞋鞋底黏在看不見的沙礫上。她只走了短短兩步就走出客廳，來到她的臥室門口，她盯著牆上的褪色紅棕鑲板，其餘部分塗成冬天的白色。只有浴室讓她沒有尖叫著跑出去。浴室是室內的，有一扇帶鎖的門，不是生鏽的鉤子，而是堅固的金屬鉤。回到客廳，一張小木桌的一端放著一本《歡迎來到布雷斯布里奇》的小冊子。伊恩在桌子另一頭坐下。

「甜蜜的家。」他微笑。

「家？」她重複這個字，簡直不敢相信自己的耳朵。

「妳有其他更好的選擇？」

她眼眶泛淚，將她維繫在一起的理智線終於瓦解。她拿起裝著她所有東西的綠色垃圾袋，轉身背對他，砰的一聲關上她臥室的門。

※　※　※

警探的鉛筆飛過紙頁。「妳在那裡生活了……？」

「快兩年。」葛芮塔等她停筆。「而且不是。」

「不是什麼？」警探的臉因專注而緊繃。

「不是『生活』。一開始，我只是存在著。」

在公寓的第一個晚上，她躺在床上，聽著街上的聲響。狗叫聲。人們說話。輪胎在潮濕路面上發出刺耳嘰嘎聲。每次有車經過，房間就會被照亮，而且一整夜都有車經過。早上，她還在淺眠的時候，一個男人的嗓音透過薄如紙張的牆壁傳來，顯然在電話上確認客人點什麼菜。她整個白天都躺在床上，到了晚上，枕頭裹在她的腦袋兩側，從樓下餐廳飄來的酸甜氣味包圍她，她終於睡著了。

幾天後，新事物變得更加熟悉。她再也聽不見樓下宣布有客人上門的鈴鐺聲。這家餐廳據說是「本地美味自製春捲」的地標，但從塞進餐廳後面垃圾箱的扁平紙板來看，她意識到這也是一個謊言。

※ ※ ※

「我不知道我媽如果知道我們住在油鍋上面會做何感想。多年來，我父親總是要求吃上完美的熟食。牛肉串。牧羊人派。燉湯。全都必須從頭做起。媽媽要麼會生氣，要麼會歇斯底里地大笑。」

「妳很想她。」

這個想法讓她的喉嚨緊縮。「我現在也很想她。每一天。」

第二十四章

「混蛋。」

這兩個字從葛芮塔的臥室外面傳來。她從地板上站起，稍微打開臥室的門。伊恩躺在沙發上。他臉頰紅潤，臉龐腫脹，身體臃腫。他變胖了。他砰的一聲掛了電話。

「妳看什麼看？」他說。

葛芮塔不發一語。他再次被拒絕，這並沒有讓她感到驚訝。他基本上根本不是值得聘僱的料。

他朝她搖晃一根手指。「該死的麵包在哪？」

她走出房間，把門在身後關上，閉上眼睛，背靠在木板上。什麼麵包？餓肚子的人是她。如果家裡有麵包，她幾天前就會吃掉一整條。「我不知道。」她說。

「蠢婊子。別對我撒謊。」

她覺得反胃。她以前聽過這種口氣。伊恩從沙發上起來，走到她和公寓前門之間。

「我昨晚買了，」他說：「帶回家裡。就放在這兒。」他指向流理臺。

上面空無一物。

「妳拿走了？」他擦擦鼻子，鼻子上的紫色血管一直蔓延到臉頰上。

她沒說話。根據以往的經驗，她知道他無法接受「不」這種答覆，而且最好別爭論。

「回答我。」他來到她面前。「妳是聾子還是傻子？」

「我沒拿。」

他撲向她。

「別碰我。」她大叫，急忙躲開。

敲門聲把他們倆都嚇了一跳。一個嗓音飄進來。「開門。吉芬先生？葛芮塔？裡頭一切還好嗎？」

這是這一星期以來她第一次不後悔搬來這裡。她對她父親揚起眉毛。他有兩個選擇：他打算怎麼做？他打開門。

一名女子站在那裡，她的方形臉龐布滿擔心。「噢很好。你們沒事。」她來回看著他們倆。

「我們很好。」伊恩雙臂交叉在他的大肚子上。

她上下打量他。「剛剛聽起來不像。」然後她對葛芮塔微笑。「嗨。我是湘子太太。」

葛芮塔咕噥一聲哈囉。

「我和我丈夫是這棟建築的房東。」

葛芮塔抬眼看著對方。

「快開學了？」

她點頭。「不到兩星期。」

「妳上哪所學校？」湘子太太問。

她的肩膀垮了下來。她所有的老朋友都要去阿瑪金高中，但她不知道自己該去哪。她父親沒告訴她。

湘子太太瞪著伊恩。「別關門。」她消失在走廊裡，回來時遞給葛芮塔一臺老舊的筆記型電腦。「妳得查查。」

葛芮塔把電腦抱在胸前。

「別杵著啊。打開它。我教妳。」

葛芮塔把電腦放在桌上，湘子太太在她身邊坐下。

「這兒。」湘子太太用谷歌搜索了布雷斯布里奇的高中，指向螢幕。「在這裡輸入我們這棟建築的地址。很好。接下來點擊那個連結。然後下載文件，存到桌面上。做得非常好。」她站起。「接下來填寫表格。如果妳需要幫忙，」她用拇指指向身後。「我就在走廊對面。而且我們樓下有一臺印表機，妳可以用。」

葛芮塔抬頭對她微笑。「謝謝妳。」

湘子太太轉身，跟她父親擦肩而過。「你，」她警告他，在半空中搖晃食指。「別再發出噪音。」

他面紅耳赤。他在她身後甩上門，輕聲走進廚房。

※　※　※

一小時後，葛芮塔把筆記型電腦夾在胳臂下，敲了敲走廊對面的門。湘子太太應門。

「葛芮塔。」她伸手握了她的手。「很高興見到妳。都處理好了？」

「就像妳教我的那樣。」

湘子太太查看電腦桌面，然後帶她下樓，在廚房外的一張小桌子前面停下來。「我聽說那是一所很棒的學校。」她從印表機上拿起表格，回頭看了看。「我也希望妳在這裡住得開心。」

「謝了。」她悶悶不樂地說，試著道謝。

「哎呀呀。妳看起來不是很好。」

棒極了。跟火箭科學家一樣聰明。「我確實不是很好。」她壓低嗓門。

湘子太太指向右邊。「坐下來，跟我談談。」

葛芮塔跟著湘子太太進了廚房。海軍藍和白色相間的彩繪水泥瓷磚呈棋盤狀排列。三臺工業尺寸的大冰箱並排放置。流理臺上放著幾套不銹鋼碗，擺放乾貨的架子從地板一直延伸到天花板。她漫步穿過廚房，經過三個裝滿鍋碗瓢盆的水槽，以及一個長長的流理臺，上面堆滿了切碎的蔬菜，然後在一張高凳上坐下。湘子太太正在爐子上用文火熬煮某種混合物。到處都是蒸汽滾滾。飄蕩在這裡的氣味讓她口水直流。

「為什麼這麼悶悶不樂？」湘子太太舀了一勺混合物，湊到脣邊。

葛芮塔停頓一下，判斷該如何說明情況。她不想讓湘子太太覺得她無禮，畢竟兩人才剛認識。她想不出什麼好的說詞，所以決定說實話。

「我在這裡無事可做。我一個人也不認識。我想念原本的房子。我的朋友們。我原本的房間。」

湘子太太沒有抬頭。「調整期總是痛苦的。」

「我很討厭。」

湘子太太往醬汁裡加了些香料。「我們搬家的時候，我也有同感。一切都是那麼不同。」

「不同？這種感覺爛透了。感覺就像在一顆外星球上。」

「這會隨著日子一天天過去而改善的。」她微笑，口氣柔和。「我保證。」

葛芮塔嘆氣。「對我來說不會。我會被困在這裡，直到我結婚或死掉。」

湘子太太哈哈大笑。「妳的選擇沒這麼少。」

她沒笑。她想說清楚自己的偏好。「我盼著死亡，希望它早日到來。」

湘子太太把爐子上的醬汁移開，拿起刀來切菜。「葛芮塔，葛芮塔……妳的志向應該比這更大才對。對妳這個年紀的人來說，死亡並不是一個偉大的目標。妳該想得更遠，想得長期。首先，找份工作，然後建立職業生涯。職業生涯對女人來說很重要。」

她摳摳指甲。她才十四歲——連高中都還沒上。她是想要一份工作沒錯，可是職業生涯？「這兩個不是一樣嗎？」

「選一份妳喜歡的事做，開始賺錢。總有一天妳需要能夠獨立，照顧自己。」

她嗤之以鼻。「什麼樣的職業生涯適合我這種人？」

湘子太太放下手裡的胡蘿蔔，驚訝地看著她。「任何妳想要的。任何妳想做的。營造業？執行長？救人的護理師？太空人？自行創業？也許開家餐廳？也許接下我這間？不是現在啦，而是等我跟我老公退休的時候。」
葛芮塔震驚地看著她。
湘子太太發笑。「妳不需要今天就決定。多方考慮，勇於夢想。不過別再想著死什麼的，這很不吉利。現在，去吧，拿著這些表格去學校註冊。」

※　※　※

葛芮塔一手拿著背包，另一手拿著一盒巧克力牛奶，爬上十級臺階，進入建築。她前方是一間辦公室。遠處的一扇門打開了，一個女人從櫃檯後面走了出來。女子身材矮胖，紅髮緊緊地挽在耳後，一身白衣，看起來像個武術教練。
「幾年級？」女子問。
「九年級。」葛芮塔把文件遞給她。「我能不能問一下──」
但女士舉起一手拒絕。她轉身穿過內部辦公室的門，門在她身後關上。葛芮塔等候，等了又等，等了又等。女士終於帶著一疊紙回來。
「葛芮塔・吉芬？」
紅髮武術教練把課程表遞給葛芮塔。
「八門課程中有七門是必修課，」她解釋：「不過因為妳來晚了，所以只剩下商務入門。」
這個選擇不算很糟。葛芮塔回想起和湘子太太關於自行創業的談話。她謝過女士，在離開辦公室的路上，注意到文件頂部釘著一個信紙大小的信封。她在走廊外面的一張長椅坐下，把信封舉到面前。左上角的徽章是校徽，但下面不是寫著該校的拉丁格言，而是寫著「藍調」二字。她切開信封，拿出一張打字的字條。

親愛的葛芮塔，

歡迎妳。

我看過妳去年參加越野錦標賽。

一陣顫抖爬過她的脊椎。有人在觀察她？

恭喜妳贏得比賽。我們學校有一支田徑隊——藍調。我們認為妳能派得上用場。

她停止閱讀。這是邀請她參加甄選？

練習是週二和週四早上，以及週五放學後。我們將從九月的第二週開始。

葛芮塔在腦海裡檢查自己的行事曆是否有空。沒錯，她閒得像隻鳥兒。

我得說清楚，我不是要妳參加甄選，而是給妳青少年校隊的完整身分。妳考慮一下。

希望妳會加入我們。

祝安好，杜森教練。

葛芮塔把信看了第二次，然後第三次。她的雙腳發麻。走進這棟建築的四十五分鐘後，她帶著自己威震四方的名聲和一群潛在的田徑隊新朋友大步走出。她給了天空一個飛吻。

※ ※ ※

「所以這個女人——妳叫她湘子太太——可以證實妳跟我說的關於妳父親的事？」

葛芮塔點頭。「她幫我註冊了布雷斯布里奇的高中。」

裴瑞茲警探記下時，葛芮塔想起自己當時覺得母親給她帶來了一點好運。「學校距離公寓有十五分鐘路程。不可能是他安排的。」

「那麼妳的紀錄一定還在那裡。」裴瑞茲警探說。

「什麼意思？」

「按照法律，學校必須保留它們。」

「隨妳怎麼說。」

「聽著，葛芮塔。很多坐在我這張椅子上的人，都會對妳告訴我的故事感到困惑。我想看看那些紀錄上有什麼。來自社會服務部的官方文件。來自警方的信件。」

「妳愛查就去查。妳只會看到我的爛成績。」

警探皺眉。「我會請人把文件寄過來。也許其中也有帕帕斯警官留下的。有時候我們會從最奇怪的事情中找到破案線索。」

她嘆氣。「破什麼案啊？我爸是死於癌症，妳到現在還想把罪名釘在我頭上。」

裴瑞茲警探身體前傾，慢慢地說：「那妳為何不說清楚在醫院發生了什麼，好讓我們把它釐清？」

葛芮塔雙拳放在身體兩側，臉漲得通紅。「是『他』。他。他。那妳為何不閉上嘴、專心聽我說？」

※　※　※

她感覺就像上了岸的魚。第一天，學校就像一個迷宮。她上課遲到，走廊裡沒有熟悉的面孔對她微笑。她一無所知的諸多小圈子如雨後春筍般湧現，在校舍的各個角落占據各自的地盤。她無處可去，只好坐在校門外獨自吃午飯，暗自發誓她絕不驚慌。每一天，她放學後拖著沉重的腳步回家，打開公寓的門，把背包丟在地板上，完全不知道要怎樣度過接下來的一星期。

又熱又渾身是汗的她站在冰箱前，想找點東西吃。有人敲了公寓的門。

「開門。」

「來了，來了。」她煩躁地說，認出門外面的聲音。但她沒動，而是繼續在冰箱裡的三個架子上尋找食物。

湘子太太不停敲門，然後公寓的門咯咯作響。「快開門啦，」湘子太太提高嗓門。「我的餐廳需要幫手。」

葛芮塔關上冰箱，打開公寓前門。「湘子太太，我頂多只會烤麵包或炒雞蛋。狀況好的時候也許做得出法式吐司。而我非常懷疑妳的菜單上有這些東西。」

湘子太太發笑。「我不是找妳去做菜。店裡來了太多客人。我需要有人幫忙服務。」

「什麼？」

「給客人帶位，收拾盤子之類的。」

葛芮塔胃裡打了個結。「我應該做得到。」她低頭看著自己汗濕的運動服。她的鼻子給了她她需要知道的一切答案。「什麼時候？」

「店門口排著長隊。妳以為我來敲門是敲辛酸的嗎？」

葛芮塔嘆氣，跟著湘子太太下樓。十八張鋪著紅白桌布的桌子都人滿為患。諸多家庭和諸多夫妻坐在一起談笑，把湘子先生的美味佳餚塞進嘴裡。到處都是餐盤、空玻璃杯。透過前門旁邊的大玻璃窗，能看到排隊的人龍湧到街上。

葛芮塔立即開始忙碌。湘子太太端出盛在白色大盤上熱氣騰騰的菜餚，葛芮塔則收拾桌上的空盤，重新倒滿客人杯子裡的飲料。她給他們送上醬油、餐巾、軟性飲料、供孩子們在菜單上塗色的蠟筆，還有在客人放棄使用筷子時所需要的刀叉。客人離開時，她把桌子擦乾淨，盡快重新擺好餐具，安排新的家庭坐下，周而復始。

「晚餐時間終於沒那麼多人之後，湘子太太做了晚飯給我吃。她很不高興我想吃糖醋雞丸和炸薯條，而不是她著名的杏仁酥雞。然後，客人都離開後，她把桌上剩下的三十塊錢給了我。但我拒絕了。」

「妳為什麼拒絕？」裴瑞茲警探問。

「感覺不對。伊恩對待我就像對待奴隸，一毛錢都沒給過我。可是湘子太太堅持要我收下。她說我給客人帶位、送餐，所以小費屬於我。她叫我把錢存下來去買我想要的東西，而我想要的有成千上萬。食物。衣服。手機。新的跑鞋。她告訴我如果我再去幫忙，就能賺更多。」

「她給了妳一份工作？」

葛芮塔發笑。「條件是我上班前得先洗個澡。週末的時候，店裡人山人海。平日晚上客人比較少，所以有時候我們會坐在廚房裡聊天，或是我做功課，湘子太太就會協助我。工作了大約一個月後，我賺的錢足夠讓我買一支手機。我真希望我媽能看到那支手機。我做的第一件事，就是拍下我藏在臥室鏡子後面她的照片。我把它設成手機桌布。然後我跟老朋友們取得了聯繫。」

「他們一定很高興收到妳的消息。」

「沒錯。可是那很不容易。我已經不再在他們身邊了。而且我還沒交到任何新朋友。我在社群媒體上搜索了其他學生的帳號，好幾天都潛水偷看，但他們的貼文都很膚淺。很過分。有些很惡毒。我不知道他們在想什麼。他們都分享一些我永遠不會分享的東西。」

裴瑞茲警探嘆氣。「我很瞭解所謂的性愛簡訊。」

她搖頭。「不是。不是那種。而是無聊的惡作劇、派對，或我不需要的東西。所以我決定獨善其身，保持沉默，保持忙碌。我發現我喜歡賺錢。我去上學，跑田徑，打工。風平浪靜。」

第二十五章

某個星期六晚上，餐廳打烊後，湘子太太拿起葛芮塔的新手機，指著主畫面。

「這是誰呀？」

「我媽。」

「妳一定很想她。」

葛芮塔用力嚥口水。

「她在哪？」她問道，示意葛芮塔坐下。

葛芮塔輸入密碼，然後點開她在母親去世前的生活照。湘子太太用拇指滑動瀏覽。她停下來更仔細檢查其中一些，把其他相片推到一邊。葛芮塔描述她母親去世的那天時，湘子太太隔著桌子握住她的雙手。

「我要告訴妳一句古老諺語，」湘子太太說：「我們華人的祖先充滿智慧，親愛的。很久以前，他們透過故事和諺語來傳遞真知灼見，以便我們從中學習。」

葛芮塔從沒聽過古老的中華文化祕密。她豎起耳朵。「例如？」

湘子太太停頓幾秒。「湘子先生總是提醒我，薑是老的辣。」

這是真的，就連葛芮塔也知道這點。他以前在廚房說過這句話，但她當時以為他指的是炒牛肉。「所以教訓是什麼？」

湘子太太發笑。身高四呎十吋的她笑得全身震顫。「意思是年紀越大會越聰明。」

她搖頭。伊恩顯然不是。

「讓我換一種說法，」湘子太太說：「年輕人需要聽長輩的話，因為有些長輩有生活經驗，可以給出很好的建議。」

她想起媽媽。的確。

「不過呢，不是每個人都正確使用諺語，」湘子太太解釋。「湘子先生比我大兩個月，所以當他想要某個東西而我不想要的時候，他會提醒我不要對長輩充耳不聞，否則我會吃虧的。」

葛芮塔驚訝地看著她。

「不，親愛的，他不是認真的，」她笑道：「他只是試著用這句諺語來達成目的。」

「而妳不妥協，是吧？」

「看情況，」她閃亮的黑髮滑向兩邊。「妥協是長壽的種子。」

什麼？她把這句話儲存起來，留待以後使用。「那麼，妳覺得哪句諺語適合我？」

湘子太太捏她的手。「如果我的曾曾祖母遇見妳，我敢打賭她會這麼說。她會告訴妳：只要功夫深，鐵杵磨成繡花針。」

「蛤？妳這句翻譯讓我聽得一頭霧水，湘太太。」

「葛小姐，」她微笑道：「讓我換個說法。」

葛芮塔喜歡這個發音——對她的名字的新詮釋。葛。聽起來感覺很好，就像穿上一條新褲子。這讓她想起……老天，她需要新衣服。

湘子太太雙手交疊在桌上。「意思是持續努力就能把大問題慢慢解決掉，就像磨石頭一樣。」

她在桌子底下翹起二郎腿。「再說一次？」

湘子太太咧嘴笑。「那我再說一次，葛小姐。我們需要對眼前的問題保持耐心，因為堅持和努力有助於解決問題。」

葛芮塔歪起頭，等湘子太太繼續說下去，但她坐在那裡，用雙手托著下巴，讓說出口的解釋懸在彼此之間的空氣中悶燒。她在椅子上動了動，而為了避免尷尬的沉默，她啃了杏仁餅乾，然後起身說晚安。湘子太太暖暖地握住她的雙手，然後溫柔地輕拍一下她的臉頰。

那晚回到臥室，葛芮塔試著解讀這句諺語。鐵杵就是她現在的處境，她也不害怕向前邁進所需付出的辛勞。可是這句諺語缺乏細節。她要怎樣把鐵杵磨成繡花針？扭轉一切？確保有錢付房租？有錢吃飯？而且她對自己的人生徹底感到厭煩，又怎能專注於課業以獲得未來的職業生涯？

那天晚上，她輾轉反側，思索各種可能性。

※　※　※

「妳跟湘子一家變得很熟？」裴瑞茲警探問。

葛芮塔微笑。「失去我媽後，他們成了我的家人。」

「妳的教練呢？」

「杜森？高中跟小學不一樣。校隊規模很大，妳知道的。」

「我想也是。數以百計的跑者。我相信她們全都渴求——」

「勝利？她們每一個都是。但他幫了我邁出一大步。」

※　※　※

警示信號在藍調的第一場比賽中響起，葛芮塔慢慢走到隊伍的最前面。她看向左邊。她看向右邊。然後她僵住。她熟悉那張臉孔。那裡，十呎外，站著菈托亞。號角響起，跑者們向前衝刺時，她跑了兩公里才整理好思緒。到了第三公里，她進入了狀況，跟在最快的跑者後面一百公尺處。到了第五公里時，她已經縮小了差距，並追上了競爭對手。隨著終點線的逼近，她在最後的兩百公尺爆發，但她的對手也這麼做而且贏得了比賽。她轉身回到終點線，雙手撐在膝上以穩定呼吸時，感到肩膀被拍了一下。

「這是我第一次為了追上妳而跑這麼快。」

她抬頭看著對方的黑色短褲和白色T恤。這女孩看起來長高了。菈托亞的兩顆門牙之間依然有著縫隙。她真美。

「我的天啊，妳好嗎？」菈托亞邊說邊把葛芮塔拉進懷裡。

「我很好。」她退後一步，摘下身上的號碼布，指著菈托亞的。奧里利亞高中。「看來妳還住在那兒？」

菈托亞擦擦額頭上的一行汗水。「是啊。我媽和某個男人有染，所以我父母分開了。」

一陣尷尬的沉默降臨，葛芮塔不知道該說什麼。她將身體重心從左腳移到右腳。天底下不是只有菈托亞的父母分開——但至少她知道發生了什麼。

「還有，」菈托亞翻白眼，「那個男人現在是我的繼父。但我猜這不會持續太久。」她俯身向前。「我媽有點風流。」她笑道。

葛芮塔把這句評論記下來。她有太多想說的話，但就是說不出來。

菈托亞回頭看向校車。「我得閃了。記得私訊我啊。用 Snapchat 或 Instagram 之類的。」

「沒問題。」

「或是傳簡訊。這是我的號碼。」菈托亞滔滔不絕地講出號碼。然後她把雙手牢牢地按在葛芮塔的肩膀上。「我們又重新聯繫上了，我好激動。」

葛芮塔發笑。「妳現在被我黏住了。妳逃不掉了。」

菈托亞容光煥發，露出無比燦爛的笑容。「打從幼稚園水桌那天，妳我就一直被黏在一起。」她給了她最後一個擁抱。「我很想妳。」

三個月過去了，藍調打進了春季錦標賽。在編組區，葛芮塔找到了名冊；她體內腎上腺素飆升，胃袋緊繃。她的視線隨著手指移到頁面底部，然後更緩慢地回到頂部。她的心往下沉。沒有奧里利亞夜鷹隊。沒有菈托亞．麥凱亨。

在起跑線上，在兩邊的跑者們當中，葛芮塔胃袋扭擰。其中一名跑者看了她一眼，嘴裡咕噥什麼。另一人對她比出中指。羞辱對手。她全然無視，而是集中注意力。賽道協調員在場地對面大聲喊叫，女孩們拖著腳步向前走。號角一響，跑得最快的一個衝到前面，設下節奏。路線的第一部分是最簡單的；在平坦地面上跑兩公里，葛芮塔靠近選手群的最前面。觀眾站在兩邊，他們張著嘴，高舉雙臂，但在她的腦海裡，他們沉默無聲。在某一刻，有個留著赤褐長髮的瘦削女人盯著她，但葛芮塔眨眼時，那個人不見了。

跑到一半時，跑者們面對的是連綿起伏的丘陵，坑坑窪窪、泥濘不堪。為了爭奪空間，她們彼此碰撞，互相推擠。葛芮塔的一隻腳卡在一個坑洞裡，扭到了腳踝。她痛得哀號。她旁邊的跑者們瞥她一眼。微笑？冷笑？竊笑？她們的反應並沒有影響她。相反的，她們的眼神刺激她前進。她想贏，她希望其他跑者像她一樣感到痛苦。

選手群在最後一段路加快了步伐。她落後領頭者十呎。她的腳踝疼痛加劇，但她克服了它，鬆散地擺動雙臂。然後，當時機成熟時，她以新的爆發速度向前衝，使勁地蹬著腿。越是接近對手，她就越是確定能超越。在最後一公里，她清空了思緒。三分鐘後，她衝過終點線，奪得了青少年校隊冠軍。

那天晚上，餐廳晚飯時間的客人變少後，葛芮塔躺在床上。她的手機發亮。簡訊。Instagram。Snapchat。大量訊息湧入，她滑動的速度不夠快。

小葛，妳真不可思議。

恭喜妳，小葛。

有人在YouTube上發布了她衝過終點線的影片。那個人在底下添加了一個標題：

藍調無敵。

她笑了，真希望媽媽當時能在場目睹。

午夜時，她的手機再次響起。半睡半醒的她瞥一眼螢幕，坐了起來。

菈托亞：嘿！

她拿起手機。

葛芮塔：嘿！

菈托亞：在YouTube上看到妳了！（愛心愛心）

她的手指在螢幕上飛舞。我知道，超扯！（微笑臉）。

然後她改成真的嗎？按下傳送。

菈托亞：妳的運動不僅僅是一場比賽而已。妳今天超殺的。

葛芮塔：（笑臉吐出綠色嘔吐物）

菈托亞：所以最近怎麼樣？

葛芮塔：我也不知道

菈托亞：跟我說說

葛芮塔：從何說起……

菈托亞：從三年級的第一天開始。

葛芮塔跟菈托亞來回傳簡訊聊到深夜，到了清晨，她累壞了。她把手機放回充電器上，關了燈。她用雙臂抱住枕頭，在床上伸直身子，面帶微笑，腦海中的夢境讓位給她畢生最好的朋友和她的母親。

※　※　※

「聽起來對新秀來說是令人印象深刻的一年。」裴瑞茲警探說。

葛芮塔嘆氣，低頭看著自己的鞋子。

「哎？怎麼？妳後來受了傷？」

「不是。比較像是課堂上的麻煩。我說了……」

「說了妳不該說的？Quelle surprise（還真令人意外）。」

她怒瞪警探。她上過法文課。她回想起當年從自己嘴裡脫口而出的話語。當時覺得甜美的話語，後來並不甜美。而是酸澀？比較算是鹹鹹的。

「那不是我值得光榮的時刻。」她說。

「妳有道歉嗎？」

她的上唇冒出汗珠。「沒有。當時的問題是，我的課業成績很爛。」

裴瑞茲警探用手托著下巴。「而想繼續待在校隊，就需要好成績。」

※ ※ ※

事情發生那天，她嚇壞了。

杜森教練將她從校隊除名後，她駝背坐在臥室地板上。她的倒影從床頭上方幾呎的窗戶上反射回來。她環顧自己的房間，陳舊、白色而貧瘠。她掛在鏡子一側的一面獎章是這裡唯一的裝飾，提醒著她最大的勝利——堅持和努力的成果。她拿起手機時，再熟悉不過的疼痛在她的胸中攀升。

葛芮塔：嘿……我今天被砍了。

菈托亞：可是妳是隊上的明星

葛芮塔：不再是了

菈托亞：天啊妳打算怎麼辦？

葛芮塔：說真的我也不知道但學校可以去死

菈托亞：？

葛芮塔：我受夠了學校

菈托亞：？

葛芮塔：

菈托亞：告訴我後續發展。我會在這裡陪著妳。愛妳喔

※ ※ ※

「我也不確定為什麼，但我猜那些規則是有原因的。」裴瑞茲警探說。

葛芮塔用手背擦擦臉頰。「只有跑步讓我頭腦清醒，讓我保持冷靜，讓我覺得自己有歸屬感，有使命感。結果就那麼被奪走了。瞬間消失。」

裴瑞茲警探把手伸進抽屜，拿出一盒紙巾遞出去。「妳當時怎麼打發空閒時間？學校？花更多時間打工？」

「我的過去。」她擤鼻涕。

「什麼？」

「只有一個人可以告訴我我的過去。」

警探嘆氣。「啊。瞭解。難以捉摸的柯琳。」

第二十六章

葛芮塔在Google上搜尋了布雷斯布里奇女性庇護所的方向，抓起夾克，前往市中心。在新鮮空氣中輕快地走了二十分鐘後，她雙手插在口袋裡，豎起夾克領子抵禦春天的寒冷，找到了這棟建築。帶著打結的胃袋，她打開了紅色的前門。

在接待處後面，光線昏暗的走廊讓位給一系列關著門的辦公室，一直延伸到盡頭。在前面，一個前臂上有紋身的大塊頭男子坐在辦公桌前。他穿著T恤，頭髮蓬鬆，鬢角濃密。他的頭髮該剪了。她走近他時他在講電話，她注意到他的額頭非常寬大，上下擺動，濃密的鬍鬚在說話時扭曲。他向她示意等候區的一個座位，那裡只有幾把椅子和一張放著雜誌的矮茶几。她坐在座位的末端等待。

「我能如何幫妳？」他掛了電話後問她。

她把雜誌放在一旁凌亂的桌上，走上前。她看到彼此之間的玻璃板，於是低下臉，透過隔板上的洞說話。「我要找柯琳。」

「哪個柯琳？」

「柯琳・瓊斯。」

「我是新來的。妳等一下。我看一下名冊。」

這場互動有著強烈的既視感。跟之前一樣。只不過上一次是個女性嗓音，而且那女人的聲音輕柔低沉。他的眼睛上下掃視一張紙。「這上面沒有柯琳・瓊斯。」

她翻白眼。

「等一下，讓我問問其他人。」

她又坐回剛剛那個座位。至少他沒叫她親愛的。他拿起電話。她坐直身子，豎耳聆聽，但彼此之間的玻璃板讓他的聲音變得模糊。他掛斷電話後，傾身靠在檯面上，看向玻璃板外面。

「我和我們的主管談過了。這裡以前有個柯琳，但她在六個月前離開了。」

恐懼如巨浪般席捲她全身。她把自己從椅子上拉起來。「不可能，」她結巴道：「我有跟她說過話。」

「真的嗎？什麼時候？」

她飛快思索。大約一年前。還是一年多了？她試著回想，但想不起來。房間天旋地轉，她抓住櫃檯。她好想吐。

「妳看起來氣色很差。我給妳倒杯水。」

接待員按下按鈕，解開辦公區的門鎖，走出辦公室。她坐下來，身子顫抖，推開了他拿來的水。

「我需要和她談談。這很重要。」

男子在半空中舉起雙手。「我不認識她。從沒見過她。」

「你能不能找到認識她的人？」她說：「她去哪了？」

「我不知道。我就算知道也不能告訴妳，否則會違反我們的隱私規定。」

她的臉變紅，臉頰上冒出憤怒的紅潮。柯琳是她和媽媽之間唯一的連結。她竭盡全力讓自己的語調變得柔和。「我能不能跟任何和柯琳一起工作過的人談談？或是曾經和我媽媽一起工作的人？」

男人一臉疑惑。「妳媽媽在這裡工作過？」

她點點頭。「是的，大約十五年前，和柯琳一起。這就是為什麼我需要和她談談。」

接待員微笑。「讓我再打個電話給主管。她當年也在這兒。也許她能解決這個問題。」

他按下按鈕，回到辦公區，拿起電話。一名高　女子從後面的一個房間出現，看向玻璃板外面，她留著亮藍綠色的平頭，戴著圓圈形耳環。葛芮塔向女子稍微揮手，慶幸地看到那人一手拿著文件，另一手拿著筆記型電腦。

女子點頭，指向左手邊的一扇門。「請進。我相信我能幫忙。」

葛芮塔起身，穿過房間，跟著女子走過照明微弱的走廊，進入一個聞起來像陳年乳酪的小房間。接待區的外門在她身後砰的一聲關上時，她嚇一跳。

「抱歉，」兩人在桌旁坐下後，女子開口：「我在這兒工作了太久，已經忘了關門聲多麼嚇人。」

「為什麼這裡戒備這麼森嚴？」

女子用拇指指向身後。「我們的客戶就住在建築後面的住所。她們有勇氣讓自己擺脫一些相當困難的處境。」

「所以妳把她們關起來？」這句話聽起來像指控。

女士搖頭。「不是。我們讓她們遠離任何她們可能害怕的人。如果她們的伴侶來找她們，就會被擋在外面。」

葛芮塔喉嚨緊縮。她試著讓湧上心頭的記憶變得模糊。「這應該算是好事吧。考慮到她們可能經歷過什麼。」

「那麼，聽說妳在找柯琳？」

她點頭。她娓娓道來時，女子坐著聆聽，在筆記型電腦上敲鍵盤，做筆記。

「妳母親叫什麼名字？」

「艾蜜莉。艾蜜莉・吉芬。」

女子以葛芮塔看不到的角度查閱一個數據庫。她停下來，盯著螢幕，然後輸入另一個密碼。葛芮塔屏住呼吸，等待著。腎上腺素在她的血管裡湧動。女子把粗框眼鏡推到頭頂上。

「我不知道該說什麼。我不記得妳母親，儘管我當年也在這裡。雪上加霜的是，我在我們的系統中找不到她的名字。」

她覺得就像肚子被踢了一腳。怎麼可能？電腦怎麼會沒有顯示她媽媽的任何資料？她知道那些資料是真實存在，一定在那裡。她動用所有自制力才沒有跳過桌子、親自查看電腦。她的嘴唇顫抖。「拜託妳。我知道她來過這裡。柯琳大約一年前確認了這一點。」

女士嘆口氣，再次查看數據庫。「沒有紀錄。」

「一定有。柯琳跟我說她和她一起工作過。」她拿出手機，舉在半空中。女子把老花眼鏡從頭上滑到鼻梁上，查看手機螢幕。她的表情變了。

「妳記得她？」

「可能。」她把筆記型電腦拉近，手指敲擊鍵盤。

「她在資料裡嗎？」

「等一下。我需要從印表機上拿個東西。」

女子走出房間，回來時遞給她一張照片。葛芮塔盯著圖像——是她母親。她咧嘴笑著，顯得年輕，頭髮比較長，衣著富有藝術氣息，整個人的風格看起來相當復古。

葛芮塔發笑。「我還以為是我瘋了。」

女子坐下。「妳確定這是她？」

她嗤之以鼻。「我認得我母親。」

女子的表情變得複雜。

「怎麼了？」她問。

兩人的膝蓋幾乎碰到彼此，女人把自己的膝蓋拉了回來。她這麼做的時候，葛芮塔看得出來她正在腦海中安排詞彙組合。她的心往下沉。如果媽媽來過這裡但不是在這裡工作，那麼只有另一個可能的答案。她瞇起眼睛。不可能。

「妳媽媽曾經跟我和柯琳一起在這裡。」女子說。

「我知道。我剛剛就是這麼跟妳說的。」她意有所指地說。

「她的名字是艾蜜莉・斯卓拉肯。」

她母親的娘家姓：斯卓拉肯。她記下這筆新情報。「妳顯然接著要說『可是』？」

「她並沒有跟我們一起工作過。」女子停頓。「妳母親是個客戶。」

葛芮塔搖頭。她不相信。她飛快回想跟柯琳在電話上的談話，在腦海中回放談話中的每一個字。雖然是一年前的事，但她確定柯琳從未提到那種事。柯琳說了謊？小看了她？還是她誤會了？她回想媽媽去世的那個下午，她獨自站在廚房裡的那一天，在腦海中重建了謀殺案的畫面。那時候，她還不知道媽媽整個故事的範圍。她根本不知道暴力多久以前就開始發生。她只知道媽媽死了。

她坐在女子對面開始數數。一，二，三。但她能感覺到心中的焦慮在蔓延，數數沒用。四，五，六。她不能也不想失去自制力。七，八，九。

「柯琳現在在哪？」她問。

「離開了，」女子說：「她找到了另一份工作。在多倫多的某個地方。」

葛芮塔情緒爆發。她尖叫，伸手越過桌子，從女子手裡搶過筆記型電腦，把它甩到牆上，它摔成碎片，黑色碎塊飛過地板。然後她站起來，抓起椅子舉過頭頂，重重地摔在地毯上。「我這下再也找不到她了。」

女子坐著，顯然很沮喪。「我對這一切感到非常遺憾，葛芮塔。我很遺憾妳必須透過這種方式找到答案。妳母親是個堅強勇敢的女人。她逃離了她的施虐者。至於柯琳，她大約六個月前離開了這個庇護所。」

葛芮塔用拳頭猛捶牆壁。「艾蜜莉・斯卓拉肯並沒有逃離她的施虐者。她嫁給了他。」

「我想多聽聽這件事，」裴瑞茲警探說：「我覺得奇怪的是，妳當時沒意識到妳媽媽是客戶。」

※　※　※

「從那個女人的語氣來判斷，我知道事情不對勁。可是我——」

「說真的，那明明一聽就知道怎麼回事。」

「那是對妳來說。妳年紀大。我當時才十五歲。那時候我哪知道是怎麼回事？我並沒有拼湊出答案。我媽只有說出一些關於她人生的暗示，零碎片段。」

「可是，葛芮塔，妳自己說過妳父親毆打妳母親、恐嚇妳。妳說過妳父親在妳上學的某天早上殺了妳母親。妳怎麼會沒想到妳母親去婦女庇護所是為了尋求幫助？」

「妳也想把這件事怪在我頭上？我可以問同樣的問題。和她一起工作過的女人怎麼會不知道她是被謀殺？」

「妳告訴她的時候，她說了什麼？」

「沒什麼。她就只是站在那裡。」

「很震驚？」

「我哪知。我離開了。」

「然後？」

「我回到家。麻木。火大。我受夠了。」

「因為柯琳？」

她看著裴瑞茲警探。「不是。因為我媽。我的一生都建立在祕密上。謊言。我不知道我是誰。我不知道我媽告訴我的任何事情是不是真的。什麼樣的女人會為了逃離施虐者而跑去庇護所，結果後來不但嫁給他還收養了孩子？」

裴瑞茲警探舉起雙手。「更重要的是，什麼樣的收養機構會把一個孩子安置在一個暴力家庭中？」

葛芮塔冷冷地看著她。「伊恩是教會執事，也是個非常高明的騙子。看來我媽也是。刻在盒子底部的縮寫是ＤＳ。她在這件事上也撒了謊。」

「她不是在——」她翻查筆記本。「布雷斯布里奇買下它的？」

「在某個愚蠢的古董市集上？不是。那東西就是她的。Ｓ是斯卓拉肯，她的娘家姓氏。我不知道Ｄ代表什麼。也許艾蜜莉根本不是她的真名。我只知道她騙了我，害我跟伊恩獨處。」

※　※　※

那天下午，她蜷縮在床上抽泣。不到一瞬間，這個對她意義如此重大的女人就不再是她想像的那個人。她蜷縮在床單裡，沒注意到掠過門外的影子。她終於注意到時，跳了起來，角錢盒裡的東西因此撒了一地。

湘子太太低頭瞪著她。「我不記得星期六晚上有讓妳放假，小葛。」

她搖搖頭，喉嚨裡感覺就像被鵝卵石卡住。

「妳是需要我先發邀請函給妳嗎？樓下全是客人。」

「抱歉。我忘了時間。給我五分鐘。」

看她沒動，湘太太皺眉。「五秒鐘，否則妳就被炒魷魚了。」

葛芮塔撐起身子，等暈眩感消退。她沒辦法醒來；她的腦海就像被夢魘包圍。

接下來的一星期裡，葛芮塔工作和睡覺時都覺得胃袋翻攪。她就像一艘沒了舵槳的船。雖然她每天都在想媽媽，但她不再確定她如此絕望地想念的那女人到底是誰。她放棄了。沒有冰冷的恐慌感占據她。她閉上眼睛，撫摸手腕上多節的傷疤。這是簡單而甜蜜的投降。

第二十七章

裴瑞茲警探的目光掃向門口，先前出現過的那個窄臉女子在拐角處再次探頭進來。女子走來，手裡拿著一份文件，快速地看了葛芮塔一眼，然後遞了過去。

「抱歉打擾妳，警探，可是我們有個問題。」

葛芮塔只能聽到她們零散的談話，聽來語調急迫、嗓音低沉。

警探嘴脣抿成一條線，翻閱幾頁，然後停了下來，用手指撫摸塞在裡面的一張紙條。整整五秒鐘，房間裡寂靜無聲。「妳說的故事很精采，葛芮塔。」她說。

葛芮塔直視前方，把兩隻手掌在運動衫上擦了擦。「那兩年很漫長。」

裴瑞茲警探穿過房間走回來，一隻手拍在桌上。她的另一手從文件中拿出一張黃色便利貼，小心翼翼地捏著一角。「妳對我說了謊。」

「不，我沒有。」

「妳說妳在星期六晚上見到妳父親時，妳什麼也沒碰。」

「沒錯。」

「妳現在就在說謊。」她在半空中揮舞黃色的紙條。「我找到了妳的指紋。」

她盯著那張紙底部的墨跡時，覺得髮際線灼熱刺痛。「我說過我當時在那個房間裡。我跟妳說過我可能有抓住床欄杆。」
「或是觸摸妳父親的呼吸器？」
她頭暈目眩。她無法呼吸。她清楚知道自己在說什麼。媽的。那該死的綠色按鈕。
裴瑞茲警探俯身向前。「這看起來不妙。妳還撒了什麼謊？」
葛芮塔嚥口水。她根本不知道自己那天為什麼就是想觸摸它。可是他們是怎麼發現的？她掃視周圍，目光落在門邊的藍色箱子上。裡頭空無一物。他們從瓶子上擷取了她的指紋。
「好啦，好啦。我有碰。」
「妳想不想解釋一下？」
「我不知道。我沒辦法解釋。可是我沒殺他。」
「這種說詞沒辦法讓我滿意。」
她從眼角注意到動靜。桑切斯警官和哈登警官走進辦公室，堵住了門口。她的心臟跳進喉嚨，她用雙腳勾著椅子。
「妳很幸運我沒現在就逮捕妳。」裴瑞茲警探說。她把便利貼黏在螢幕底部時，下巴肌肉抽動。她把注意力轉向警官們。「我改變了心意，我現在就逮捕妳。」她回頭看著她。「也許這麼做會幫助妳想起發生了什麼。」
她從椅子上跳了起來。「妳他媽是認真的？」
哈登警官嘴巴繃緊，朝她走了一步。「妳的嘴可真乾淨。」
她轉身時，兩條手臂甩過半空中。然後砰的一聲，有人呻吟了一聲。哈登警官把雙手從臉上拉開。紅血從他的鼻子裡滴下來。他的搭檔撲上前，一手緊抓她的肩膀，把她壓在椅子上。

「我也要因為妳襲警而逮捕妳。」裴瑞茲警探說。

「這是意外。」

「我有義務告知妳——」

她尖叫。「你們怎麼都不聽我說話！」

「妳有權立即獲得法律諮詢。妳有權打電話給妳想要的任何律師。」

「我最好負擔得起啦。」

「妳也有權獲得法律援助律師的免費諮詢。」裴瑞茲警探說出一組電話號碼。「妳明白嗎？妳想不想現在就打電話給律師？」

桑切斯警官彎下腰慢慢地說話，溫暖鼻息吐在她的脖子上。「除非妳願意，否則妳沒有義務說任何話，但無論妳說什麼，都可能作為呈堂證供。妳明白嗎？妳想不想對指控說些什麼？」

她被猛地拉離椅子，雙臂反扭在身後，一聲響亮的喀噠聲傳來，她感到手腕被冰涼的金屬咬住。她轉頭看著裴瑞茲警探。「這他媽太扯了。」她喊道。

裴瑞茲警探的臉因憤怒而變得通紅緊繃，她驚訝地提高了嗓門。「襲警現在應該是妳最小的問題。」

桑切斯警官搜了她的身，然後把她推向門口，每走一步手指都深深地陷進她的前臂。她蹣跚地走出房間時，裴瑞茲警探的說話聲在她身後逐漸消失。

葛芮塔被帶出三層樓下的前門，警官的一隻手按在她的頭頂上，她笨拙地跌進了警車的後座。臉頰靠在破爛的座位上，臭味令她窒息。汗味？陳年咖啡和香菸？她面前是一塊有機玻璃隔板，下面有一個告示牌，上面寫著：注意。本車輛裝有錄影設備。你的一言一行都會被記錄下來。在它旁邊，有人把「笑一個」這幾個字劃掉了。她還沒來得及坐起來，門就砰的一聲關上，車子疾馳穿過市中心。

現在是初春，天色仍亮，她從窗外看著街上的人潮。購物者們滿手提著袋子。西裝革履的男男女女匆匆趕回家。一對酒醉的情侶在停車標誌旁爭吵，枯葉和空酒瓶散落在他們周圍。在他們後面，一群十幾歲的孩子手指用力按在餐廳的櫥窗玻璃上，查看油膩膩的菜單。她好想吐。警車猛地拐過一個轉角時，一陣劇烈疼痛沿著她的腦袋側邊擴散。她聽不懂警察無線電發出的呱呱聲和雜訊聲。她的身體緊貼著車門，她閉著眼睛，真希望自己在家裡。

五分鐘後，車子來到一棟兩層樓警局外的停車場，這是一棟有著玻璃前門的紅磚建築。所有建築都是以同樣的方式建造的？這讓她想起那天和凱先生去雷文斯沃思拜訪帕帕斯警官，唯一的不同是這裡的告示牌寫著「五十二號分局」。

車子拐向左邊，顛簸地開過車道時，她看著建築物的邊緣，車道上滿是坑洞和生鏽的易開罐，然後車子停在靠近後面的一個小入口處。車門打開時，冷空氣撲面而來。

「我們走。」桑切斯警官說。

葛芮塔跳下車。桑切斯警官押送她走進入口，走過一條走廊，經過一個空咖啡杯滿溢而出的垃圾桶，一手扶著她的後背，手指緊貼她的脊椎。兩邊的門口通向辦公區，其中一扇門貼著膠帶，上面寫著「故障」。她希望這棟建築的某個地方有另一個洗手間。來到走廊的盡頭，兩人向右轉，她被引向一個黑暗的房間。門板因老舊而腫脹，玻璃布滿裂縫，打開時發出呻吟聲。

桑切斯警官打開燈，將手肘向前推。「別說話。」

葛芮塔癱坐在一張金屬椅子上。桑切斯警官朝肩部無線電說話時，葛芮塔盯著警官鼻子和額頭上的雀斑。這怎麼可能是二十四小時前她在公寓遇到的同一個女人？

「嫌疑人已就位。」她說，然後轉向她。「在這兒等著。」

她沒動。她還有別的選擇嗎？

「他們正在路上，來採集指紋和搜查。」

「搜查什麼？」她能想到的只有她在媽媽被謀殺後的那個夏天看過的那些電影。

桑切斯警官竊笑。「這就是重點。」她甩上門，離開了。

半小時後，兩名警官慢慢走進房間，給她取下手銬。她揉揉手腕上的紅印，皮膚刺痛。他們倒空了一個藍色的大水缸，接著把相機、活頁紙文件夾、白色容器和一盒橡膠手套放在桌子對面。她的胃袋翻騰。其中一人朝牆壁的方向撇個頭。

「站在那裡，看著前方。」女子開口，雙手叉在豐滿的髖部上。

葛芮塔咬牙。在被拍照、採集指紋、搜身、錢包和手機被拿走後，兩個小時不知不覺就過去了。她不在乎。桑切斯警官再次出現時，她穿好了衣服，身上有著自己唯一想要的東西：她的一角錢硬幣，深深地塞在牛仔褲的前口袋裡，沒有被發現。

「妳可以在我們下樓前打一通電話。」警官從前口袋裡掏出一支手機，遞了過去。

「謝謝妳。」

她瞇著眼睛，看著貼在對面牆上的海報、廉價的裱框狗照片，以及用來丟棄注射器的黃色垃圾桶。雖然她約好會在今天結束前聯絡菈托亞，但她輸入了另一個號碼。響了兩聲後，一個男人接聽。

「法律援助，菲爾・羅賓森，值班律師。」

她眼眶泛淚。「我需要幫助。」

她解釋了自己是誰，在哪裡，以及處境。「重點是，」她說明了情況後說道：「那一切只是個意外。我什麼也沒做，但沒人聽我說什麼。」在接下來的幾分鐘裡，在回答他的問題時，她的肩膀垂了下來，胃也稍微放鬆了一點。「為什麼？」在通話的尾聲，她問。她坐直。「整場談話？」她停頓。「我為什麼要保持沉默？」她再次停頓。「我不在乎那是不是我的權利。」她把手機緊抓在臉頰旁邊。「如果我保持沉默，」她朝手機咆哮：「我要怎麼說出我的故事？」她再次聆聽，板起臉。「好吧。明天見。」她紅著臉，掛了電話。

「我們走。」桑切斯警官用指關節敲了門框，然後轉身走出去。

葛芮塔跟著她走出房間。她跟著桑切斯警官走下混凝土樓梯時，抓住欄杆以免絆倒。在樓下，一個裝有玻璃牆的小辦公室裡，幾個螢幕顯示每一間牢房，每間牢房裡都有人走動。沉重的門栓咔噠一聲響起，一扇灰色的門打開，她緊緊閉上眼睛。

冷靜。

她睜開眼睛，慢慢走進去。走廊很窄，光線昏暗，兩邊的金屬條看起來像是有一哩長。白色的手，黑色的手，黃色的手，有老有少，光滑或毛茸，都伸在鐵條外面。笑聲和偶爾的叫喊聲在牢房中飄蕩。門在她身後關上時，恐慌跳進了她的喉嚨。

呼吸，呼吸。

她的眼睛直視前方，她向前走去，鞋底在瓷磚上吱嘎作響，她累得幾乎連直線都走不了。桑切斯警官在半路上停下來，在牆上刷了一張通行卡，一扇門滑開了。葛芮塔伸手穩住身子，然後走了進去。

牆壁的水泥摸來冰涼，腳下的地板黏黏的。房間很小——幾乎被一張單人床占據了所有空間。一個不銹鋼馬桶用螺栓固定在牆上，沒有窗戶。從她坐在金屬床架上的位置，可以看到其他牢房。她揉揉眼睛。這裡最近才粉刷過，油漆味灼痛了她的鼻子，整個地方都瀰漫著汗味。多少沒洗澡的人曾經坐過她現在坐的地方？

「小姐，」一個嗓音喊道，打斷了她的思緒。「沒錯，就是籠子裡的妳。」

她看著站在對面牢房裡的一個女子的醉酒眼睛。她從床上爬起來，走了三步，把額頭靠在欄杆上。

「他們為啥把妳抓進來？」瘦削女子撇著嘴問道，兩條胳臂伸在鐵條外面。

葛芮塔的的雙臂則是僵硬地垂在身側。「一切都是誤會。」

女子咯咯笑。「新來的，」她在空中揮揮手。「說詞都一樣。」

葛芮塔張開又閉上嘴巴。

「誰會跟妳一起在盒子裡？」女子酸臭的氣息猶如一塊髒抹布，在空中飄蕩。

她盯著女子一會兒。

醉女人澄清。「警察？明天的偵訊？」

「那個警探，裴……」

「裴瑞茲？那個老傢伙還在？女士，妳完蛋了。」

緊繃感纏繞著她的背部和胸口。「妳為什麼這麼說？」

「不是我自賣自誇啦，但我也算是經驗豐富了。我進進出出好幾次了，妳懂的？那一位？她徹底變了。」她碎碎念了些什麼。

葛芮塔把重心靠在欄杆上。「什麼意思？」

「她跟以前當臥底的時候不一樣了。現在的她嚴格遵守規則。我聽說她做了她想做的事。」

葛芮塔回想起稍早前在警探辦公室裡關於人生遺憾的談話。裴瑞茲對她有所隱瞞？「什麼意思？」

「見不得人的事。栽贓？吸毒？跟上司上床？雖然那都是八卦，但八卦總是有一點點真實成分。不管是什麼，現在都不重要了。聽說她丟了工作，失去了她的丈夫、她的家人。」

「她有工作。她盤問了我一整天。」

「不一樣的工作。她現在時髦了。文書工作。她必須把工作做得很詳盡，妳懂的。但她根本不喜歡那份工作。她仍然滿腦子雄心壯志。」她轉過身，喃喃自語，話語難以辨認。「妳會希望長痛不如短痛，但她一定讓妳長痛。祝妳好運啦。」

醉女人退到牢房深處，葛芮塔也跟著退後。她在床上坐下，雙膝抱胸。她在金屬床架的一端找到枕頭，然後把薄毯子拉到頭上。毯子粗糙，她無法呼吸。胸口裡的疙瘩，牢房外傳來的每一個聲響，犯人說出的每一個故事，都讓她心跳加速。她想家，想尖叫，但壓住了所有聲音。她渾身是汗，全身發抖，牙齒打顫。她尋找祈禱詞，但不記得詞句，於是把臉埋在枕頭裡抽泣。

第二十八章

葛芮塔從金屬床上爬起來。現在剛過早上六點。視線模糊，背脊痠痛，腦袋悸痛，她想起自己上一次在一個陌生的地方醒來。

一道影子出現在她的牢房前。「早餐。」一名警官打開門，遞給她一個褪色的托盤。「大概跟妳習慣的菜色不一樣。」

她從他手中接過，盯著抹在紙杯裡的塊狀燕麥粥。和她遇到的大多數人一樣，這名警官並不知道他那句話多麼具有諷刺意味。她戳戳上面的葡萄乾，它們又黑又皺，讓她想起伊恩在小屋裡醉倒或忘記買菜時她被迫做的飯菜。在她母親去世後，她用在小屋後面的灌木叢撿拾的漿果和植物煮成了最美味的湯，而且雖然她從沒告訴過他，但凱先生一定會很佩服她如何把蟲子加進湯裡來添加蛋白質。

她拿起托盤邊上的塑膠湯匙，把溫熱的燕麥粥一飲而盡，接著吃下一顆上了蠟的蘋果，喝下一盒牛奶，然後靠牆坐在床上等待。七點三十分，警官再次出現在門外。

「妳的律師來了。」他打開門。「妳最好動作快。」

她撫平衣服上的皺紋，走出牢房，跟著他上樓。他打開走廊中段一個房間的門，一個膚色黝黑的高個子男人坐在裡頭的一張桌子旁閱讀東西。

「葛芮塔，」她走進時他說：「我是菲爾．羅賓森。」

男子身材強壯結實，嘴唇飽滿的大嘴；他站起來，指著一把椅子。他的深色牛仔褲用腰帶繫著，她一看就知道他有在跑步。他坐回原位，遞給她一個白色的紙袋。

「我猜妳餓了。」

她打開袋子，聞到了氣味。雞蛋豌豆培根三明治……她以最快的速度打開蠟紙，把食物塞進嘴裡。甜甜的煙燻味和鹽味在她的舌頭上舞動。她從沒吃過這麼美味的三明治。她從沒這麼感激過。

接下來的一小時裡，菲爾翻閱一份厚厚的文件，跟她討論了她的案子。他回答了她的問題，她也回答了他的問題，當敲門聲讓他們知道裴瑞茲警探到來時，這是葛芮塔兩天來第一次感到更有希望。菲爾把椅子往後推，收起文件，放進文件夾。

「該走了。」他朝門的方向撇個頭。「我們在二號偵訊室。」

昨晚那個醉女人所謂的盒子。

葛芮塔起身，雙肩緊繃，胃袋有些不安。她深吸一口氣，撥開前額的頭髮，跟著他穿過走廊。在她走進二號偵訊室之前，她感覺到他的手輕輕放在她的肩上。

她掃視房間。一張有著刮痕的長方形桌子，一扇鏡面窗，一架高高掛在牆上的監視器。她拉來一張看起來像高中校舍在用的塑膠椅。房間裡很悶，空氣不流通，但有一股刺鼻的氣味。腐爛水果？她跑步時上過的公園廁所裡所使用的小便斗芳香劑？牙醫診所的消毒劑？桌子中央放著三個玻璃杯和一壺冰水。

敲門聲傳來。裴瑞茲警探臉色凝重，大步走進房間。「早安。」

「艾絲卓。」菲爾把椅子往後推，起身把一隻手伸過桌面。

「我們準備好了嗎？」她問。

他點頭。

「葛芮塔？」

她閉著嘴，但也點頭。

裴瑞茲警探說出日期和時間，陳述了偵訊的原因，並說明有誰在現場。「好，我們開始吧。我已經把這讀了兩遍，」她告訴他們，輕拍她面前厚厚一疊文件。「我就這麼說吧：裡頭漏洞百出。」

葛芮塔不自在地挪動身子。警探不是唯一讀過它的人。在為接受偵訊做準備時，她和菲爾也看過了。他們研究了它，討論並剖析了每一份文件。除了她的指紋，醫生的報告是最大的問題。雖然他確認了她父親快死了，但就是他的措辭害得他們來到這裡。他使用的措辭是接近死亡。

裴瑞茲警探打開文件，快速瀏覽了一遍。「妳父親死亡的那天晚上，妳和他在一起嗎？」

儘管警探的語氣有些變化，但葛芮塔知道她不是在問問題。她們倆昨天已經討論過這件事，而且今天早上她看了監視器畫面。監視器拍到她在晚上八點零二分穿過旋轉門進入醫院，一小時後跑了出去。

「我當時需要答案。」她說。

「關於什麼？」

「妳知道的。我的母親。他殺了她。」

警探從紅色膠框老花眼鏡的上方看著她，慢慢點個頭。「了解。我昨晚跟帕帕斯警官交談時，他和我分享了妳的想法。」

她的臉漲紅。想法？帕帕斯警官是這樣描述它們的？它們不是想法而已。警探現在是這樣相信的？

「不是想法，而是真相。」她說。

「而我們現在在這裡，就是要查明真相。」

在過去的九年裡，她滿腦子只想著真相。她滿懷希望地在椅子上往前挪。

「那麼，妳看了驗屍報告嗎？她身上斷掉的骨頭？昔日的骨折痕跡？」

「我在這裡不是為了查明妳母親的真相，葛芮塔。我昨晚和帕帕斯警官討論了很久。」

「而且？」

「他的筆記中有些地方跟妳早期的回憶不一樣。」

「是嗎？例如什麼？」

「首先，妳母親死亡的那天。他在水槽裡發現烤盤紙，而且地板上到處都是烘焙碎屑。」

葛芮塔看著她。有些日子她的記憶會浮出水面，有些日子沒有。有些時候，她的記憶被黑暗的牆壁所困，徹底拒絕浮出水面；在那些日子裡，她的記憶完全消失了。

「這不代表什麼。我可能只是沒看到它們。打架一定會把現場弄得一團糟吧？」

「妳在妳母親去世後在小屋裡跟他的談話，以及三年後妳在兒童律師陪同下跟他的談話，他的印象跟妳的不一樣。」

「鬼扯。」

「葛芮塔。」菲爾轉頭看著她。

她沒看他。

「而且儘管妳堅稱說沒有，但針對妳母親之死的調查有重新展開。這些差異令人震驚，葛芮塔，但這不是我們今天坐在這裡的原因。」

「妳說過妳想要真相。」

「我是想要真相。但正如我剛剛解釋的，我來這裡是為了妳父親的真相。」

葛芮塔爆發一聲苦笑。她父親死於癌症，但到現在還是比她母親在廚房桌上摔破頭、她父親竟然不懂得打電話求救更可疑？整個情況不公平得讓她想哭。

裴瑞茲警探把手伸進文件夾，翻閱文件，拿起一張黑白照片，指著上頭的日期戳記。「所以妳當時跟他在一起——」

三天前。她盯著照片上的伊恩，他的每一寸身軀都被癌症蹂躪。他仰躺著，雙手在身體兩側握成拳頭，他的胸膛和臉色蒼白得與床單同色。他伸長著脖子，她可以看到繃直的肌肉。他睜著眼睛盯著天花板，嘴巴張得大大的。

她強忍笑意。「為了質問他，」她移開視線，堅定地說：「關於我媽的謀殺案。」

裴瑞茲警探冷冷地看著她。「談話的最後有個人死了，這非常不尋常。」

她思索警探這句話。她知道檔案中的其他文件。驗屍官的報告。護理師的口供。

他撥打九一一報警的錄音。錄音內容仍然在她的腦海中迴盪。

這裡是九一一，你有什麼緊急狀況？

有個人剛剛死在我的病房裡。

這不可能算是不尋常吧，先生。

這個嘛，這次不尋常。在他去世之前，與他疏遠的女兒和他在一起。房間裡只有他們倆，然後她像一隻衝出地獄的蝙蝠一樣飛奔而出。她臉上沒有淚水，而是掛著大大的笑容。那太瘋狂了。

她皺眉。「換作妳不會有同樣反應？在他嗝屁前得到答案？」

裴瑞茲警探不以為然地默不作聲。

她怒瞪她。「他毀了我的一生。」

菲爾把一手放在她的前臂上，她再次掙脫。「妳知道我在三年前離開了布雷斯布里奇，為了遠離他。我當時需要知道。」

「知道什麼？」警探問。

「一切。他是如何逃離後果。他怎麼有辦法面對自己。我升上九年級後，再也無法忍受和他一起生活。」

裴瑞茲警探不發一語。她打開桌上的筆記本。

「我受不了他的虐待，」葛芮塔說下去：「並沒有發生惡劣事件，沒有醜陋戲碼，我只是徹底受夠了。」

「所以，妳的意思是，妳逃家了？」警探問。

葛芮塔蜷縮身子。她是逃走了沒錯。但更準確來說，她是救了自己一命。她深吸一口氣，試著安撫神經。「不，我輟學了。我在某處讀到——我想不起在哪讀到——史蒂夫・賈伯斯也是輟學生。我當時心想，既然他輟了學還那麼成功，我也不是不可能出人頭地……妳知道，過上更好的生活。」

「妳當時覺得妳會在哪個領域獲得成功？」警探酸溜溜地問：「他是大學輟學，不是高中輟學。在妳做出這個決定之前，妳有沒有和任何成年人討論過這個決定？」

「例如誰？我爸？那個根本不在乎我死活的人？」

「所以意思是沒有？」

她嘆口氣。「我沒這麼說。湘子夫婦知道後，什麼也沒說。」

「是嗎？」

「他們也不需要說什麼。我能看到他們眼裡的失望。」

「所以妳在決定之前沒和他們談過？」

她面紅耳赤。「我是在做了決定之後和他們談。湘子太太每晚都陪我寫功課，所以我知道她一定會生氣，會想阻止我。」

雖然過了快四年，但她還是為自己給他們帶來的悲傷感到內疚。她慚愧地低頭看著地板。「我不是他們的孩子，但他們像對待女兒一樣對待我。」

警探點頭。「妳很幸運，妳的人生中還有他們。」

她在心裡提醒自己：今天的事情結束後，她要立刻打給他們。她希望不會拖太久。不會像昨天那樣。一定不會的。不可能。

「我是很幸運。而且他們態度很明確。我如果不在學校，就必須在餐廳。一整天。每一天。準時上工。」

※　※　※

在安大略省漫長寒冬的接下來的六個月裡，葛芮塔在蜜蜂餐廳工作。雖然日子單調，似乎永遠不會變得明亮，但半年很快就過去了。他們成了一個小家庭，因為那時候她父親幾乎等於人間蒸發。他只是把公寓當作過夜的地方，醒來後就去找女人，不然就是拿起占據他人生的四十盎司酒瓶。雖然葛芮塔有時候如此希望，但她知道他不會永遠離開。他一直沒辦法賣掉小屋，所以他投入其中的積蓄被困在那裡。她腦子裡最沉重的負擔，是他總是在夜深人靜的時候開車回去拜訪小屋，在陰暗多風的鄉間小路上行駛，他的好友傑克丹尼威士忌坐在他的腿上。如果他死於車禍，她會很高興，但她不希望他連帶害死別人。警探把鉛筆放在桌子上。「十五歲？全職工作？日夜？」

她咬著下脣。「我放棄了跑步。」

「真可惜。」

「我沒辦法再跑下去。一切都太黑暗，太沉重。我有太多關於我媽媽的問題。關於她的人生，我們在一起的生活。我已經不知道我是誰了。」

「妳現在知道嗎？」

她聳肩。「算是知道吧。」

警探把清澈的綠眼睛對準她。「所以是知道還是不知道？沒有所謂的『算是』。」
「是的，我是『知道』。大部分。」
警探靠向椅背，雙臂抱胸，眼神沒變。

※　※　※

春天到來，暖意驅散了大地的冰霜，但葛芮塔心口和胃裡的疼痛依然存在。然後，某個星期六的下午，在與菈托亞進行 Skype 通話時，以前一個似乎無法處理的難題變得一目了然。她在谷歌上搜索一張安大略省的地圖，計算從自己所在位置去多倫多需要兩個多小時的車程。為了好玩——也可能是出於無聊，她不知道是哪一種——她們還算出，如果一個人瘋狂到願意用走的，需要六、七天的時間。她不是笨蛋。
裴瑞茲警探做筆記，停下鉛筆時，葛芮塔繼續說下去。
「擁有答案的那個女人住在這裡。」她說。
「多倫多？」
「柯琳。」
裴瑞茲警探抬頭。「那位柯琳・瓊斯？」
她點頭。「於是我收拾行李出發了。」
警探瞪大眼睛。「十五歲，獨自一人？膽子真大。」
「我的生日在七月，我是在五月出發。所以，嚴格來說，我當時快十六歲。」

裴瑞茲警探高高地挑眉，挑到額頭的頂部。「但妳當時確實很年輕就——妳是怎麼說的？——獨自出擊……去一個妳從沒去過的城市。」

「在拓荒時代，女人十五歲就結婚了，而且可能已經生了一、兩個孩子。」

「謝謝妳，葛芮塔，我知道歷史。我很慶幸女性在那之後被賦予了自主權。」

葛芮塔皺眉。被賦予自主權？奇怪的選詞用字。所有女人都被賦予了自主權嗎？也許只是其中一些。另一些沒這麼幸運。她想深入討論這個話題，但現在不是進行辯論的最佳時機。

她想起媽媽。換作媽媽一定會抓住機會。也許她身上的母親的影子比她意識到的要多。

第二十九章

二〇一五年五月。

葛芮塔獨自一人站在布雷斯布里奇河濱旅館的灰狗車站，興高采烈。她穿著牛仔褲、T恤和輕便夾克，把她珍視的一切、她深愛的一切都塞在背包裡。巴士在她身邊停靠時，她在上車前最後一次環顧四周。「妳做得到，」她對自己呢喃：「妳搞得定。」她掃視巴士上的走道，找到一個靠窗的座位，然後把背包放在身邊。巴士開始上路，馬斯科卡的岩石和扭曲的松樹慢慢變成了巴里周圍白雪皚皚的田野。她雖然不餓，但還是翻了翻背包，確認湘子夫婦給她準備的午餐還在裡頭。她吸了吸鼻涕，擦了擦眼睛，把臉轉向窗外。

午餐袋的頂部放著三塊幸運餅乾。葛芮塔把它們拿出來，一次拆開一個。你用你的原則激勵他人。她蠕動身子；她的輟學並沒有激勵任何人。她把薄薄的白色幸運籤翻過來。Vous inspirez la confiance rien qu'avec vos principes。同一句話用法文說出來就是比較好聽，但依然不適用在她身上。她拆開第二個餅乾。保持你的想法靈活，而且不要忽視細節。

「Restez souples，」她笑著大聲說出來。她不知道這兩個字是什麼意思，但聽起來很滑稽。「Dans vos idées et ne negligez pas les details。」

她停下來。她的嘴巴繃緊，她感覺到喉嚨底部的脈搏。她並沒有花很多時間來考慮她到了多倫多之後要做什麼。最後一塊幸運餅乾給了她靈感。你即將收到一個大大的讚美。她笑了。如果是那樣就太好了。她抄下幸運籤背面的數字。1、21、26、41、42、49。她要用這些數字去買星期五的超級大樂透。也許運氣會解決她在出發前忽略的那些麻煩細節。她在下車後需要找人幫她買樂透；她現在年紀還不夠大，不能自己買。但她做出決定：如果她中了樂透，她會分紅給幫她買樂透的人——而且金額豐厚。

巴士放慢速度，葛芮塔打著瞌睡，當她醒來時，巴士正開進市中心的終點站。她把在蜜蜂餐廳工作時存下的五百元緊緊地捲起來藏在背包裡，她下了車，走在諸多怠速空轉的柴油巴士當中。

車開走時，葛芮塔只是站在原地，忍受了漫長而痛苦的一分鐘。這是一個陽光明媚的午後，但她不知道自己身在何處。她沿著灣街漫步來到城市的盡頭。迎著海港吹來的強風，她坐在安大略湖邊的白色長椅上。

坐看小船和風帆衝浪者一會兒後，她走回央街，對眼前的景象和聲響感到既興奮又害怕。商店敞開的前門傳來喇叭聲和音樂聲。有幸福的家庭，也有陌生的面孔。每間餐廳都擠滿了人。她從沒見過這麼多人四處奔波。她估計，單是在一個炎熱的星期六下午，多倫多一個街區的人數可能比整個布雷斯布里奇市中心在夏季週末的人數還多。

傍晚時分，太陽下沉。葛芮塔覺得肚子咕嚕叫，所以走進一家塔可貝爾墨西哥連鎖餐廳來平息飢餓。她慢慢咀嚼，好讓墨西哥捲餅別太快消失，這時她突然意識到自己無處可去。

夜幕降臨，街燈亮起。她四處尋找，在央街和書院街南邊找到一個小公園，裡面擠滿了人，到處都是骯髒的快餐包裝紙和空的星巴克杯子。情侶們手拉著手漫步而過，其他人則三五成群地聚在一起。有些人獨自坐著。她不禁好奇，他們在那裡是否是為了獨處。

葛芮塔覺得眼睛越來越沉重，於是坐在後面一張長椅上。精疲力盡時，她試圖與之抗爭，但她實在撐不下去了。

突然間，一個模糊的嗓音驚醒了她。「唷，女士。」

她一開始不明白是誰在說話。聽起來像是穿過風洞而來。我只是在作夢，她告訴自己。只是一個她醒來就會忘記的夢。

「喂，小姐。」她聽到低沉的嗓音在抱怨。

然後有東西戳她。她急忙起來。她轉頭查看。一名陌生男子站在她面前。

「嗨。」

她看著他，什麼也沒說。他衣衫襤褸，面帶鬍鬚，脖子一側有一串彩色紋身。他穿著一件破舊的黑色皮大衣。

「新來的？」

她盡可能把背包拉到胸前，彷彿這麼做就能救她。

男人伸出手。「我叫麥斯。」

她沒跟對方握手；他的手指很髒。

「這兒是我的地盤，」他指著這片廣場，告訴她。「我照顧新人。」

他怎麼知道她剛到這裡？有這麼顯而易見？

「妳需不需要什麼東西？」

一股強烈的酒味從他身上飄來，就像廉價的古龍水。

「沒有。」

他用拇指指向廣場對面的一群女孩。「那些是我的。」

她朝她們的方向轉頭。「她們屬於你？」

「我讓她們有地方住，有東西吃。」

她凝視著小公園邊緣的女孩們，她們在夜風中顫抖著，皺著眉的臉龐蒼白。她們的指甲塗著紅漆，穿著漂亮的裙裝，但她們看起來都很瘦。

「不用了，謝謝。」她從長椅上下來，站直了身子。

他上下打量她。「等妳在這兒待上幾天，妳可能會改變主意。」

她的神經緊繃起來；有些事情感覺不對勁。她面露微笑，盡量不讓嗓音顫抖。「回頭見。」

他沒笑。相反的，他伸手去摸她的臉。她向後退縮，拒絕配合。然後他走開，穿過公園，消失在陰影中。

葛芮塔吐口氣。她這才意識到，自己在談話的大部分時間裡都屏住了呼吸。她閉上眼睛，集中注意力。緩慢而穩定的呼吸。然後她突然想到一件事。她把背包翻了個底朝天，以確保所有東西都還在。錢？還在。衣服？還在。借書證？還在。她摸到角錢盒的底部，用手撫摸刻在木頭上的凹槽。她撫摸盒子的四個面，觸摸每一條縫隙，手指底下熟悉的感覺讓她平靜了下來。她望向周圍的黑暗，感覺安全了一些，但公園裡漆黑一片，她原先渴望的寂靜現在讓她毛骨悚然。她瞇眼查看手錶。現在是凌晨兩點。無處可去，她唯一的選擇就是在公園另一頭另外找一張長椅，在空地上，被街燈的光淹沒。有一張椅子沒有人占據。她環顧周圍，站起來，揹上背包，跑了過去。她把它占為己有，很快就睡著了。

※　※　※

裴瑞茲警探的筆記本從腿上滑落，砰的一聲掉在地上。「妳那時候很幸運。」

自從這天早上坐下以來，葛芮塔第一次看到警探的臉色變得有點蒼白。她明白為什麼。她是後來才意識到，自己是多麼僥倖地逃過了被販賣或賣淫的命運。

「我採取了預防措施。睡在開闊的地方。把我的錢藏在我的背包裡。不與人往來。」

警探伸出手臂，摸向地板，撿起筆記本放在桌上。「妳在街頭待了多久？」她問。

葛芮塔無視她刺耳的嗓音。她看著自己在單向鏡中的倒影，嘆口氣。「比我希望的更久。」

※ ※ ※

在流浪了兩個星期後，迫於飢餓和小公園裡想與她共享長椅的其他房客，她放棄了這種生活。她的衣服濕漉漉，她全身冷到骨子裡，她走到皇后街，經過聖邁克爾醫院，穿過莫斯公園和科克敦，過橋進入河濱區。再往前走，她來到了萊斯利維爾，這是東部一個多沙的地區，在某些地方十分高級。她睡在一家餐館後面小巷的一個棕色紙箱裡。這個紙箱成了她的安慰、她的監獄、她的家。

整個夏天，酷熱天氣讓她想起了雷文斯沃思的小屋。一種悲傷又舒適的熟悉感悄悄襲來。街上每一個從她身邊經過的人都彷彿以慢動作對抗令人窒息的空氣，他們盯著地面，肩膀垮下。她從不孤單，但她感到孤獨。她猜城市就是這樣。

※ ※ ※

警探臉上徹底失去血色。「妳成了乞丐？」

「嗯。」不然她以為她做了什麼？

「大概好過替代方案吧，我猜。」

她原本懶洋洋地坐在椅子上，但聽到警探的暗示，她嚇了一跳。她當時根本沒想過替代方案。「皇后街和卡羅街是金礦。」她說。

「是嗎。」

她是覺得震驚？還是在批判？不管怎樣，警探顯然不同意她的定義。

「妳能賺多少？」警探問。

「二十——」

「二十元？」

「妳幹麼壓低嗓門？二十塊錢拿去吃蒂姆霍頓斯或溫娣漢堡綽綽有餘。」

「妳每天都吃？」

「進帳差的時候，我能討到兩、三塊，但我平時會存起零錢當備用。」

警探將雙臂交叉在胸前。「妳從哪學會在財務上如此謹慎？」

「九年級的商務課沒提到飢餓是存錢的動機。」她把雙手壓在大腿下面。「這可能很適合加入課程裡。」

某天晚上，葛芮塔被陌生的聲音驚醒。模糊的嘎嘎聲。一群脾氣暴躁的胖浣熊正沿著小巷的邊緣前進，在垃圾桶裡翻來翻去，尋找一頓午夜大餐。牠們走後，月光照進她潮濕的紙板城堡，不讓她睡覺。她伸手去拿背包。她在出發前買下的這個背包，就是為了她這種人而設計的，需要在季節變化中確保文件安全的人。她拉開中型防水袋的拉鍊。出生證明。借書證。幾枚兩塊錢硬幣。一枚失去光澤的一塊錢硬幣。底下是兩張潮濕的五元鈔票，鈔票上印著威爾弗里德•洛里埃爵士。她的手伸過加拿大第七任總理那張嚴肅的藍臉旁邊，在最底下摸了摸，拿出了角錢盒。

她查看裡頭的東西。最底下是她幼稚園班級合照，對摺了兩次。相片發黃，因歲月而裂開。她把它攤開，小心翼翼地放在膝上，然後盯著站在菈托亞右邊的小女孩。

她是誰？一張蒼白的小臉直視著鏡頭。看起來不任性，但也不自信。她比任何同學都高一個頭，骨瘦如柴，但不算營養不良。孩子們坐在面前的一張長椅上，手掌放在膝上。大多數的孩子手裡拿著戰鬥陀螺、玩具車、變形金剛或草莓娃娃，她的雙手只是在身體兩側握緊拳頭。

葛芮塔撫摸照片。她很漂亮；超長睫毛底下有一雙藍色大眼睛，睫毛長得就像她周圍穿著迷你裙和細高跟鞋參加週末聚會的女大學生使用的假睫毛。一縷剪得參差不齊的黑色瀏海垂在額頭中間。兩條匆促編織的辮子，用米色絲帶繫著，掛在臉蛋的兩邊。這些絲帶想必是經過精心安排，因為它們跟她穿的褲子和襯衫的顏色相配。葛芮塔更仔細查看。她的笑容不像坐在她旁邊長椅上的其他孩子那樣燦爛。她的笑容比較不那麼明顯，而是低調遲疑。淚水順著她的臉頰滑落，掉到照片上。

幾星期變成幾個月，葛芮塔的紙箱變得非常薄，潮濕的泥土味令人難以忍受。她又冷又餓，於是在當地的當舖賣掉了她的手錶。第一片雪花飄落時，她確信是時候了。

第三十章

「是什麼時候？」裴瑞茲警探說。

「離開街頭。」

警探把臉頰鼓得跟氣球一樣大，然後從嘴裡緩緩吐出暖風。這個動作有點讓葛芮塔尷尬癌發作。

「我清楚記得那一天。」葛芮塔說。

「妳去了……」警探翻翻檔案中的文件。

「潘恩庇護所。」她觀察警探的臉。警探的眼睛顯得疲倦，但即使掛著厚重的眼袋，她也明顯鬆了一口氣。

「幫助街友的社工？」警探問。

她點點頭。「我坐進了她的車裡。那輛車不是她的，是市政府的。她開著一輛福特艾斯卡佩，我覺得這很好笑。妳知道那種為了戶外活動而設計的車子？她卻被困在塞車的車陣中，路怒症發作。」

警探不發一語。

葛芮塔猜想警探不太懂車。她微笑。「我到現在還能感覺到車裡的第一股暖氣。」

「妳當時一定很緊張。」

「一開始是，但當我們走進去時，一個黑頭髮的工作人員對我拋個媚眼。我記得我在那一刻思索了兩個可能性。」

警探的鉛筆停了下來。

「一：他是一個友善的人；二：他覺得我很正。」

裴瑞茲警探抬頭，目瞪口呆。

「嘿，我穿著不搭的衣服，身上沾滿了泥土，頭髮也油膩膩的，他怎麼可能不覺得我很正？」

裴瑞茲警探發笑，不是咯咯笑，而是捧腹大笑。「妳是怎麼保持住幽默感的？」

她聳肩。「我填寫了一大堆文件後，他解釋了規則。在庇護所裡不准吸毒。不准喝酒。」

警探的笑意消失。「很合理。」

她哼了一聲。「在遵守規矩這方面，我是忍者級大師。」

「妳有這樣跟他們說嗎？」

她面有難色。「我跟他們才認識五分鐘耶。」

警探的嘴角下垂。「有道理。」

「他們不知道我以前家裡遵循著『任何後果都會被處理』的鐵律。況且，我是運動員。」

「妳從沒吸過毒？」

「妳都沒在聽我說話？」葛芮塔繃緊下巴。她在小學時對凱先生爆發的情緒並沒有得到很好的收場。他當時看起來很受傷，她也覺得很愧疚。她不會再犯同樣的錯誤。

「抱歉。我的意思是沒有，」她禮貌地說：「我不吸毒，這輩子從沒吸過。」

警探在筆記本上寫字時，菲爾伸手去拿水壺。他給三個杯子倒滿了水，傳遞給另外兩人，水壺內側被冰塊敲得叮噹作響。她拿起水杯，喝了一口。「潘恩庇護所很不錯——一棟破舊的磚房。能睡在室內，有一個完整的屋頂。裡頭不潮濕。還有淋浴設施，我們被鼓勵天天洗澡。我每次洗澡，大概都害安大略湖的水位下降了兩吋。」

「那想必是一個讓人高興的變化。」

「浴室裡擺滿了裝有肥皂、乳液、洗髮精和面霜的迷你瓶子。氣味讓我想起我小時候玩媽媽的化妝品。」

警探微笑。

「而且我們不必偷它們。更多迷你瓶子會神奇地每天重新出現。」

警探避開眼神接觸。「妳待了多久？」

「我參加了住宿計畫，所以我有自己的臥室。潘恩庇護所不像那些成人收容所，妳知道，那些每天都要為了一張床位而排隊。有時候人們進得去，有時候進不去，就像賭博，完全看運氣。」

警探嘟起嘴脣。葛芮塔看得出來警探完全明白她的意思，而且她看起來並不高興。

「我能吃上一日三餐。義大利麵。肉。蔬菜。洗淨切好的水果。我當時已經忘了水果的滋味。它們完全不像星期天做完禮拜後教會女士們為我們做的那種放了胡蘿蔔絲和罐頭水果的果凍。」

警探搖頭。「還有人做那種東西？」

「而且潘恩那裡有免費無線上網。他們跟我說那是『上網吃到飽』。我覺得那當然更好。能再次跟世界聯繫真的很棒。被賦予權能，妳懂的？」

「妳立刻開始上網？」

「沒有，我睡了兩天。」她回想。瞌睡？小睡？不，是完全昏迷，她幾個月來首次深度睡眠。而且更棒的是，她完全不記得做了什麼夢。那次睡眠就像徹底昏了過去。

「妳大概很需要。」警探說。

葛芮塔盯著桌子對面。裴瑞茲警探身穿合身的海軍藍兩件式西裝和粉紅色襯衫，領子有柔軟的荷葉邊，一串珍珠掛在脖子上。警探能想像流落街頭的壓力所帶來的那種徹骨疼痛嗎？應該不能。可是從她昨晚在牢房裡聽到的情況來看，警探肯定經歷過其他壓力。

「我醒了一次，大概不超過十分鐘。我去了廁所，然後在大廳打了個電話給湘子夫婦。」

「那裡還提供免費長途電話？」警探問。

葛芮塔輕鬆地點個頭。「他們很高興收到我的消息。」

她接下來的通訊就沒那麼容易了。

葛芮塔：嘿。

菈托亞：我認識妳嗎？

葛芮塔：

菈托亞：妳是在避著我還是怎樣？

葛芮塔：我沒有

菈托亞：已經六個月了

葛芮塔：可不是嗎

菈托亞：所以是怎樣？

葛芮塔：抱歉

菈托亞：妳跑哪去了？

葛芮塔：說來話長

菈托亞：我在聽

說明了所有細節後，她爬回床上。昏迷又持續了二十四小時。她終於醒來時——沒有完全清醒，只是清醒到半昏迷的程度——很快意識到事情將與她預想的不同。她必須參加客戶的居住委員會。她必須每星期一次幫忙準備晚餐。被告知這一點時，她發笑。小菜一碟。她在蜜蜂餐廳和湘子夫婦一起工作，對廚房熟悉得很。然後她收到了震撼彈般的消息。

「有啥新鮮事？」她在辦公室坐下後問道。

她第一次來到這裡的那天看到的那名前臺男子坐在她對面。「妳該考慮妳的未來了。」他說。

葛芮塔嗤之以鼻。「什麼未來？」她已經流落街頭六個月了。她根本沒有機會考慮第二天之後的事情。

「短期計畫？」

她交叉雙臂，看著天花板。「睡覺？」

他發笑。

「還有看電視。」但這不是事實。她這幾天一直在看電視，已經厭煩透了。要麼電視節目比以前蠢，要麼她長大了。

「規則之所以是規則，是有原因的。」他說。

她的胃袋下垂。

「所以妳打算怎麼做？」他等候。「要不要上學？教室就在這裡。」

「我能穿睡衣上課嗎？」她伸手從桌上的碗裡拿了一顆蘋果，咬了一大口。

「行。可是妳不行遲到。」他停頓。「而且妳要接受輔導。」

「輔導什麼？」她嘴裡塞滿蘋果。

「使得妳流落街頭的原因。而且讓妳能養活自己。」

凱先生的夢魘充斥她的腦海。「那種輔導我都試過了。」她貶斥。她放下蘋果，開始數數。一，二，三。

「這個不一樣。」他告訴她。「相信我們。」

相信？他在開玩笑嗎？除了菈托亞和湘子夫婦，有誰打從一開始就支持她？她不相信任何人。她人生中所有的成年人都讓她失望了。她的母親、她的父親、柯琳、巴迪先生、帕帕斯警官。甚至杜森教練。她沒有信賴，而且她最不想做的就是坐下來談談自己的感受。

她努力保持冷靜。四，五，六。臉頰發燙，她打起精神，然後情緒爆發。

「我不需要。這輩子支持我的只有我自己。我被拋棄太多次了，不想得到你的支持。」

她氣沖沖地回到臥室，把自己鎖在房間裡，淚水肆意流淌——她讓它們流下。足足過了半個小時後，她用手背擦擦臉，然後查看走廊，鬆了口氣，因為工作人員並沒有試圖來找她。很好。瞧？惹惱別人是有用的。這場談話結束了。

※　※　※

裴瑞茲警探站身，搖晃手裡的杯子。她按下錄音機上的按鈕，伸手去拿桌上的空水壺。「等我一下。」她說。

她走出房間後，菲爾俯身說道：「妳做得很好。穩住場面。」

警探回來後，把盛水的水壺滑過桌面，按下錄音機上的按鈕。「讓我們從剛剛中斷的地方繼續談下去。」她低頭看著自己的筆記，喚醒記憶。「如果我沒記錯，妳很討厭輔導。」

葛芮塔肩膀下垂。她有一種奇怪的感覺。警探是對的——潘恩庇護所的員工也是對的——但她還沒準備好承認這一點。

「我們能不能跳過這個話題？」她說。

裴瑞茲警探搖頭。「我必須聽到妳的真心話。」

打從她今早來到這裡以來、一直卡在喉嚨裡的腫塊變得更大了。她要怎麼解釋發生了什麼？警探怎麼可能明白？她感到內疚，嚴格來說是不安。她在椅子上扭動身體。「整個輔導的事情都被延後了。」然後她想起菲爾說了什麼。她抬頭微笑。「我找到了柯琳。」

警探臉上的表情表明不相信她。

※　※　※

她先從Google上搜尋「柯琳・瓊斯，多倫多」開始。搜尋結果出現了數百個名字。她縮小搜尋範圍。柯琳・瓊斯、多倫多、輔導員。搜尋結果不到一百個，但幫助還是不大。她接下來試試Twitter。如果柯琳有在發推文，顯然是匿名發的。她討厭人們這麼做。沒有勇氣公布自己名字的潛水者和網路小白，這種人的可信度為零。他們只配得上一個詞彙：「封鎖」。她登入Instagram。這裡也沒有成果。她最後查看的地方是Facebook。她平時沒在使用這個平臺。Facebook算是老人在用的。不是教堂那種老年人，而是像她母親、家庭主婦和阿姨之類的中年人。不過，葛芮塔認為，隨著年齡增長，也許柯琳也在用Facebook。

中獎了。堅持會帶來回報，就像湘子太太說的。柯琳的照片出現在畫面上。葛芮塔仔細查看她的個人資料，看她有沒有提到曾住在布雷斯布里奇。她瀏覽相片。瀑布。主街。葛芮塔發了一條消息給她，等待。

※　※　※

裴瑞茲警探舉起一手，清清嗓子。「等一下。妳是怎麼找到這個柯琳・瓊斯的？」
「在社群媒體上。」
「這個城市有超過三百萬人。」
葛芮塔看著她。不許笑。
「多年來，我的孫子們一直要我用 Instagram 和 Snapchat。」
「妳有申請帳號嗎？」
「我試過了。不適合我。」
她不知道該跟她說什麼。她如果不冒險一試，就會錯過她孫子們人生的所有篇章。社群媒體就是年輕人交流的方式，他們保持聯繫的方式。她微笑，試著鼓勵她。
裴瑞茲警探在紙上劃掉了什麼東西，圈了兩圈，然後在頁邊空白處寫字時，這是葛芮塔這兩天來第一次不擔心她的筆記本。

※　※　※

葛芮塔想辦法填補等待柯琳回信的空閒時間。一開始，她神經緊繃，在臥室牆壁上彈來彈去。她痴迷地查看手機，狼吞虎咽地吃掉庇護所裡擺出來的所有零食。她哪裡都不願意去，焦躁不安。然後她需要出門。她穿上運動鞋去跑步，但吸進肺裡的空氣太冷，才跑了幾步她就喘不過氣。她感到洩氣，看來她跑步的日子已經結束了，現在走路更適合她。當她回到自己的房間時，在動態消息中發現了一條來自柯琳的消息。

葛芮塔：嘿

菈托亞：收到回信了嗎？

葛芮塔：嗯

菈托亞：然後？

葛芮塔：明天跟她見面

菈托亞：太好了

葛芮塔：（微笑臉）

菈托亞：妳還好嗎？

葛芮塔：我等了一輩子

菈托亞：要問的問題？

葛芮塔：已經準備好了

菈托亞：加油啊，女孩。祝好運

第三十一章

葛芮塔感到太陽穴裡的血流跳動。她在咖啡店裡靠窗的桌子旁等著，眼睛盯著前門。要不是坐在這種公眾場合，她會立刻拿起裝著她買的餅乾的牛皮紙袋，壓在口鼻上大口喘氣。看到柯琳從前門輕輕走進時，她的腹部肌肉放鬆了一點。她打量柯琳：風衣，墨色牛仔褲，肩上挎著一個四四方方的包包。她的沙棕色頭髮比她印象中的更短，但散發的時尚感絲毫不減。她的腳輕輕移動，葛芮塔能感受到她的正面能量。她伸出一隻手，向她招手。

「抱歉，」柯琳給她一個簡短的擁抱。「地鐵一團亂。」

「別在意，我也才剛到。」謊話。她已經耐心地在這裡坐了一個多小時。葛芮塔甚至一度懷疑柯琳會不會出現。

柯琳從咖啡師那裡點了一杯拿鐵，把包包放在桌上，坐了下來。「妳來多倫多做什麼？」

「說來話長。」

「妳不是跟妳爸一起來吧？」

「不是，他還在布雷斯布里奇。」

柯琳微笑。「所以妳來這兒是為了學校之類的？」

葛芮塔回以微笑。太好了。這個問題意味著她不必再撒謊，也不必說出完整的真相。她的心情好了起來。

「我選修了一些課。我剛念完十年級。」因為這是事實。

「妳媽媽一定會很想知道妳的高中生活。」

她的胃袋扭擰得更厲害。「這就是為什麼我在這裡，柯琳。我希望妳能回答一些問題。我真的很想知道關於我媽媽的一些事情。」

「例如她在妳這個年紀是什麼樣子？」

她沒想到這一點。「好。我們就從這裡說起。」

「妳媽媽告訴我，她最喜歡的高中時光也是十年級，除了法文課和體育課。她和她父母發生了一些激烈爭執，他們強迫她上那些課。」

她的心跳漏了一拍。她沒聽到柯琳說的任何話，只聽到媽媽跟她父母吵架這一事實——這肯定意味著她有外公外婆。他們在某個地方……但是在哪裡？

「為什麼那是她最喜歡的一年？」

柯琳發笑。「她有沒有跟妳講過歷史？」

她哼了一聲。她童年大部分的時間都在試著阻止媽媽用歷史知識跟她玩問答遊戲——但徒勞無功。如果媽媽現在還在她身邊，她一定會日日夜夜陪媽媽玩這個遊戲，想玩多久就玩多久。

柯琳喝了一口拿鐵。「她也喜歡英文課。她告訴我她做了一個關於第二次世界大戰的巨大作業，還有他們讀到的所有東西。那是她構思許多夢想的一年。」

葛芮塔回想自己八歲那年夏天跟媽媽在小屋後院的談話。媽媽當時告訴她，她就是媽媽的偉大夢想、她就是媽媽想要的一切。媽媽是不是當時就在考慮女兒的未來？

「什麼樣的夢想？」她問。

柯琳把手放在膝上。「她一開始以為自己會成為歷史學家。去西安大略大學，拿到博士學位，也許在大學教書；她想去個浪漫的地方，某個很遠的地方，像是英屬哥倫比亞大學或是戴爾豪斯大學。」

葛芮塔搖頭。那不可能是真的。媽媽跟她說過自己沒上過大學。

「如果無法成真，她想在社區找份工作。她制訂了一個詳盡的計畫。她每次談到這件事，都會非常興奮。她想從本地開始，在某個休閒中心。當市議員的助手，來建立自己值得信賴的名聲。然後，如果一切順利，她要考慮競選ＭＰＰ——省議會議員。」

葛芮塔點頭，她知道ＭＰＰ是什麼。她上過公民課。

「她跟全班一起去皇后公園旅行時，她的世界觀開闊了。對一個來自布蘭特福德的孩子來說，第一次來到暱稱為『大煙霧』的多倫多是件大事。」

葛芮塔把一隻手伸過桌面。「她來自布蘭特福德？」

柯琳瞪著她。「妳不知道？」

「我們上次談話的時候，妳說漢彌爾頓以北。」

「我可能上次沒說清楚。沒錯。」

布蘭特福德。葛芮塔拿出手機，打開備忘錄應用程式。

「總之，她非常詳細地描述了她的旅行。」柯琳笑道：「其實太詳細了。例如，她描述連綿起伏的田野和雙車道公路如何讓位給水泥叢林深處的六車道高速公路。還有城市裡的一切如何變得更大——更亮、更快、更吵。」

葛芮塔點頭。這部分是事實。她想像媽媽不停地講述她從沒注意到的細節。媽媽確實就是這樣。

「那次旅行讓她著迷。大廳裡的石頭和繪畫中有太多的歷史。他們的導遊說加拿大只有一百多歲時，她覺得那很古老。」

葛芮塔想起自己曾經認為十六歲就跟金字塔一樣古老。她媽媽不就是那個時候認識她爸爸？她對「十六歲」這個年齡總覺得有點印象。

「因為那次旅行，妳媽媽的夢想變得更大了。」

葛芮塔的注意力又回到了柯琳的故事上。「怎麼個更大法？」

「她想為這個世界做些貢獻。也許當省長。」

「安大略省省長？」她不敢相信。「她的朋友們怎麼說？」

「他們當然是哈哈大笑，以為她只在開玩笑——」

「真不錯的朋友。」葛芮塔打岔。

柯琳又啜飲一口拿鐵。「那個時代不一樣。在當時，女性從政並不常見，那不符合人們的期望。直到金・坎貝爾，她的真名是阿夫麗爾……她成了我們的第一位女總理，在一九九三年。但她只當了六個月。」

「為什麼？」

「她的政黨輸掉了下一次選舉。」

雖然葛芮塔很難想像媽媽成為政治家，但她不同意當時的社會風氣。「女人也能當省長——甚至總理。」湘子太太一直試著要她明白這個道理。

「妳跟妳媽媽真的很像。」

「後來發生了什麼？」

柯琳的臉色變得陰沉。「那些事在現在說來也不重要了，不是嗎？有些事情就是注定不會成真。」

葛芮塔隔著桌子盯著她。媽媽的遠大夢想一個都沒實現。

「妳當時為什麼不告訴我，我媽是布雷斯布里奇女性庇護所的客戶？」

柯琳猛地抬起頭。「我跟妳說過我和她一起工作過。」

「我以為妳的意思是妳們是同事……妳知道，同僚。當我發現她是妳的客戶時，我徹底崩潰了。」

「親愛的，抱歉。我不是有意誤導妳。」

「妳為什麼沒幫她？」

柯琳的嘴唇抿成一條細線。「我盡了我一切所能。」

「我不這麼認為，」葛芮塔簡短地說：「妳當時如果再努力一點，也許她現在就會還活著。」

柯琳震驚地瞪著她。

「畢竟她顯然很相信妳，才會告訴妳那些事情。」葛芮塔一直注視著對方，直到柯琳低下眼睛。

「妳知道漢娜嗎？」葛芮塔追問。
「妳媽媽的姊姊？」
「跟我說說她。」她說。
柯琳稍微抬頭。「艾蜜莉說她們倆感情很好。」
葛芮塔感到一絲羨慕。
「漢娜比她大幾歲，所以說實話，她們的感情可能並不總是那麼好。」
「說下去。」
「妳媽媽告訴我，在她們長大的過程中，漢娜快把她逼瘋了。她說了很多關於漢娜如何對她的故事。」
「例如？」
「讓我想想。有了……妳媽媽七歲的時候，漢娜不得不在她們父母工作時看著她。但是漢娜和她的朋友們最不想要的就是一個愛發牢騷的孩子跟在身邊，所以他們丟下她不管。」
葛芮塔皺眉。「真過分。」
「他們讓她一整天坐在馬桶上。她在午餐時不小心吞下一塊冰塊，漢娜騙她說如果不把冰塊排泄出來，她就會因為內臟結冰而死。」
葛芮塔發笑。這不是好笑而已，而是超爆笑。
「妳媽媽說，她在她母親下班回家時還是很害怕，她坐在馬桶上睡著了，頭靠在衛生紙捲上。」

葛芮塔瞪大眼睛。

「她爸爸給她當時的模樣拍了照。」

「艾蜜莉說他們把那張照片貼在冰箱上好幾年。那是他們的家族笑話。」

「認真的？」

葛芮塔還在笑。「漢娜姨媽還對我媽做過什麼？」

「噢，她那時候真的很惡劣。妳媽媽九歲左右時，她的朋友們都比她高。漢娜騙她說，如果躺在床上用雙手揉肚子，就會在一夜之間長高一吋——當然是往反方向揉。」她發笑。「然後她就跑掉了。」

葛芮塔呻吟，翻白眼。「我媽信了她？」

「嗯，可是她對此一笑置之。她說那個動作實際做起來其實並不容易，她花了半個小時才把動作做好。到那個時候，漢娜早就不見蹤影。」

葛芮塔不確定該對漢娜姨媽做何感想。她聽起來不像是她想見的那種人。

「嘿，別擔心。每個人的童年都有這樣的故事。」

她低頭看著桌子。不是每個人都有。

「幸好妳媽媽沒有兄弟。男生搞的惡作劇總是更惡劣，相信我。」

葛芮塔回想起媽媽跟她說過關於男孩的話。不盡然都是負面的。

「無論如何，那是她們小的時候。妳媽媽進入青春期後，和漢娜變得非常親密。她們常常偷溜出去，跑去酒吧……我敢打賭她從沒告訴過妳。」

「她從沒說過。」葛芮塔咧嘴笑。她不知道她母親曾經有過這樣的一面。

「某天晚上，她跟我說了她們去『榔頭』的事。」

且慢。她媽媽說過她第一次見到伊恩是在榔頭。她想聽這個故事。她需要聽這個故事。她俯身向前。

「那不是妳媽媽第一次跟她姊姊用假身分證混進酒吧。」

她倒抽一口氣。「我媽？」

柯琳發笑。「妳媽媽那時候很有趣，挺狂野的。她們以前進去過酒吧。」

葛芮塔開始拼湊自己最喜歡十年級的原因。完全與歷史課無關……而是與假身分證有關。這表示什麼？

「漢娜負責開車。我記得她告訴我，她當時感到很自由，因為她們在公路上以大約一百二十公里的時速行駛，並大聲歌唱。」

「那應該算是超速——不是開車。」葛芮塔提醒她。

柯琳同意。

「唱哪些歌？」

「大概是經典吧。」

「哪些經典？」

「我不知道。」

「哪些？」她拿出自己的播放列表，準備瀏覽並標記它們。

「倫勃朗的《我會伴你左右》？」

「啥？」

「妳知不知道《我祝你一切順利》？湯瑪斯・科赫雷的。」
她搖頭。
「妳一定知道《只想跟你在一起》吧？混混與自大狂的歌。」
「從沒聽說過。」
柯琳雙手叉腰。「妳在開玩笑吧？席爾呢？《玫瑰之吻》？」
她再次搖頭。這些歌她一個都沒聽過，但她現在最不想做的就是解釋她從小到大家裡都沒有音樂。她只聽過「規則之所以是規則是有原因的」，還有「任何後果都會被處理」。她打個顫。
「她最喜歡的歌是什麼？」
「《麻木不仁》。珍・亞頓。」
她微笑。感謝上帝。五首歌當中她至少知道這一首。
「繼續說她們偷偷溜出去的晚上。」她說。
「她們去了一家叫『喬伊』的酒館。那是一家破破爛爛的廉價酒吧，酒很便宜，很適合大學生。」
「她不是大學生。」
「她們玩得很開心，然後，幾個月後，漢娜提議再去一次時，妳媽媽欣然接受。」
再去一次？葛芮塔不確定自己對此有何感想。
柯琳俯身越過桌面，抓住葛芮塔的手腕，神情悲傷。「我猜她當時完全無法想像，她在妳現在這個年紀，她完美的人生將就此破滅。」

第三十二章

葛芮塔迅速把雙手摀到嘴上，這個動作把柯琳喝了一半的拿鐵打翻在桌上。咖啡師前來查看這團亂，邊擦桌子邊說：「妳下次最好還是喝無咖啡因的咖啡。」

柯琳瞥了他一眼。「麻煩再給我一杯拿鐵。」

他看著葛芮塔。「妳呢？」

熱度從她的臉頰升起。「熱巧克力。」

「鮮奶油和彩針糖？」

「越多越好。」她咕噥。

他走回去櫃檯後面準備餐點。

「那天晚上發生了什麼？」葛芮塔呢喃。柯琳回望著她，一邊考慮選項，一邊在腦海中選擇用字。「我已經十七歲了。說出來的真相好過被隱瞞的真相。」

她尖銳的語氣並沒有被忽視。柯琳在座位上調整姿勢，將雙肘放在桌上，雙手搭成塔狀，葛芮塔能看到彼此之間的緊繃感。

「妳說那種話的時候，聽起來像個老太太。」柯琳說。

是嗎？她在過去幾年裡有著很多人生經歷，但她沒準備好告訴柯琳。「隱瞞真相」

這種想法是不是她遺傳的家族基因？也許她需要考慮聽取自己的建議。

柯琳清清嗓子。「妳說的對。妳快成年了，妳有權利知道。」

葛芮塔傾身向前。「那天晚上發生了兩件事，」她停頓。「我不知道哪個更糟。」

葛芮塔有不好的預感。她抓住桌子的一側，以阻止自己的手顫抖。

「首先是伊恩・吉芬。」

葛芮塔點點頭，要她繼續。

「妳父親當時很有名。他很外向，外表也不錯。有點算是風流人物。」

「嗯，但我了解。」她從不覺得她父親長得好看。事實上，她從沒想過他的長相。他就只是她父親。她也絕對不認為他很外向。

「大多數的人必須努力工作才能得到他們想要的。而即使他們真的努力工作，也未必一定能得到他們想要的。」

葛芮塔困惑地看著柯琳。

「除非你是伊恩。他想要什麼就得到什麼。所以，當他走進喬伊酒吧、看到妳媽媽時，他帶走了她。」

「什麼意思？帶她去哪？」葛芮塔的想像力也帶她去了別的地方。

「他奪走了她的心。」柯琳說。

葛芮塔安心地嘆口氣。她早就知道了。她的父母第一次見面就墜入愛河。她知道這是事實，因為她母親就是這麼說過的——第一次去榔頭酒吧的那個晚上。

「妳媽媽說漢娜警告過她，告訴她這會以醜陋的方式收場。可是，當妳才十六歲的時候，誰會去考慮超過一星期後的未來？」

葛芮塔連一秒後的未來都沒在考慮。「接下來發生了什麼？我是說我媽？」

咖啡師端著飲料回來。柯琳謝過他，等他走遠才再次開口。「他們喝酒、跳舞。音樂震耳欲聾，妳媽媽告訴我她因為自己長大了而興奮不已。酒吧即將打烊的時候，妳的漢娜姨媽已經累壞了。她準備好回家，但妳媽媽不願意離開。」

「可是那時候很晚了。」葛芮塔說。

「她告訴漢娜她想留在外面、妳爸爸會開車送她回家。她送漢娜走出酒吧，擁抱道別，漢娜保證如有必要會為她向爸媽隱瞞。然後妳媽媽回到店裡，找到伊恩，一起走了。」

葛芮塔皺著眉，喝了一口熱巧克力。「她支開了漢娜姨媽？那天凌晨一點？」

柯琳點頭。

「我爸媽去了哪？」

「我不知道。可是當妳爸爸早上送她回到她家時，警察就在那裡，警車藍燈閃爍。他們以為他們回到犯罪現場。」

葛芮塔僵住。

「漢娜根本沒回家。路上的一條渠溝裡發現了她嚴重毀損的車。他們發現它的時候，已經無能為力。驗屍官猜測她是在被發現的兩小時前左右死亡。」

葛芮塔胃袋一陣翻騰，覺得好想吐。

「妳媽媽歇斯底里。她不相信警察說的話。她的爸媽告訴她的時候，她也不相信。」

葛芮塔深吸一口氣。「她受到的打擊太大？」

「她倒在人行道上，徹底崩潰了。」

她喉嚨裡的腫脹感變大。她很清楚她媽媽的感受。罪惡感、自我厭惡、恐懼。巴迪先生把她從課堂上拉出來、告訴她她母親死了的時候，她一整天都能感覺到這些情緒。

「她吃不下，睡不著。她告訴我，最糟糕的部分，除了想念她的姊姊之外，是當每個人都在為漢娜的死而哀悼時，她感覺她們倆在那天晚上一起死了。」

眼淚順著葛芮塔的臉頰流下來。難怪她媽媽一提到漢娜姨媽就痛苦難耐。原來如此。她想伸手抱住媽媽，抱緊她，告訴她一切都會好起來的。但她做不到。以後也永遠做不到。

「她爸媽說他們沒有責怪她，但她認為他們有責怪她。妳媽媽肯定有責怪自己。」

葛芮塔一言不發。

「漢娜的死徹底顛覆了妳媽媽的人生。」

葛芮塔把下巴壓在胸前，害怕提出下一個問題。「她輟學了，是不是？」

「不是立刻。但她的成績下滑。她朋友們的家長也不再樂意讓自己的孩子跟她相處。第一學期快結束時，一切都不再正常了。」

葛芮塔不禁好奇，「正常」究竟意味著什麼。而且由誰決定？「正常」是一個難以捉摸的詞彙——對誰來說正常？

「伊恩是她的全部，所以她和他私奔了。」

葛芮塔不知道該說什麼。她其實知道，只是不想說出來。她的心為她的母親而痛。現在她明白了。當她媽媽意識到自己的人生永遠不會屬於自己時，已經太晚了。十六歲就已經和她的伊恩在一起，她一定是被困住了。跟他困在一起。被他困住。葛芮用手指握住杯子。在鮮奶油聚集融化的地方，上面漂浮著一層冰冷油膩的薄膜。看起來就油輪漏油。

「妳還好嗎？」柯琳問：「這些事情一定讓妳不知所措。」

「我需要一點時間來消化。」她真正想要的其實是獨處。

柯琳溫柔微笑。「我會傳簡訊給妳，看妳想不想過兩天再次見面。」

儘管頭暈目眩、胃裡充滿酸液，但她已經知道自己想再次見面。她還有很多問題——比今天剛來這裡的時候更多。但她無法消化更多答案——至少今天不行。

走回潘恩庇護所的路十分艱難。她的腿感覺像橡膠，比她的腦袋還重。當她大步走進前門，工作人員揮手打招呼時，她沒理會他們，甚至沒抬頭。她沒說話。她不想說話。她需要獨處。

※　※　※

裴瑞茲警探用鉛筆敲敲桌子。「多跟我說說妳有壓力時想獨處的這件事。這是妳讓自己冷靜下來的方法？」

葛芮塔臉龐灼熱。她口乾舌燥，舌頭沉重。這個問題出乎她的意料。「什麼？」

敲，敲。

「妳有聽到我說什麼。妳的自制力是不是有時候有問題？」

她把手伸進牛仔褲的口袋裡，手指捏著硬幣，開始數數。一。二。三。然後她爆發。「妳他媽在開玩笑吧？」

「葛芮塔。」菲爾厲聲道。

她抓住椅子的扶手。「妳居然在調查這個？我的自制力？」

裴瑞茲警探面無表情。「回答我的問題。」

「那我父親呢？他的自制力怎麼辦？」她咆哮。

「被調查的不是他。」

葛芮塔跳起來，用拳頭猛捶桌子。裴瑞茲警探後退，睜大眼睛。

「我們需要休息一下，」菲爾平靜道：「讓我跟我的客戶私下談談。」

葛芮塔面紅耳赤地回嘴：「不，我不需要休息。」她運動衫的底部被從後面猛地拉了一下。

她的律師打岔。「是的，我們需要休息。」

葛芮塔的目光在她的律師和裴瑞茲警探之間游移。兩人都沒動，都沒說話。她離開桌子，直到背部撞到門上。「你們兩個都可以去死。」

有人敲女廁的門。

「我知道妳在裡頭。」菲爾的嗓音在骯髒的牆壁上反彈。「妳得出來。」

葛芮塔從她好不容易撬開的窗戶吸口涼氣，然後轉向水龍頭，往臉上潑水，用手指撫摸牙齒。她雙手抱頭，在水槽邊的瓷磚地板上蹲下。

「現在，葛芮塔。快出來。」

她勉強站起，打開了門。菲爾瞪大眼睛。

「什麼？」她似笑非笑。

他皺眉。「什麼？不，為什麼？」他說：「妳需要在裡頭冷靜下來，否則妳會讓事情變得更糟。」

「她不是人。我跟她說了那麼多，她居然只在乎我能不能控制自己？」

他舉起一手。「別這麼說。她有在聽妳說什麼。」

「她沒在聽。我早就知道了。」

「我理解妳有多沮喪，可是——」

「她跟我說過。昨晚牢房裡的一位女士。她跟我說過她。」她的嘴脣顫抖。「她對我有成見。」

菲爾停頓。「梅芮蒂又被抓進來了？」

「誰？」

「梅芮蒂。她大多數的晚上都在牢房裡度過。」

「你認識她？」

「她疑神疑鬼。爛醉、擾亂秩序。她是個扒手。是我們的常客。」

她目瞪口呆。「你知道裴瑞茲的名聲卻沒告訴我？」

菲爾對她的冷笑話回以嘆息，推開門。「我們把兩件事說清楚。首先，妳需要控制住妳的脾氣。妳脾氣暴躁，而妳正在接受謀殺調查。不要讓他們有更多理由認定妳就是凶手。再來，我不知道妳昨晚聽到了什麼，我不在乎它是真是假，但現在，裴瑞茲警探給了妳救命繩索，讓妳能講述妳的故事。別拿這條救命繩索來吊死妳自己。」

她嚥口水，喉嚨緊縮。

菲爾指向偵訊室。「快進去。妳欠她一個道歉。而且回答她的問題。如果妳不這麼做，葛芮塔，我就沒辦法幫妳。」

她循原路返回房間，在椅子上坐下，深吸一口氣。

「我們回來了。」菲爾邊說邊回到桌邊，她旁邊的椅子上。

「我為剛剛的舉動道歉。」

裴瑞茲警探沙沙作響地整理文件，準備繼續。她輕按錄音機上的按鈕。「需不需要我提醒妳我剛剛問了什麼問題？」

葛芮塔的思緒回到她和柯琳在咖啡店度過的那個下午，覺得胃袋打結。「它給了我思考的時間。仔細考慮。權衡我的選項。也許三件事都有做。」

「妳當時在考慮要不要再次跟柯琳見面？」

「不。我已經知道答案。這不是問題。」

「所以哪裡是問題？」

她沉默幾秒。「我不想讓妳誤會……」

裴瑞茲警探停止動筆。「我在聽。」

她在聽？她真的在聽嗎？葛芮塔又深吸一口氣。「我知道妳是個母親，也是個祖母……」

裴瑞茲警探好奇地笑了笑，鼓勵她繼續說下去。

「我媽在我十歲時去世了。她永遠只是我的媽媽。我的意思是，不只是我的媽媽——嚴格來說這不是我的意思。我很愛我媽媽，我到現在也愛著她。可是她原本就只是我的母親。」她抬頭，感到羞愧。她說話語無倫次。她的話語沒有按照她想要的方式說出來，她也知道自己聽起來多麼可笑。「我想說的是，柯琳告訴我的事情，讓我媽媽成為了一個人。」

警探挑眉。

「不是一般的人，而是一個『不只是我媽』的人。她有過我一無所知的人生。夢想。目標。一個姊姊。一個家庭。那一切對我來說都是新聞。我以前從沒用過那種方式想過她。那天在咖啡店裡，我開始把她看作不只是我媽媽的一個人。那種感覺——該怎麼說？讓我不知所措。」

「我能想像。」裴瑞茲警探說。

這句評論讓葛芮塔很緊張。她需要她明白，而不是評判。「我不確定妳是不是真的能想像。」她的大腦還來不及阻止她，她已經脫口而出。

菲爾瞥她一眼。一滴汗珠順著她的脖子流下，匯集在她的腰間。她謹慎選擇了接下來的用字。「我需要知道更多，因為如果我對我媽媽有更多瞭解，我就會對我自己有更多瞭解。只有這樣，我才能往前走，才能再次變得完整。」

說出來了。她說出來了，這輩子第一次說出來。

裴瑞茲警探拿起鉛筆，在筆記本上記下。不管她寫了什麼，葛芮塔認為一定是好事。她祈禱是這樣。「妳發現了什麼？」裴瑞茲警探問。

※ ※ ※

接下來的部分很輕鬆。她解釋她在Google上搜索了「漢娜‧斯卓拉肯、布蘭特福德車禍」，為了更瞭解那起事件。她讀到的摘錄很短，沒有提供額外的資料。

《布蘭特福德觀察者》：

昨晚，安大略省布蘭特福德市二十歲的漢娜‧斯卓拉肯在老舊的四〇三號公路的黑暗路段上發生一起翻車事故，不幸身亡。葬禮細節尚未公布。

接下來，她搜尋了「布蘭特福德的高中」。搜尋結果只有一個，因此葛芮塔推斷它一定是她媽媽漢娜上過的那所學校。在學校網站上，她滾動頁面，尋找照片。校友部分是受密碼保護，雖然她也不認為她母親的照片會在那裡，因為媽媽上高中的時候是在一切都數位化之前，但她還是把網頁連結存在手機的備忘錄應用程式裡，以供日後參考。她做的最後一件事，是把角錢盒放在面前，用谷歌搜索「４１１布蘭特福德」，在搜索欄中輸入「Ｄ‧斯卓拉肯」。搜尋結果有三筆。她擷取了螢幕截圖，保存在相簿中。

※　※　※

警探打岔。「那一定讓妳很緊張。如果妳先前覺得不知所措，我只能猜測妳當時有多麼害怕。」

她思索這個問題；她當時並沒有這些感受。「我能明白妳為什麼這麼想，」她以和善的口氣說：「但我當時沒有這種感受。」警探的眼睛瞇了起來，有那麼一瞬間，葛芮塔以為自己搞砸了。「那是我第一次感到開心。鬆了一口氣。我不知道為什麼，但我當時覺得腳踏實地。」

「因為電話簿裡的一張照片？」

「一個螢幕截圖。」

警探眉心的V字形變成一個深坑。「我很難相信。」

「我知道，可是這是事實。我知道那個螢幕截圖意味著什麼。我當時真的很想相信。」

裴瑞茲警探沉默片刻。「然後……？」

「然後我再次跟柯琳見面。」

第三十三章

葛芮塔在凹凸不平的木椅板條上挪動，跑鞋的鞋尖戳在水泥地上。

「所以，妳回來聽更多？」柯琳說。

「我沒辦法不想著我媽的事。」

「這並不容易，我接下來要說的……這是在我們最深入的輔導療程上提出的事情。」

「我對一個當時在我這個年紀的人充滿好奇，聽到真相不會比一直擔心真相更困難。」

葛芮塔環顧這個小公園。這張椅子感覺很熟悉。這是她的椅子。只不過這一次她不是睡在上面。不過她並沒有打算跟柯琳分享自己的任何歷史。她還沒準備好。

柯琳遞給她一個杯子。「熱巧克力。」

她接過，眉開眼笑。「謝了。」

「有蓋子。」

「鮮奶油？」

柯琳呻吟。「我忘了。」

葛芮塔嘻笑。上次離開柯琳時，她呼吸困難。可能因為她們談論的內容，也可能因為她太久沒鍛鍊身體，也許兩者皆是。無論如何，她都不會再把任何類似石油副產品的東西放進嘴裡。

「我們該從哪裡開始？」柯琳交叉著腳踝，用手指撫平褲腿的摺痕。

「漢娜的車禍後？」

「妳媽媽和我在輔導中詳細討論了妳姨媽的死，但沒仔細討論之後發生的事情。」

「她和我爸爸私奔之後的事呢？」

「我也沒有這些細節。我是在他們私奔的四年後在布雷斯布里奇遇到妳媽媽，有些細節她就是不願與我分享。」

葛芮塔嘆氣。四年是很長一段時間，但沒人有答案。柯琳怎麼會不知道？她媽媽一定有說些什麼。她想起媽媽那天晚上跟她說過自己住過的地方，母女倆當時一起坐在小屋的後院露臺。她坐直身子。

「林賽鎮？彼得堡？有印象嗎？」

「滿模糊的。妳媽媽來庇護所的那天晚上，我正在負責接收。」

「接收？」

「接收剛來的客戶。我們跟他們坐下來談話。」

葛芮塔俯身向前，想多聽一些。

「不是提出一份清單中的疑問，而是透過談話來知道客戶的故事。」

葛芮塔想像媽媽當時一定經歷了什麼——不僅僅是媽媽，還有任何處於同樣情況的女人。她們最不想經歷的事情就是接受盤問。

「她說了什麼？」

柯琳用拳頭撐著額頭。「她臉色蒼白，瘦骨嶙峋，神情緊繃。」

「怎麼說？」

「她看起來比實際年齡更老。」

葛芮塔想像媽媽當時感到多麼挫敗。

「我總覺得，她知道跟妳父親一起離開布蘭特福德就是結束的開始。」

「她有這麼說嗎？」

柯琳搖頭。「沒說得這麼清楚。但從她坐在那裡的模樣來看，我知道我沒猜錯。」

葛芮塔覺得心痛。

「她有提到林賽鎮。我記得這點，因為她說那是最後一個讓她覺得安全的地方。好像跟樓上的老太太有關？」

葛芮塔回想起媽媽告訴她的話。媽媽確實說過她喜歡那位老太太。「一定還不只。」

「那晚只有這麼多。」

葛芮塔靠向椅背。

「這種事需要時間，妳知道的。」

「多少時間？」

「沒有固定答案。需要多久就多久。」柯琳凝視著小公園。「妳媽媽和我是在她開始信任我之後才開始談心。」

葛芮塔身體前傾，雙手抱頭。「那麼，她開始信賴妳之後，她說了什麼？」

「她跟我說了更多關於林賽鎮的事。她說她當時非常慶幸頭上只有一層木板。」

「老太太有聽到他們吵架？」

「她發現事情有多糟時，把他們趕了出去。」

葛芮塔坐直。她腦海中的諸多線索彼此相連了。老太太不是被什麼嚇到，不是像她媽媽說的那樣被嚇到，而是害怕她父親。她的父親。原來如此。

「所以他們搬去彼得堡……」她說。

「這不重要。虐待沒有停止。但妳媽媽告訴我，她就是在那裡的時候受夠了。等妳爸爸去上班後，她收拾了行李，走了出去。」

葛芮塔吐氣。「很勇敢吧？」她從不覺得堅強就是大聲，安靜就是怯弱。她的母親，以及關於母親的一切，總是把這一點表達得很清楚。安靜的人，有思想的人，其實比大聲的人更堅強。

柯琳微笑。「她是很勇敢。但幾天後他找到了她。」

「在庇護所？」

柯琳點頭。

「他怎麼找到的？」

「不知道。他求她回到他身邊。他說他已經變得更成熟了，妳相信嗎？」

她嗤之以鼻。

「這種事經常發生，葛芮塔。空頭支票……」

「違背的諾言。」

柯琳點頭。「大多都沒信守。這種空頭支票似乎就是有某種力量。總之，她還是回到了他身邊，而不到幾天，他又開始毆打她。就連窗簾都遮不住。」

窗簾？雷文斯沃思那個住處沒有窗簾。她媽媽告訴她，她爸爸說他們住在郊區所以不需要窗簾。看來這也不是事實。是她媽媽討厭窗簾。現在她明白為什麼。是媽媽選擇不裝窗簾。但她的選擇與他息息相關。為什麼每件事到頭來都跟他有關？她把雙手按在長椅上，逼自己別尖叫。他真讓她惱火。

「她第二次離開他時，」柯琳說下去：「伊恩知道自己能再次找到她，所以她需要跟他徹底分開。他們打給在布雷斯布里奇的我們，我們收留了她。」

葛芮塔茫然地坐在長椅上。另一個祕密？還是另一個謊言？她不確定是哪一個，但現在很明顯的是，他們搬到布雷斯布里奇並不是因為她父親的工作。她的胃一陣翻騰。他在那裡找到了她。她父親跟蹤了她母親。追遍了整個省分？但他騙不倒她：葛芮塔知道他從來沒有成熟過。他是禽獸。

柯琳看懂她的表情。她把手伸過長椅，輕捏葛芮塔的肩膀。「當他出現時，我也感到噁心。」

「他是怎麼做到的？」

「我不知道。但他花了幾個月的時間。」

「妳有見過他嗎？」

「兩次。」

「在她離開前？」

「在她試著弄清楚她想怎麼做的時候。」

膽汁湧進葛芮塔的喉嚨。難怪他在糖果店看到柯琳時反應那麼激烈。柯琳不是他們需要迴避的人——她記得自己當時被如此誤導。柯琳是她母親的導師，她母親的朋友，知道她母親所有祕密和伊恩所有祕密的人。柯琳沒有毀掉星期天。是他父親毀掉的。他毀掉了一切。

關於七年前廚房裡可能發生的一切，曾在她腦海中徘徊的任何一點點懷疑，任何一絲希望，如今都煙消雲散。她父親是殺人犯；她知道這點，就像她知道如何呼吸。這是本能。

眼淚順著她的臉頰流下來。這是她表達憤怒的方式？失望？徒勞？更多憤怒之淚接踵而至。她父親扼殺了她們生命中的光明，也扼殺了她母親的生命。

「我試過了，葛芮塔。我真的試過了。」柯琳也在哭。「那個男人完全不正常。他永遠不懂得適可而止。當他和妳媽媽搬去雷文斯沃思那間小屋時……好吧，我很害怕。那裡太偏遠，就在荒野當中。」

葛芮塔點頭。她太明白這點。那裡也曾是她的家。「我媽媽當時一定很痛苦。」她說。

「不只是痛苦而已。我猜她在二十歲的時候就覺得自己被別人掌控了。也許她認為那是一個平靜的地方，適合迎接她知道即將到來的結局？我不知道。我敢肯定她不知道那個結局什麼時候會到來，但我猜她可能已經接受了『結局避無可避』的事實。」

葛芮塔打個顫。「那為什麼要收養一個孩子？為什麼要把我捲進來？」

柯琳看著她的眼睛，握住她的手。「我不知道。只有她知道。」

※　※　※

裴瑞茲警探朝葛芮塔揮揮手。「妳的意思是，妳那天問了柯琳我昨天問過妳的同一個問題？」

「哪個問題？」

「妳去庇護所的時候，柯琳不在那裡。妳發現妳媽媽是客戶。妳質疑所有的謊言。我當時說我也質疑這點，因為——」

「收養機構不會把我放在一個充滿暴力的家庭？」

警探點頭。「而妳當時當作沒聽見。」

葛芮塔臉紅，坐直身子。「因為妳那時候指控我說謊。」

菲爾打岔。「我相信那時候沒人指控任何人。」

葛芮塔指向桌子對面。「她有。」

菲爾繃緊下巴。他向桌子對面的艾絲卓尋求確認，艾絲卓尷尬地笑了笑。

「而妳當時繼續說著妳的……」裴瑞茲警探翻翻筆記本。「角錢盒的事情。」

葛芮塔吸口氣，感覺好像已經幾分鐘沒呼吸過。「我昨天跟妳說過了。我媽在角錢盒的事情上也說了謊。可是這個謊言是善意的謊言——她為了讓我感覺比較好而說的謊。」

第三十四章

葛芮塔從口袋裡掏出手機，給柯琳看了截圖。

「那是什麼？」

「我的家族，」她告訴她。「至少我認為我還有的家族成員。」

柯琳盯著螢幕上的三個「D・斯卓拉肯」。「妳怎麼知道這是妳的家族？」

「因為刻在我的角錢盒側面的文字。」

「妳的什麼盒？」

葛芮塔發笑，說明了它的整個歷史，同時也講述了她自己的一些歷史。時機很適合。終於適合了。

「我認為其中一個斯卓拉肯可能是我的外公外婆。」

「哇。」柯琳在夕陽照射下瞇起眼睛。「我小看妳了。妳雖然很安靜，但妳腦子裡想的事情比我想像的要多得多。」

葛芮塔不確定該生氣還是該高興。柯琳想說什麼？她不是小孩了。她十七歲了。

「那麼，妳的計畫是什麼？」柯琳問。

葛芮塔花了許多時間思索與可能是外公外婆的人聯繫的最佳方式，不像她在兩年前那樣沒怎麼多想就直接搭車來到多倫多。她當時在想什麼啊？事情原本可能比現在更糟。她意識到自己多麼幸運。「我們想出了三種選項。」

「我們？」

「我和菈托亞。我們一直在討論這件事，並想出了辦法。」

「是嗎？」柯琳說。

「寫信。打電話。或是妳可以開車送我去布蘭特福德，我直接去敲他們家的門。」

柯琳瞪大眼睛。「妳不覺得第一次面對面會面會讓人有點緊張？對妳來說？對他們來說？他們真的是妳的外公外婆嗎？」

葛芮塔沒理會她的評論。出於某種原因，她就是知道他們是她的外公外婆——至少三人當中有一個是。

「也許。可能。大概。」她咕噥。「那就只能打電話了。因為如果他們像我媽媽那樣，那他們肯定沒在用社群媒體。他們甚至可能連電腦也沒有。」

柯琳一臉困惑。「寫信呢？」

「我不打算寫實體信件，」葛芮塔說：「或使用慢得像蝸牛的郵寄服務。他們收到信的時候，我搞不好已經二十歲了。」

「妳有沒有跟潘恩庇護所的任何人談過這件事？請他們幫妳？」

葛芮塔低頭看著自己的鞋子，感到羞愧。「輔導那件事？他們給我安排了一位輔導員，名叫坎薩，但我沒有什麼可談的。」然後她糾正了自己。「至少沒有什麼是我想跟她談的。」

柯琳露出燦爛微笑。「妳現在有了。」

※　※　※

裴瑞茲警探瞪著菲爾。「你在開我玩笑吧。」

他搖頭。「我昨晚打給了柯琳。」

「她真的存在？」

「我確認了一切。她有跟葛芮塔和坎薩一起出席計畫會議。」

「我需要她的聯繫方式。」

葛芮塔盯著這兩人。交換了情報後，警探伸手去拿桌上的手機。「麻煩等我一下。」

裴瑞茲警探皺眉，敲了敲鍵盤。在一連串的叮聲和颼颼聲音效後，她把手機放回桌上，伸手拿起杯子，喝了一大口水。然後又一聲叮。她立即伸出手臂，但葛芮塔已經偷偷看了一眼螢幕上的文字。

立刻帶她進來。

她的心怦怦直跳。柯琳是唯一一個能為她擔保，而且知道伊恩暴力史的人。她只能希望這條訊息指的是柯琳。

※　※　※

接下來的幾星期裡，葛芮塔、坎薩和柯琳制訂了一個計畫。討論細節花了很長時間，葛芮塔在整個過程中盡量保持耐心。她的努力在一通電話中得到了回報。

接下來的週末，她和柯琳出發前往布蘭特福德。葛芮塔懶洋洋地坐在汽車前座上，抖著雙腿，腦子裡充滿即將發生的事情的各種可能性。如果他們在談過話的幾天後就搬家了怎麼辦？如果在見面時，他們看到了她母親的照片？如果這喚起了痛苦的回憶，所以他們決定不喜歡她？如果這一切都讓人難以承受？也許他們再也不想見到她。在制訂計畫的時候，一切都似乎會很順利，但現在一切都讓她覺得混亂。她到底在想什麼啊？

在導航系統的指示下，柯琳把車開進一條靜謐街道盡頭一棟小平房的車道上。葛芮塔不必看向兩輛車的車庫、修剪整齊的花壇，也不必抬頭看向紅木前門，就能找到她要找的人：一對年長的夫婦，手挽著手站在路的盡頭。她打開車門。她從座椅上起身時，膝蓋癱軟，她踉蹌向前，費勁地走上車道。她抬頭看向外公外婆，看看他們是否看到她。然後時間凍結了。不只是凍結，而是倒轉。感覺就像凝視著她母親的臉，但同時出現在兩張不同的臉孔上。

她的外公開懷大笑。「旅途還愉快嗎？」

她的外婆震驚地看著他。「你是認真的嗎，丹尼爾？這在孩子們還小的時候不好笑，現在也不好笑。」

骨架嬌小、頭頂盤著灰辮的女子走了過來，伸出一手。

「來吧，親愛的。別理他。」她柔聲道。

葛芮塔不敢相信自己聽見什麼。來吧，親愛的。這句話感覺很好，滲進她骨子裡的美好。她等了很多年才見到她的外公外婆。

她的外公聳個肩，雙手插進口袋裡。「抱歉，波莉。」

「別對我道歉，」波莉簡短地說：「要道歉就對你孫女道歉。」

「抱歉，葛芮塔。」

她的外公——比她外婆高一呎——看起來很不好意思。他其實不需要不好意思；她已經看得出來他有一種滑稽的幽默感。她立刻就喜歡他。

柯琳、葛芮塔和她的外公外婆沿著石板路走到前門。波莉帶葛芮塔參觀了屋內。它比她見過大多數的房子都要大。這裡感覺很溫馨，裝潢散發著一種溫暖的氛圍。客廳裡放著毛毯，地上舖著地毯，每面牆上都掛著鑲框的畫作和照片。葛芮塔跟在外婆身後，外婆在每個房間裡都發表了歷史評論。

「這張桌子是妳媽媽和她姊姊以前做功課的地方——如果我有辦法叫她們坐下來做功課。這是妳媽媽小學時帶回家的手指畫。噢，這間浴室以前只有一個洗手臺，但我們把它旁邊的房間打通了，讓它變大，所以現在有兩個。」

葛芮塔在心裡發笑。現在她知道媽媽喜歡講古的習性是繼承了誰。

來到她母親昔日的臥室時，外婆拉開了門。一張雙人床鋪著紅黃相間的被子，左邊是一堆毛絨玩具。旁邊是一個雙人衣櫃，牆上掛著一面全身鏡。一扇巨大的窗戶，可以看到後院。在窗戶下面，許多書籍、香水瓶、鉛筆和鋼筆散落在一張木桌上。她在門口徘徊，想著自己的童年跟媽媽的童年是多麼的不同。她慢慢研究牆上的海報和梳妝臺上的照片，最終鼓起勇氣走進去，在床邊坐下。她拿起一個枕頭，深深吸了一口氣。沒聞到媽媽的味道。她沒聞仔細？還是已經忘了媽媽的味道？她再次嗅聞。她抬頭看著外婆，抽鼻子，擦擦眼睛。波莉溫柔地擁抱她，也眼眶濕潤。

接下來的時間，他們都在客廳裡談話。他們共進了午餐，享用了帶有麵包皮的火雞肉三明治。大多數的談話都很輕鬆，但有時也不輕鬆。有些問題引發了痛苦的回憶，而且並非一切都是直截了當。

是的，她是被收養的，這令他們驚訝，但他們說這無所謂。既然他們這麼快就不把這當一回事，因此她沒告訴他們她其實很在意自己的養女身分。

而且，不，她不喜歡從小到大住的那棟小屋。

住在荒郊野外是不是很辛苦？葛芮塔點頭，覺得喉嚨裡的腫塊變大了。那個地點感覺非常偏遠。

她父親？她跟他並不親近。他們是有父女關係，但這段關係很緊張。

她母親？他們對她也有問題要問，關於他們多年前失去的女兒。

※　※　※

「那場談話深入到什麼程度？」裴瑞茲警探說。

「我盡力做出了最好的說明。」

「在妳第一次見到他們的時候？說明了一切？」

「幾乎。她是什麼模樣。她做了什麼。我們在一起多麼開心。她教會了我什麼，以及她如何成為了我的一部分，無論在我失去她之後還是在我小時候。」

「妳有沒有解釋——」

「我說那是意外。」

「所以他們不知道妳父母的歷史。」

「現在稍微知道了一些。」

「他們知道妳現在在我這裡嗎？」

葛芮塔看著地板，聳個肩。「不。」

※　※　※

那天下午快結束的時候，她見到了她的外公外婆，外公把格紋排扣襯衫的袖子挽到肘部，伸出了手。「讓我看看它。」

葛芮塔嘆氣。一看到她的角錢盒，他就會想起他不再擁有的女兒，但她還是把它從背包裡拿出來，輕輕地放在他的掌心上。一道黑影掠過他的臉，他拿著盒子，掙扎著，凝視著，這東西是很久以前他人生的一段歷史，他們的一段家族歷史。它代表著漢娜。它代表著艾蜜莉。它也代表著葛芮塔的外公外婆。他咳了一聲，靠向椅背，用手指敲敲盒子的兩側。

「這是我父親用他在我們房子後面的山溝裡發現的一塊木頭雕刻而成的。」他告訴她。

「這棟房子？」

「不，我小時候住的那棟。離這裡有幾條街。我看著他製作這個盒子。他花了幾個小時打磨它，讓它光滑，以免我被木刺刺到。」

葛芮塔摸索過這個角錢盒無數次，知道曾祖父做得很好。

「他問我希望它塗成什麼顏色。」

「你說了紅色。」

他眨了一邊眼睛。「我小時候最喜歡紅色。」他把角錢盒還給她，葛芮塔把它翻了過來。「我的姓名縮寫，」他告訴她。「我父親把它們刻在那裡，因為他想確保我記得自己來自哪。」

葛芮塔輕輕撫摸刻字處，然後把角錢盒遞給外公。他停頓片刻，用袖子擦擦眼睛。

「我們家以前把打公共電話要用的一角錢硬幣收在這個盒子裡。電話費上漲後，我們開始收集二十五分錢的硬幣，可是我們沒改變對這個盒子的稱呼。我們永遠不可能叫它『二十五分錢盒』；對我們來說，它永遠是角錢盒。」

丹尼爾眼睛仍然濕潤，把它放在他面前的茶几上。「我現在才知道這該死的東西去了哪。」

「不許說髒話。」波莉厲聲責備，伸手撫平裙子上的褶皺。

葛芮塔微笑。她期待與外公外婆共度更多時光，觀察他們的關係。丹尼爾和波琳・斯卓拉肯。丹尼爾和波莉。聽起來很順口。這是一對很可愛的夫妻；善良、溫柔又風趣。他們默契十足，就像一個整體的兩半。就像她和媽媽。

「妳把它帶回來給我們，我高興極了，葛芮塔。不是因為我想念它，不是因為我這些年來一直在想它去了哪兒，而是因為它回來的時候，把妳一起帶來了。」葛芮塔抬頭微笑。「它讓我們的家人團聚了，」他說：「我們原本有四個人，後來只剩兩個人，但現在我們有三個人。」

第三十五章

車子駛出外公外婆家的車道時，葛芮塔雙手抱頭呻吟。

「現在是問妳在想什麼的好時機嗎？」柯琳試探。

她從指縫裡窺視。「我心情好亂。」

柯琳露齒而笑。「今天確實很不可思議。妳不會有事吧？」

葛芮塔發笑，這個笑聲跟她的抽泣聲混在一起，幫忙釋放了在她體內蹦跳的被壓抑的能量。她翻閱手機上的照片。「看看這個。我媽媽的眼睛和我外婆一樣。而且她有我外公的笑容。感覺就像我又在看著她。」

「他們之間確實有相似之處。」

「這一切都不合理。我原本非常害怕見到他們……但他們這麼親切，害我不想離開。」

柯琳查看左右，切換了車道。

「我們齊聚一堂的時候，我對媽媽的思念減少了。這讓我很害怕，因為如果我再次見到他們，我並不希望我對我媽的回憶褪色。」

路上的車潮速度變慢。柯琳跟著減速。「不是如果，而是下一次。美好的回憶今天有褪色嗎？」
她搖頭。
柯琳指著自己的腦袋和心口。「美好的回憶就是保存在這裡。」
她屏住了呼吸。「我還有好多問題要問。」
「儘管說。」
「我真希望以前就能見過他們。為什麼我媽媽不聯繫他們？」
交通陷入停滯。「今天見到妳，我相信他們一定因為沒能跟小時候的妳相處而難過。」
她微笑，很高興聽到柯琳承認她是個成年人。她在一天內就長大了十歲。
「也許有一天你們會一起討論。妳媽媽的情況很複雜。妳知道的。當然，那完全不是妳造成的。我敢打賭，當妳媽媽和妳爸爸私奔時，妳的外公外婆非常難過。」
葛芮塔想起他們慈祥的面孔、他們的溫暖和微笑，以及他們是多麼無條件地接受了她。「是啊。他們已經失去了一個孩子。」
「我敢肯定他們當時想跟她保持聯繫，而且未曾停止嘗試。但隨著她的人生失控，她的人生變成了妳父親的人生，嗯，事情顯然發生了變化。」
她面有難色。「這種說法有點輕描淡寫。」
「妳媽媽一開始可能把他們拒之門外。也許她不想讓他們看到她那個樣子，尤其如果她認為她已經給他們造成了很多悲痛。」
她點頭。「那種罪惡感會很沉重。」她媽媽一定經歷過地獄。

「我在庇護所遇到艾蜜莉時，她就算想聯絡她爸媽也沒辦法。」

「伊恩強迫她跟他們斷絕往來？」

柯琳點頭。「妳也知道他會說什麼。規矩就是要遵守的規矩。」

「或是後果會被處理。」

車流向前移動，葛芮塔拉了拉腰間的安全帶。「為什麼我爸媽被允許收養我？」

柯琳查看左邊，然後改變了車道，動作流暢無聲。

「我的意思是，難道帕里灣都沒人知道伊恩的歷史嗎？」

柯琳一手放在方向盤上，另一手搭在副駕駛座的靠背上，緩緩吐出一口氣。

「告訴我。」她轉頭看著她。「一定有人知道。」

「我就曉得。可是妳爸爸熱衷於教會活動，沒人質疑他的人品。」

葛芮塔的鼻子抽動一下，鼻腔裡充滿教堂中殿的氣味。她交叉雙臂，雙腿伸直在身前。

「那一切發生得太快。我沒有跟任何人分享我的擔憂，不過，沒錯，我當時應該說出來。我從沒聽說過收養過程那麼快就完成。」

葛芮塔瞥向旁邊。媽媽跟她說過，她爸爸也對此震驚，他們當時不到一個月就收到了收養獲准的消息。

「我很抱歉，葛芮塔，」柯琳說：「這件事一直讓我心神不寧，如果我能回到過去，我會用不同的方式處理它。我將為此遺憾終生。」

葛芮塔把手伸過前座，握住柯琳的手。柯琳也捏了她的手。兩人靜靜地坐在車裡，陷入了各自的思緒。

「我還是不明白，為什麼我媽要把我拉進來？我的意思是，如果她在我很小的時候就死了，害我在更小的時候就要獨自一人跟他生活，那該怎麼辦？」這個想法讓她焦慮，甚至想吐。

「這個問題很難回答，」柯琳說：「妳爸爸帶她搬去小屋時，我猜她當時覺得他欠了她。」

「欠了她一個嬰兒？」

「妳就是她想要的。妳覺得他當時會想到要孩子嗎？」

也許這樣也好。問題是如果他不想要孩子，她就不會有她的媽媽。她把這些想法放在一邊，它們太讓她痛苦。

「她想要幸福。妳讓她幸福。」柯琳說：「因為妳父親非常在意公眾形象，所以她從那個角度切入。她知道如何操控他。」

「他很可悲。」

「而她很聰明。她愛妳勝過一切。」

想起和媽媽在一起的日子，她的太陽穴悸痛。在最初的那十年裡，家裡只有母女倆的時候，她們過得很開心。她和媽媽想了很多計畫。她們有一天會搬到城裡，她不知道哪個城市，但她們討論了公寓會有浴室、浴缸、鄰居和噪音。公園。到處都是寵物。她懷念跟媽媽一起度過的時光，在她還不懂事的時候。一起在家就意味著不孤單。一起在家就意味著安全。隨著她在過去幾個月發現的一切，折磨她童年的那句話有了全新的含義。

「妳的母親是活在每一天，活在當下。她從沒想過後來可能發生——」

※　※　※

裴瑞茲警探皺眉，雙手交叉放在桌上。「帕帕斯警官昨晚沒有提及這件事。柯琳似乎知道這麼多……」

「他不會知道的，」她自信地說：「這一切是發生在我來到多倫多之後。」

「如果柯琳知道妳父親的歷史，她當時為什麼不與人分享她的擔憂？她原本也可以聯繫收養機構。」

葛芮塔聳肩。她想叫裴瑞茲警探自己去問柯琳，但如果警探這麼做，就會知道她看了她手機螢幕上的東西。

裴瑞茲警探對菲爾挑起眉毛，越過眼鏡上方看著他。她的表情很謹慎。「讓我向妳解釋某件事，葛芮塔。」

房間裡是不是變悶了？這裡變得很熱，熱得就像撒哈拉沙漠。她臉頰上的灼熱證實了這一點。

「我並不是說謀殺一定沒有發生，但『指控某人犯下重罪』跟『實際證明某人犯下重罪』，這兩者之間有著天壤之別。」

葛芮塔翻白眼。裴瑞茲警探以為她很笨？她很久以前就看出這點。她想起雷文斯沃思那棟小屋的廚房，想起黏在桌子邊緣的三縷赤褐髮絲。

「妳可能以為妳父親謀殺了妳母親——」

「他確實殺了我的母親。」葛芮塔怒目相視。有時候，說出顯而易見之事是有必要的。她在十歲那年知道自己的母親慘遭謀殺，但是帕帕斯警官在葬禮後的第二天造訪小屋時，即使她想說，也不能對他說出他需要知道的。她父親當時就坐在隔壁房間裡，聽著她說的一字一句。

房間裡熱得讓人難以忍受，彼此之間的氣氛變得緊張。裴瑞茲警探摘下眼鏡、放在桌上時，葛芮塔擦擦上唇的汗水。

「想證明什麼——」她的嗓音緊繃。「就需要證據。」

葛芮塔全身顫抖。她剛剛才提供了更多關於她母親被謀殺的證據——一個可以證實她父親施虐的證人。這其中的諷刺讓她想吐。「為什麼妳更關心我父親而不是我？我媽媽是被謀殺的人，妳卻說舉證的責任在我身上？好棒的司法系統。」

裴瑞茲警探聳肩。「我知道妳對他的指控，我也想讓妳知道我認真看待這些指控。聽著，帕帕斯警官昨晚用快遞把一個裝有證據的箱子送到了我的辦公室。我會叫我的ＥＴ把它送來，仔細查看。」

「ＥＴ？」

「證據技術人員。」

葛芮塔在椅子上放鬆。很好。她覺得自己是談話的一部分。

「在那之前，」警探把注意力放回文件上。「我們這裡有證據需要處理。」

「妳是認真的嗎？」葛芮塔指向文件。「那堆狗屁？」

裴瑞茲警探的嘴脣抿成一條沒有血色的細線。「妳有動機、手段——」

「我沒殺人。」

「……還有機會。」

葛芮塔交叉雙臂，緩緩吸氣，咬緊下巴。裴瑞茲警探看著律師，對方只是聳了肩。

「好吧，」警探疲憊地說：「午餐時間。我們在這裡暫停。」

※　※　※

裴瑞茲警探重重地在皮椅坐上，按下錄音按鈕。她皮笑肉不笑，給人一種不自在的感覺。「那麼，妳再次跟柯琳見面。妳見到了妳的外公外婆——順便說一句，我覺得這很棒。而且妳得到了一些問題的答案。」

葛芮塔點頭。警探對她外公外婆的評論讓她覺得比較好受。但在午飯前，警探突然改變了策略，所以葛芮塔不會放鬆警惕。她知道接下來會發生什麼。她不知道的是什麼時候會發生。

「那麼，讓我瞭解一下那之後發生的事情。」警探板起臉，補充道：「請簡單說明。我們需要盡快談到妳父親死亡的那個晚上。」

來了。裴瑞茲警探確認了。葛芮塔胃袋緊繃。她閉上眼睛，試著打起精神。在避無可避之事到來之前。她停頓。「我開始接受輔導。」

她走遍了她的思想深處，漆黑的角落，所有的死胡同，坎薩在她身邊，兩人一次拖出一個心魔，把每個醜陋的心魔都攤在眼前。她們給每個心魔取了名字。她們解釋了牠們。她們挑釁了牠們。她們挖苦了牠們。她們在牠們試圖逃走時將牠們一一困住。

「有用嗎？」警探問。

「坎薩幫助我振作了起來。」

「妳確定？」

她直視警探的眼睛。「什麼意思？」

警探看著她的眼睛。「我怎麼知道妳是不是真的振作了起來？」

這句評論就像一記耳光。多年的情緒在她的心中形成了一堵堅硬的牆，要跨過它是如此困難。只有少數幾個人做到：她的母親、菈托亞、湘子太太和柯琳。就這些。她寧願一個人面對。直到坎薩出現，也跨越了她的心牆。

熱氣爬上了她的臉頰。話語停在了她的嘴裡。她要怎麼證明？她的腦袋放鬆了；她已經修得了學分，並從高中畢業。她開始做瑜伽和冥想，雖然一開始很痛苦，但她現在喜歡上了。且慢。還有她又開始跑步了。就算只能跑幾條街又有什麼關係？她現在能輕鬆跑五公里。她之前忘了跑步是如何淨化她的內心，就像洗去痛楚的利尿劑，她發誓她再也不會忘記了。她要怎麼解釋這一切——而且簡短解釋？

她要怎麼把十八個月的事情濃縮成一句話？她沒辦法直視裴瑞茲警探的眼睛。「我專注於我的目標。在課堂上及格。週末和我的外公外婆一起度過。」

「嗯。妳期望我相信妳人生的一切自然而然地回到正軌上？」

她不知道裴瑞茲警探這句話是事實還是指控。也許兩者皆是？「一切」這個說法有點誇張。嚴格來說是「大多數的事情」。不，這也不夠精確。應該是「一些事情」。這是她第一次質疑她和坎薩當時是否應該更加努力。她深吸一口氣，小心翼翼地選擇用字。「我走過了漫漫長路。」然後，彷彿為了讓自己安心，她又補充一句。「考慮到我當時被迫面對的事情。」

「意思是？」

「我可能還有一些盲點。」

「我相信。」

葛芮塔觀察她的臉，她的藍眼睛平靜而冰冷。話語在她腦海中迴盪，但她需要繼續說下去。她坐得更直。「坎薩建議我，面對過去可能是一個獲得結局的好方法。」她說。

「所謂的『給一切畫下尾聲』？」

「嗯。如果妳想這麼說。」

「妳質疑我的說法？」

「在那之前，一切都很順利。」

裴瑞茲警探傾身向前。「所以妳有沒有殺人？」

葛芮塔搖頭。「沒有。」她輕聲道。

第三十六章

「我不明白，」外婆吃力地從電梯裡搬出一個超大的手提箱，氣喘吁吁，面紅耳赤。「既然可以免費住在一棟房子裡，為什麼還要花那麼多錢住在一個鞋盒裡？」

葛芮塔從她手中接過袋子。她非常喜歡在河濱區的這間單身公寓。這是她的，而且是她一個人的。客廳裝有落地窗，通往一個陽臺，可以俯瞰城市的東邊。現代化的廚房和硬木地板給這裡一種舒適的居家感。她負擔得起這裡的唯一原因，是潘恩庇護所在她過渡到獨立生活的過程中會給她一筆補助金來幫助支付房租。

「照顧自己會對我有好處，況且，我每個週末都會去陪妳和外公。」她說。

「妳想殺了我？」丹尼爾拋個媚眼。

波莉朝他投以死神般的眼神。

她的外公靠過來，給她一個擁抱。「別讓我失望啊，小葛。我等不及下次見到妳。」

她不可能讓他們失望。她永遠不會辜負外公外婆。他們疼愛她，但有時她好奇他們是否意識到她需要他們勝過他們需要她。他們是她與過去之間的橋梁，她通往現在的橋梁，而且她希望也是通往她未來的橋梁——無論未來會是什麼樣子。

她打開行李箱，將衣服掛在壁櫥裡時，技術專家波莉在客廳裡忙著安裝電視。丹尼爾拆開盤子、餐具和鍋碗瓢盆的包裝，把它們整齊地放在廚房的抽屜裡。一切都完成後，葛芮塔陪他們沿著鋪著地毯的走廊走向電梯，她很感激他們幫她搬家，但她也在數算再過幾天才能再次見到他們。

※　※　※

裴瑞茲警探停止寫字。「妳想搬出潘恩庇護所嗎？」

她聳肩。警探不相信她的故事，她也明白為什麼。她其實隱瞞了一些事情。「我別無選擇，」她告訴她：「我的年齡已經太大了，庇護所沒辦法再收留我。」

「妳是怎麼付公寓的租金？」

「這是所謂的『門診計畫』的一部分。潘恩庇護所負責找地方，用他們的補助金來支付租金。」

「所以妳原本其實想留在那裡？」

「留在潘恩庇護所？」

裴瑞茲警探用手指梳理頭髮，看上去有點心煩意亂。「我之所以這麼問，是因為……」她沒提高嗓門。「如果妳在那裡多待一、兩年，有沒有可能就不會遇到現在的情況？」

葛芮塔只考慮了不到半秒。「我無論如何還是會坐在這裡。」

她沉默了下來，給裴瑞茲警探一點時間消化她說的話。怕警探沒聽到她說什麼，她重複了一遍。警探皺起眉毛，在面前的紙上潦草地寫下。她的果斷使警探不安。她等警探抬頭，但對方繼續以驚人的速度寫字。她說錯話了？她是不是需要糾正自己？改變說詞是明智的嗎？不。無此必要。她心裡清楚，如果她有能力讓時間倒轉，她還是會做出同樣的事情。

房間裡的氣氛令人窒息。她又把手伸到牛仔褲的口袋裡，摸摸她藏起來的一角硬幣。這是丹尼爾給她的硬幣，讓她放在她的角錢盒裡。不是幾年前那枚，而是一個象徵性的物品，讓他們記得他們是如何重新聚在一起；一枚她希望將來也能讓他們繼續在一起的硬幣。現在，她去哪都帶著它。她慢慢地來回撫摸它。

「只是為了把話說清楚，」她打破寂靜：「我喜歡我的公寓。」

警探停止寫字。

「我搬進去的時候，已經從高中畢業，還拿到了駕照。我第一次考的時候沒考過，但坎薩說建立我的獨立性是很重要的，所以我又試了一次。然後我申請了大學。」

警探抬頭片刻，眼睛沒洩漏任何情緒。

「我告訴妳這些是有原因的，懂嗎？」

「麻煩說明一下。」

「我可能還沒完全準備好過渡到獨立生活，但我正在扭轉局面。我的人生很美好。」

裴瑞茲警探隔著桌子回瞪著她。無法讀懂對方的肢體語言，葛芮塔知道還是有些地方不太對勁。她並沒有責怪警探；外公外婆離開她，讓她獨自站在公寓裡的第一天，她也沒有完全相信自己。

※　※　※

第一個星期很艱難。寂靜令人毛骨悚然，日子感覺空虛。她身邊沒有潘恩庇護所的員工，沒有同學，也沒有坎薩為她加油打氣。寂靜令人害怕，但電視有幫助——刺耳的聲音，重複的聲音——所以她日夜都開著它。CP24 在新聞時間播出時，主播宣布，這幾年來最精采的一場北極光表演預計將在那星期的晚些時候上演。這讓她想起了她的童年，她和媽媽會在後院看北極光。她記得自己當時很好奇——也許滿懷希望——心想北極光或許是媽媽微妙的打招呼方式、祝她十八歲生日快樂。

在公寓裡的前五次睡眠，感覺就像整整一年。渴望見到外公外婆，渴望讓他們的笑聲來填補公寓裡令人窒息的寂靜，她每天晚上都在 Skype 上與菈托亞交談。週五下午接近傍晚時，她衝下樓梯間所花的時間比搭電梯到一樓還短。她不確定這是因為她太想念他們，還是因為她的跑步訓練開始見效。

※　※　※

「事情有沒有在一段時間後安頓下來？」裴瑞茲警探皺眉問道。

葛芮塔臉上沒了表情。她開始坐立不安，所以她盡可能不引人注意地把雙手壓在大腿底下。警探放下鉛筆，等待著。

「我保持忙碌。我向鄰居們介紹了自己。我出門。跑步。週末去探望我外公外婆。」說得輕描淡寫就對了。說得輕描淡寫就對了。

跑步是她的說詞中唯一的事實。其實，她大部分時間都在做的事就是跑步。用跑步來掩飾她的寂寞。用跑步來減輕她的痛苦。其他一切都是謊言。而警探完全不接受謊言。

「想不想再試一次？」警探說。

這句評論是一個打擊。儘管她一輩子都被迫應對轉變，但她還是覺得改變很困難。改變的次數多得數不清，她也根本無法習慣。就連簡單的改變也很艱難。她想騙誰啊？她討厭轉變。她伸個懶腰，試著讓腿部的血液保持流動。她立刻知道她需要後退。她決定坦白。

「花了一點時間。」

警探的眼睛盯著她的眼睛。

「好吧，很多時間，」她坦承。「可是一切都在九月改變了。」

※　※　※

大樓對講機打破了她公寓的寂靜。

「小葛，妳有客人。」一個聲音說。

她看著牆壁。「沒人知道我在哪。」

「有人知道。」

她搭了電梯，從十四樓來到一樓大廳。金屬門滑開，她凝視著大廳。她眼睛為之一亮。她徑直跑進了菈托亞的懷抱，對方熊抱了她。

「妳不是說下星期？」

「我太興奮了嘛。」

她發笑。「來吧。」她抓住菈托亞的胳臂，把她推進電梯，上了樓，她推開公寓的門。「歡迎光臨。」

菈托亞一副快哭的樣子。

葛芮塔牽起她的手，拉著她穿過前門，帶她進入客廳。兩人並肩坐在沙發上，葛芮塔用雙臂摟住她。

「我討厭這裡。」菈托亞哭道。

「妳的學校？」

「光這點就已經輸了。」

「班級？」

「下星期開學。」

「宿舍呢？妳的室友？」

「食物難吃死了。我受不了。」

「可是她人很好？」

菈托亞舉起一手，制止這些發問。葛芮塔將她抱在懷裡，她的抽泣聲最終緩和成輕柔的哭泣。菈托亞用手背擦擦臉頰。「我哭得很難聽吧？」

葛芮塔遞給她一張面紙。「我們都這樣哭過。」

菈托亞擤了鼻涕，笑了起來。「看看我。我迫不及待地想來城裡，現在我在這裡卻只想回家。我很遜吧？」

葛芮塔搖搖頭。如果情況不同，她可能也會有同樣的感覺。可是她沒有可以回去的地方。

※ ※ ※

短暫休息後，裴瑞茲警探走回房間，手裡拿著手機，在椅子上坐下。她的胳臂下夾著兩份藍色檔案夾：一份比較薄，上面標示著「伊恩・吉芬，調查」，另一份比較厚，上面印著延齡草的輪廓。她打開第一個檔案夾，拿出其中一份文件。

「妳要怎麼解釋這個？」她迅速而俐落地把那張紙滑過桌面。

菲爾掃視了一下，臉色變得蒼白，閱讀時皺起眉頭。「妳昨天分享的案件資料裡沒有這個。」他說。

裴瑞茲警探點頭。「這份文件剛剛送到。」她看著葛芮塔。「我的警官們昨天打電話去我辦公室時，就是說他們發現了這個。」

「妳怎麼拿到的？」他的語氣與其說是譴責，不如說是詢問。

「搜索票。從你的客戶手機裡弄到的。」

裴瑞茲警探站起來，把葛芮塔的包包遞給她。她向門口走去時，在門框轉身。「我猜你們會需要一些時間。」說完，她走了出去。

沉默充斥了房間。葛芮塔注意到自己屏住呼吸。菲爾把紙甩在她面前。「妳沒想過提前讓我知道？」

她的心沉了下去，她在椅子上轉身，把雙腳盤在屁股下，低下了頭。

「抱歉。」她咕噥。

「妳應該知道他們會發現它吧？」

她摳摳運動衫的布料。「它不是真的。」

「妳不可能是認真的。」他舉起食指和拇指，比出一吋長的手勢。「妳離被指控犯下謀殺罪只有這麼一點距離。」

葛芮塔低聲咒罵。

菲爾靠向椅背，用手指撫過頭髮。「媽的，葛芮塔。我必須打個電話，想想怎麼解決這個問題。」他掏出手機，轉過身。

「謝了。」她還想說下去，這時他回頭看她，面紅耳赤。

「先別謝我。」

她用運動衫的袖子上擦擦眼睛。雖然不需要看，但她還是伸手拿起了那張紙。她閱讀時，她的手在顫抖。

葛芮塔：嘿
菈托亞：謝謝妳昨晚讓我去妳那裡
葛芮塔：感覺好些了嗎？
菈托亞：嗯。我會留下
葛芮塔：就像我這樣
菈托亞：妳以後會回去嗎？
葛芮塔：只有一個理由
菈托亞：？？
葛芮塔：為了殺掉那個王八蛋
菈托亞：幹！開什麼玩笑？
葛芮塔：（微笑臉）
菈托亞：女孩，我不會責怪妳，但說真的，別亂來
葛芮塔：他毀了一切
菈托亞：我知道，可是送人去見造物主，這麼做對任何人都沒幫助
葛芮塔：嗯嗯
菈托亞：我們現在一起在這裡。有我陪伴妳
葛芮塔：（微笑臉）
菈托亞：明天再聊。愛妳喔
葛芮塔：我也愛妳喔晚安

她站起來，身體前傾，雙手按在大腿上。她覺得一切都瓦解了，繫繩一根一根地被扯開。她閉上眼睛，吸氣數數。

一，二，三。冷靜下來，媽的。四，五。

暈眩感減輕後，她慢慢睜開眼睛，挺直背脊，坐回原位。裴瑞茲警探的腳步聲在牆壁之間迴盪，幾秒後她漫步回到房間。

「準備好了嗎？」她的口氣就事論事。氣氛改變，菲爾點頭。警探在桌旁坐下，讓自己坐得舒適。「那麼，」她看向葛芮塔。「妳想如何解釋這串談話內容？」

葛芮塔考慮了很久才回答這個問題。「我明白這看起來像什麼——」警探俯身向前。「可是菈托亞是我的麻吉。我們只是在閒聊鬼扯……」

「就這樣？」她回以諷刺的表情。「這就是妳的解釋？」她瞇起眼睛。

「那只是個玩笑。」她衝口而出。

裴瑞茲警探瞪大眼睛，臉上的血色消失了。「關於殺掉妳父親？」

葛芮塔翻白眼，露出滿意的笑容。「別這麼緊張兮兮。我說真的。如果我真的想殺掉他，早就在小屋裡動手了。」

第三十七章

葛芮塔的行囊在兩天前就收拾好了。它坐在門邊，等著跟主人上路，主人要去處理一些未盡事務。一想到這場旅程，她感到害怕——而且不是只有她在害怕。

「這太瘋狂了，」丹尼爾對她說，手指連番敲著桌面。「妳為什麼現在要去見他？」

她不知道該如何解釋。她需要聽到父親承認自己謀殺了她的母親，而雖然現在她的生活中有了外公外婆、意味著她內心的空洞不再那麼大，但她還是想要她母親答應過會給她的收養文件。

波莉看著她。「從妳告訴我們的一切來看，妳父親難以預料。天殺的，他聽起來很危險。」

葛芮塔看著外公，他對他妻子罵髒話感到震驚，但她或外公都不敢大聲說出自己的想法。波莉討厭髒話。她也沒有撤回其餘的評論。

「我跟妳一起去吧。」丹尼爾提議。

她搖頭。「我不會有事的。」

她沒說出自己童年的完整真相，也沒說出她母親的遭遇。至少目前還沒有。想起過去，她不禁打個寒顫，盡力把這幅畫面從腦海中抹去，她拉緊身上的運動衫。也許有一天吧。但今天不是那一天。

波莉在椅子上調整姿勢。「妳必須保持警惕。」

「每隔兩小時就打電話給我們，」丹尼爾補充道：「我們也會打給妳。」

她知道外公的建議不容商量。這是唯一能讓她外婆不用整天坐在布蘭特福德擔心她的妥協。她把手伸到身前。「成交。」她說。這個諾言遵守起來會很容易。她也跟菈托亞許下了同樣的承諾。

※　※　※

星期六早上，葛芮塔起得很早。她覺得口乾舌燥，胃袋扭擰。她其實根本睡不著。她下了床，在廚房裡轉來轉去，做了早餐。她吃不下。她的心跳得就像要從胸腔裡迸發而出，而她還沒走出公寓。她要如何一路抵達雷文斯沃思？她蜷縮在客廳沙發上，透過窗戶凝視遠方。她預計當她到達那裡時，她會感覺到媽媽就在她身邊。

筆記型電腦就在她面前，她撥弄著按鍵。媽媽喜歡歷史，所以她至少該和她分享一些。她用Google搜索去雷文斯沃思的路線，然後在手機上輸入了一些筆記。

401號公路的正式名稱是國王公路。

雷文斯沃思曾經是白求恩鎮的一部分。

不重要。

一堆藝術家出現在畫面上。七個人，都是加拿大人，以畫樹聞名。她凝視著螢幕。那些樹跟她長大的地方以北、小屋後面的樹林裡的那些樹，好像是一樣的？她當年跑步的地方？媽媽很可能知道這些畫家，但她確信她會微笑，讓她不受打擾地繼續滔滔不絕，很高興能再次在一起並知道她有什麼發現。

出發前，她仔細檢查了手機。身為潘恩庇護所的畢業生，身為「聯繫計畫」的成員，她可以隨時聯絡坎薩。只要傳簡訊就能找到坎薩——無需回答什麼問題，無需理由——這讓她感到更加勇敢。

她做的最後一件事，是從茶几上拿起她的角錢盒。她把它捧在手中，撫摸曾外公在很久以前刻下的溫柔線條，她的動作親切又溫柔。她閉上眼睛。

該走了。葛芮塔開著外公外婆借給她的車，沿著高速公路向北行駛，經過加拿大的仙境，灰色水泥地變成連綿起伏的綠色田野，荷蘭沼澤的刺鼻氣味充斥她的鼻腔。她在巴里停下來加油。幫她加油的瘦削男員工看似四十出頭，對二十多歲就歷盡滄桑的她沒多看一眼。她如果更年輕一點，可能會對此感到尷尬甚至生氣，但現在不會了。現在的她把他想像成一個即將退休的老人，掛著腰包，在星巴克把拿鐵咖啡還給店員，就因為他嫌棄泡沫太多。他會向任何願意傾聽的人講述他輝煌歲月的冗長故事。他只剩下當年勇。她繼續上路。

她開往馬斯科卡。鮭魚色的紋理在道路兩邊的石板上交織閃爍，看起來就像為一場派對而裝飾——一場歡迎她回歸本源的慶典。路邊有一個告示牌，藍漆底色上是反光的白色字母。布雷斯布里奇。交流道很快到來。她已經給湘子夫婦打了電話，讓他們知道她要來，所以她出現時他們並不感到驚訝。儘管他們已經解釋說她父親兩個月前搬走了——他們說他得了某種癌症——但這家餐廳是她的第一站。家人就是家人。

吃過午飯，回到車上，她再次出發。烏雲翻騰，灰色的天空危險地懸在地面上方。前往舊小屋的旅程感覺既快又慢，但導航系統很容易就找到它，在雨湖路和阿霍拉斯路北端的交匯處。它是如此孤立。她很驚訝父親竟然千里迢迢搬回了這裡……不過她聽說過罪犯總是會回到犯罪現場。

她把車開進巷道，小心地穿梭於路面上的坑洞，這些洞已經膨脹成巨坑。過長的樹枝一路伸來，刮到她車子兩側。這令她火大。正如她多年前記得的那樣，她父親到現在還是懶得修剪它們。

在巷道的盡頭，葛芮塔轉過拐角，來到曾經是一片草地的地方，但現在這裡已經乾枯，成了小屋前面的一條沙子路。她關掉引擎。她的心怦怦直跳。她迅速地上下打量一番，但無法相信自己所看到的，感覺這不可能。腐爛的原木，長滿青苔。窗戶布滿汙垢，被老舊的塑膠布和膠帶覆蓋。這就是原本的一切？那棟棕色小木屋去哪了？她記得的那棟房子比這大得多。她下了車，走到前廊，一群黑蠅在半空中盤旋。門板鬆鬆地掛在鉸鏈上，她慢慢打開它。

她穿過門時，碎石在腳下嘎吱作響。她首先注意到的，是這裡沒有聲音。這棟小屋只是一個深邃而遙遠的虛空，守護著過去的祕密，保證它們的安全。她接下來注意到的是氣味。空氣中瀰漫著濃烈的死亡氣息、陳舊的塵土味，還有她母親的香水味。感覺昏沉，她抓住壁櫥的把手來穩住自己，但避免轉動它。她不想打開壁櫥門，不想給惡靈任何醒來逃跑的機會。

葛芮塔站在前廳，雙腳牢牢地固定在地板上。她滿身是汗，弄濕了身上的T恤。她直視著小廚房。黏著食物碎屑的杯子、盤子和叉子堆在流理臺上。沙礫黏在牆上或是飄在空中。回到走廊，那座熟悉的高聳木雕已經不見了——它原本掛滿外套，小時候在夢裡追著她。它去哪了？它肯定不是擺在她面前的那根破舊的四腳立柱和生鏽的掛鉤。

她深吸一口氣，呼喚父親的名字。這裡的寂靜震耳欲聾。走廊又窄又黑，她每走一步腳下都吱嘎作響。又一步。又一步。她停下來，看著掛在牆上的照片——幾乎沒有任何感覺——然後再次邁步。看著樓梯頂端的黑暗，她打個寒顫，然後走向後側房間。只要再——六步，但這六步感覺一點都不容易。

在後側房間的入口處，她靜靜地站著。裡頭擺滿了她小時候記得的家具——沙發和椅子，上面布滿灰塵，塑膠布被拆掉了——看起來已經在那裡放了幾千年。房間裡有些東西不對勁。電視雖然閃爍著，但她不記得這裡是如此黑暗。她等了一會兒，讓眼睛適應。為什麼適應要花這麼長的時間？因為窗簾。飄逸的長窗簾遮住了後窗。那些窗簾是新的。現在她知道為什麼了。她母親曾試著給這個家帶來光明，她父親卻扼殺了光明。一想到這個，她就覺得想吐。她的眼睛適應後，他的輪廓在黑暗中現形。他在房間對面，坐在一張打了補丁的皮椅上，背對著她。怎麼有人看電視不開聲音？

他轉過頭，抬頭看著她。沒有驚訝。沒有好奇。

她稍微往前走。「爸，」她盡力不讓嗓音顫抖。「我們需要談談。」

第三十八章

伊恩花了幾秒鐘喝飲料，然後把注意力轉回電視上，他的回應是一聲低沉的咕噥。

「爸，」她重複了一遍，這次聲音更大，態度更堅定一點。

他轉過頭，冷冷地看了她一眼。「妳想怎樣？」

她大吃一驚。他發出的聲音像是吱嘎作響的喘息聲。他的嗓音聽起來很可怕，而且現在她可以在電視的蒼白光芒下看到他的皮膚是木薯粉的顏色。

「要討論那件事，有專屬的時間和地點，」他彷彿看穿了她的心思。「也就是無論任何地點、任何時候都沒得談。」

血流湧上她的臉，在她的耳邊咆哮。水珠順著她的額頭流下來，刺痛了她的眼睛。她讓汗水滴在骯髒的地毯上。她需要她的真相時刻——那一刻就是現在，不管他喜不喜歡。她繃緊嘴巴，向前走了一步。「我們需要談談，」她雙臂抱胸。「我需要。」

他的視線在她身上打轉，從上到下，尋找任何軟弱的跡象，但沒找到。他轉移了目光，搖頭。「妳需要什麼並不重要。我得了癌症，」他喘道：「我快死了。」

這句話本來就是為了刺穿她，也做到了。兩種情緒吞噬了她。第一種是羞愧。他不想跟她有任何瓜葛，時間也沒有平息他對她的蔑視。但「被拒絕」的感覺很快就過去了，轉變成憤怒。她被突然湧上心頭的諸多負面想法淹沒，咬牙切齒。醜陋而狂野的想法。它們從哪來的？它們一直潛伏在她的腦海裡？躲在她的潛意識深處？以為自己和坎薩已經對付過它們，她現在覺得心臟猛然下沉。也許她們並沒有處理掉每一個心魔？

現場陷入了沉默。一股熱潮從她的臉上蔓延開來，她呼吸困難。她需要集中精神。一。二。三。她用鼻子慢慢吸氣。四，五，六。她用嘴巴吐氣。

「你有沒有在接受治療？」她的態度不算不客氣。

說出來了。她做到了。她所有的神經末梢都在痛，但她已經設法將自己險惡的想法推到一邊。她的野蠻慾望正在消退。

沉默再次到來。也許他不想談論它。

「當然有。」他咕噥，對她翻白眼。

葛芮塔咒罵自己：幹麼讓他害自己覺得這麼蠢。

他指著裝滿冰屑的保麗龍杯。「我已經做了化療。有一星期沒辦法吞嚥。」

葛芮塔思索這個消息時，他發出一聲漫長而刺耳的咳嗽，聲響在房間的牆壁上反彈。她站著回瞪他，但即使他隨意放在輪椅旁邊的花白假髮也無法阻止她。她沒動，哪裡也去不了。時間一分一秒地過去。咳嗽終於平息時，她打直身子，說出她的真相。她等對方做出反應。

他嘴角扭曲，黑眼睛盯著她。她父親聲稱自己不記得了。他反駁了她認定「鄰居當時沒來幫忙」，他說他們都住得太遠，請他們來登門造訪是不公平的。她說他在沙發上醉倒時她被迫壓低嗓門以免激怒他，但他說根本沒這回事。他說她背上的傷疤和手臂上的燒傷只是笨拙的童年事故造成的。她說冰箱裡經常空空如也、害她必須去樹叢裡找果子或是乞討食物充飢，他也反駁了。聽到她說她在外人面前戴上面具來掩飾家裡的謊言、暴力和恐怖，他哈哈大笑。他堅稱她母親的死只是一場悲慘的事故，結束了她可憐的小命。

葛芮塔看著他。她父親從來沒有錯，也永遠不會有錯。「你他媽的是個禽獸。」她尖叫。

他轉頭沒看她。

「他們為什麼讓你收養孩子？」她衝過去，踢了皮椅的一側。「告訴我。現在就告訴我。而且把文件給我。」

「我不知道它們在哪。我從沒看過它們。也沒這個需要。」

她伸出手臂，用力捏住他的肩膀，指甲深深地陷進了他的皮膚裡。他文風不動。她想尖叫。「隨你怎麼否認，但你滿嘴都是鬼話。」她慢慢俯下身子，離他的耳朵只有幾吋，講述了她在過去三年裡得知的每一個細節。

他坐在那裡，臉上失去血色，皮膚持續變白。她再次站起時，他抬起臉對她微笑。「現在是誰滿嘴都是鬼話？」

然後，在她的故事中找出漏洞後，他開始全力反擊。他說他搞不懂她幹麼費心費力地千里迢迢跑回小屋來看他。他告訴她，他不在乎她接受輔導，還說輔導軟化了她的性格。他說只有膽小鬼才接受輔導。還有她那些亂七八糟的記憶？沒有說服力。讓人噁心。她也讓他噁心。她小時候脆弱不堪，進入青春期後成了可憐蟲，如今成年後成了廢物，正如他所料。他說他早就知道她會成為廢物，而且打從他認識她以來，她從沒辜負過他對她的每一個負面期望。

※　※　※

裴瑞茲警探摘下眼鏡，揉揉眼睛。「妳認為妳父親相信那一切嗎？」

葛芮塔冷靜下來。「他的頭腦和記憶力非常敏銳。他說的那些全是謊話。」看警探沒說話——只是在筆記本上寫字——她說下去：「現在回想起來，我敢肯定他那是故意失憶。」

裴瑞茲警探抬頭。「妳有留在那裡嗎？」

她搖頭。「我離開了。帶著我那些懸而未決的問題。沒帶著真相。帶著將在我的餘生中繼續不被知曉的祕密。」

「同一天？」

「那天下午。我放棄了。」

「是嗎？」

「是的。」她確認，面無表情。

警探明白她的意思。

葛芮塔知道那是一個她永遠不想回去的地方。她不屬於那裡。那是她上輩子離開的地方。

裴瑞茲警探低頭，打開桌子右上角的抽屜。她手裡拿著厚厚的藍色檔案夾，裡面有一個馬尼拉信封。她拿出來。「現在應該也算是討論這個問題的最佳時機。」

菲爾再次臉色蒼白。「現在又怎麼了？」

警探在他們兩人之間來回看了看。她指向靠在身後牆邊的一個盒子。「我承諾過我會和帕帕斯警官談談，並審查ET的證據。」

葛芮塔看著天花板。ET？她飛快思索。證據技術人員。她在椅子上身體前傾。

「他們有發現什麼嗎？」

裴瑞茲警探搖頭。「我有。」

她滿懷希望地看著菲爾。對方沒說話。她轉身面對警探，等待著。

「我不知道該如何啟齒——」警探說。

「說出來。」她打岔。

警探似笑非笑，有些不自在，又停了下來。「沒有關於妳被收養的公開紀錄，葛芮塔。」

「什麼？」

「我很遺憾。」

「在帕里灣？」

「沒有。」

「布雷斯布里奇？」

警探搖頭。

葛芮塔皺眉。「安大略省？」

「我跟帕帕斯警官談過了。他也進行了搜查。技術人員搜索了我們擁有的每個數據庫，沒有任何結果。」

她的心臟在運動衫底下急促跳動。怎麼可能？

裴瑞茲警探指著桌上貼有「兒童與青少年服務部」標籤的馬尼拉信封。「這些人也找不到。」

葛芮塔伸手去拿掛在塑膠椅背上的包包，她的手顫抖著。她掏出錢包，從光滑的塑膠盒中取出出生證明，遞出去。「妳確定日期沒錯？」

裴瑞茲警探沒接過，而是深吸一口氣，嘆口氣。「信封裡已經有一份妳的出生證明的影本。」葛芮塔放下。警探瞪著它。「妳的出生證明是假的。」

葛芮塔癱坐在椅子上，感到一隻手輕輕撫摸她的肩膀。她畏縮了一下。她喉嚨收縮，胸口滲出細密的汗珠。她知道她媽媽撒了謊，但在這件事上也撒了謊？她竟然這樣？她怎麼可以這樣？她淺淺地吸一口氣，隨著呼氣而顫抖。

警探臉上閃過痛苦的表情。「我很遺憾，葛芮塔。」

她垂下眼睛。她究竟是誰？她的家人是誰？她的腿在顫抖，她在心裡數數。一。吸氣。二。快冷靜下來。三。她看著地板，緩慢而穩定地吐出一口氣。

「不過，」警探說下去：「帕帕斯警官四處查詢時，發現了一些別的東西。」葛芮塔抬頭看著她，充滿期待。裴瑞茲警探把一隻手舉在半空中。「我先把話說清楚，」她警告：「沒有證據表明這項發現一定跟妳有關。」葛芮塔的心臟開始加速。警探把手伸進藍色的檔案夾裡，拿出兩張白紙。

葛芮塔憤怒地朝菲爾點點頭。「我想看。」

警探把文件推向他們時，他向前挪動。

「什麼？」彼此交換了一個眼神後，葛芮塔問道，菲爾駝著背。

他把文件推向她。透過模糊視線，她只能看到《帕里灣北極星》的字樣和黑色墨水線條。她用手掌根部擦了擦淚水，然後伸出手抓住了文件。整個頁面上刊登著一則報導。

二〇〇一年八月二十四日

女嬰在購物中心遭到綁架。

一個月大，緊緊地繫在嬰兒座椅上。

在A&P超市的購物車裡。

受害的母親表示，她當時只是「轉身把雜貨放進她的車後座」。

說真的，那能花多少時間？

「事情發生得太快。我只把視線移開了一秒。」

這個媽媽當時究竟在想什麼？

報導上說，這位母親歇斯底里；她什麼都沒看到。

什麼都沒看到？真的嗎？

葛芮塔讀完了剩下的報導，然後瞥向底下的警方報告。她瀏覽了上頭的資料，然後，在頁面向下三分之二處，她的手指停了下來。

對嬰兒的描述。

一個月大。女性。黑髮。藍眼。

她的心臟猛然抽搐。她媽媽不是說所有嬰兒出生時都是藍眼睛？她確信某天晚上她們在後院時媽媽這麼說過。每一個嬰兒都是。是吧？她讀下去。

身上裹著綠色的毯子。

她僵住。她重讀了一遍這句話。綠色的毯子？膽汁湧上她的喉嚨。她吞下，繼續閱讀。警方在案發當天上午在帕里灣購物中心的停車場約談了八人，他們對嫌犯的描述是一致的。

女子。棕色長髮。戴墨鏡。身材瘦削。一般身高。

一張熟悉的臉孔在她眼前閃過。不可能。她把這些思緒推開。

衣冠楚楚。時髦的襯衫。熨燙過的長褲。

不。

「從妳所說的一切來看，那聽起來像柯琳，」裴瑞茲警探說：「她現在就在走廊另一頭，所以我們會查清楚。」

葛芮塔把雙手壓在大腿下。她沒辦法說話；她什麼也沒辦法反駁。「可是……她總是顯得那麼無辜。」

「她是嗎？」

「她是我媽媽的朋友兼導師，她也是我的朋友。我已經不知道該怎麼想了。」

裴瑞茲警探保持沉默。

葛芮塔下巴掉了下來。「我的天啊。我的母親？」

她的手在顫抖。伊恩並不是她這個失能小家庭中唯一的罪犯。她回想起在幼稚園的那一天，當時她的手沾滿油漆，她試圖解釋她的家譜圖，希望哈維太太能理解她想說的話。她當時真的知道自己是被綁架的嗎？才四歲的她當然不可能知道。不可能吧？如果她當時能清楚地表達出來，哈維太太會說什麼？哈維太太會認真對待她的說詞嗎？如果有，她會從艾蜜莉和伊恩身邊被帶走、與她的親生父母團聚嗎？

她的喉嚨收縮。她的親生父母是誰？他們在哪裡？而且她自己究竟是誰？她覺得自己癱在椅子上，雙手掩面，發現自己無法阻止眼淚從臉上掉下來。她讓淚水不受約束地墜落。

第三十九章

「那是妳第二次和妳父親在一起？」大家再次休息了很長時間後，裴瑞茲警探溫和地問。

葛芮塔把手指按在牛仔褲的前口袋上。這個問題是明知故問；他們都知道答案。她不再知道的，是她究竟是和誰在一起。她父親？伊恩？她母親的施虐者？她的綁架者？她說不出話。她不再相信言語。

警探看著她。「那我們繼續吧。當時是深秋，現在是四月。告訴我，妳這段期間都在做些什麼？」

「試著把一切都拋在身後，就像我外公外婆說的。」

「還順利嗎？」

「我在一月開始上大學。我的課業很重。我一直在努力念書，週末我會去看望我的外公外婆。」她悶哼一聲。「一切都很好。進展順利——」

「直到？」警探突然打斷她的話。

「那通電話。」

「來自哈米德醫師？」

她坐著不動。「它改變了一切。」

※※※

當時是春天。雨無情地連續下了幾週，使得天空變暗，把大地被奪走的東西物歸原主。安大略湖上的波浪猛烈拍打水岸，多倫多成了一片灰濛濛的爛攤子。汙水從下水道的格柵溢出，一條被稱作「當河」的河流決堤。「當河谷園林公路」是進出城市的最繁忙的主幹道，被水淹沒而關閉。被洪水覆蓋的多倫多群島位於三呎深的水下，當地的居民已被疏散到大陸。

「是葛芮塔・吉芬嗎？」一天傍晚，電話響起，一個男人的聲音問道。

她把手機抱在耳邊。「發問的人是誰？」

低沉的嗓音放軟了口氣。「讓我再試一次。我是瑪格麗特公主醫院的法扎德・哈米德醫師。妳是葛芮塔嗎？」

「是的。」

「妳很難找。」她聆聽。「抱歉突然打電話給妳。我想讓妳知道，令尊在我們這裡接受緩和療護。我猜妳知道他得了癌症？」

「是的，我知道。」

「妳知道他的狀況沒辦法動手術吧？我們已經無能為力。」她嘆氣。她知道緩和療護是什麼。「他一個人在那裡？」她不喜歡他挖苦的語氣，想掛斷電話。但他對他們之間的關係一無所知，所以她繼續聆聽。「我們一直到處尋找他的近親。有個護理師四處翻找，在他檔案中的一張舊保險單的底部找到了妳的名字。他在布雷斯布里奇市工作的一份文件。我們在社群媒體上搜索了妳。」

他們像跟蹤狂一樣一直在找她？認真的？她閉上眼睛，覺得暈眩，醫生繼續解釋說，他們從布雷斯布里奇載了他兩百公里，送到安大略省癌症護理中心的瑪格麗特公主醫院。她想像他們高速公路上行駛，車裡的他就像某種坐在馬車裡的國王。真荒謬。她上一次走過同一條路線是在八個月前。想起這件事，她打個冷顫。

「他上星期來到這裡之後，就一直躺在七樓的床上。我們認為妳可能想知道。」哈米德醫師說。

※　※　※

警探揚起眉毛，打斷了談話。「那通電話讓妳有什麼感覺？」

葛芮塔不知道那通電話讓自己有什麼感覺。那時候，她感受到的只有靜止——僅此而已。她低頭看著自己的運動鞋，什麼也沒說。

「讓我換個說法，」裴瑞茲警探說：「女兒對父母的義務是什麼？」

葛芮塔面有難色。對她父親的義務？零。對她母親的義務？那個說自己選了她的人？襁褓中的她從親生母親的懷抱中被奪走，她實在不想用「選」這個字來描述媽媽可能做出的事情。裴瑞茲警探竟然問她有什麼義務。在她發現了這一切之後，她哪知道自己有什麼義務？

※　※　※

她掛斷了電話，把手機放在桌上。她的思緒飛速運轉。

Google 助理告訴她，醫院大約有二十分鐘的路程。她迅速考慮，在她認識的所有人當中有誰可以帶她去那裡。菈托亞沒有車。她打消了求助於外公外婆的想法，因為已經是傍晚了，他們住的地方太遠；雖然那年春天她稍微敞開心扉，但她仍在保護他們，不想讓他們知道她父親的骯髒歷史。她也不可能拜託柯琳，原因很簡單：柯琳知道一切，也恨她的父親。最後，她也排除了坎薩：她原本有點想選擇她，但她在上一封簡訊中提到自己在潘恩庇護所值一個為期五天的夜班。她一定很忙。

葛芮塔從沙發靠背上抓起夾克，鎖上公寓，走上街。大雨襲擊她周身，她抓住布料的邊緣，加快腳步，向皇后街的公車站走去。有軌電車的車門將她吞沒並再次關閉，她的視線越過乘客們在日光燈下顯得蒼白的疲憊面孔，她走到車廂中間，希望能找到一個單獨的座位。雨水敲打著窗戶，有軌電車沿著鐵軌駛向市中心，擋風玻璃上的雨刷與她的心跳同步，跳得緩慢，平穩，有條不紊。

她打了瞌睡？電車來到大學站時，她起身，差點坐過了站。她向北走，擠進醫院前面的大玻璃旋轉門，進入陰影裡。冷氣吹得她起雞皮疙瘩，她乘電梯上樓。門颼地一聲打開，陳舊的空氣和消毒劑的味道充斥她的鼻腔。她在走廊掃視了一圈，很快就找到了她要找的。她往右轉，沿著走廊走了幾步，停在護理站前。

「他在單人病房裡，就在這條走廊上。」頭髮灰白的男護理師說道，他穿著手術服，胸前別著一枚名牌。

「幾號房？」

「七五六。」他說。

她歪起頭。她沒聽錯吧？他在開玩笑嗎？她瞥向他的名牌。「賴瑞，你剛說單人房？」

他點頭確認。

他居然住單人房，就算他害她的人生過得那麼慘？她天天餓肚子？只能穿別人不要的舊衣服？使用那些來自布雷斯布里奇時尚精品店的破舊盤子？她當場就想笑出聲。但現在不是引起人們注意的時間或地點，她只能強忍不悅。

她走過走廊。這裡就像夜間的機場跑道，怪異的白光和綠光從她周圍發出嗶嗶聲的機器中傾瀉而下，提供了足夠的光線讓她找到路。

她父親房間的門敞開著。她窺視裡頭。它和大多數的醫院病房一樣簡陋——舒適但樸素，太多白色，沒有窗簾，沒有地毯，沒有壁掛電視。一張布滿深色汙漬和裂紋的假皮椅靠在一側，上一個坐在那裡的人留下的壓痕占據了一整個角落。一盒乳膠手套放在桌上。她輕輕走進去，關上門。

※　※　※

警探停止寫字，舉起一隻手。「暫停一下。為什麼關門？」

葛芮塔面有難色，胃裡再次出現雲霄飛車的感覺，她努力整理思緒。整理好之後，她抬起頭，全然平靜。「為了私下和我父親談談。最後一次。」她說。

警探的肩膀繃緊了。「妳只給得出這個理由？為了私下談話？」

葛芮塔點頭。

裴瑞茲警探嘴角下垂，舉起雙手。「少來了，葛芮塔。妳已經跟我說過，妳恨妳父親，妳希望他死。妳提供了十幾個動機，而妳現在告訴我，當妳有機會報復時，妳為了隱私而關起門？妳怎麼不承認妳關門是為了避免有目擊者？」

葛芮塔聳肩。唯一剩下的證詞是她自己的，而她不相信自己能回答。她咬住舌頭，將思緒推到一邊。她不打算上鉤。

第四十章

葛芮塔盯著躺在床上的男人。昔日光輝歲月的陰影籠罩著他蒼白的臉龐。他急需修剪的烏黑鬍鬚與緊緊裹在身上的潔白床單形成鮮明對比。他的眼睛半閉。他呼吸急促，突然開始咳嗽，是帶痰的濕咳。她以前從沒聽過他發出這種咳嗽。他的肺臟深處被什麼東西淹沒。

如果葛芮塔去年秋天見到父親時還不相信他快死了，那麼她現在肯定相信了。他半昏迷的狀態讓她無法窺探他的思緒。葛芮塔好奇他那些記憶的內容。它們是他生命中快樂時光的膠卷嗎？被具有創意的半真相包裹的故事？還是根本沒有真相？因為現在是該坦率的時候了，是說出一切的時候了。再繼續假裝下去已經沒有任何意義。

葛芮塔走近床上的怪物。一片片散亂的血管散布在他的臉頰上，就像她兒時臥室牆壁上那些縱橫交錯的裂縫。她從房間的角落裡拖出那張沾滿汙漬的假皮椅，放在床邊。她扯下手套，把它們扔在椅子上，然後坐在離他幾吋的地方。

「爸？」她呢喃。房間裡唯一的聲響，是維持他生命的機器的嗡鳴聲。她靠得更近一點。「爸。你聽得見我嗎？」

沒有回應。他深陷於自己的思緒。葛芮塔閉上眼睛。好吧，她心想，他可以留著它們。言語無法治癒；從來沒有真相，也永遠不會有真相。畢竟，床上這個男人是個操控人心的大師。

他動了動，感覺到她的存在。他非常輕柔地舉起枯瘦的手，指著他身後的機器。他喃喃自語著什麼，但他的聲音像蘆葦一樣細。沙啞得聽不清。葛芮塔必須靠過去才能聽到他的聲音。「痛，」他喘道：「太痛。」

葛芮塔的視線順著她父親的瘤結手指落在他肩後的機器上。諸多細線和粗大的綠色數字圍繞著一個螢幕，上面顯示著孩子般的塗鴉線條。她不知道它們是什麼意思，但數字在她的注視下起起伏伏。一堆亂七八糟的管線叢林從後面某處湧出，她查看每一條管子，不禁瞪大了眼睛。最小的一條平貼在她父親的手背上，另一條則從他的右鼻孔蜿蜒而入。第三條是接在床邊的一個幫浦上，蜷縮在他的脖子附近，消失在他氣管的一個洞裡。

葛芮塔看著幫浦和他的胸口一起上下起伏，無法阻止自己的身子往前傾。她的手指沿著進入她父親喉嚨的管子滑動，然後用手掌抓住冰冷的塑膠。

「求求妳，」他再次喃喃地說，幾乎是在乞求。「關掉它。」

「什麼？」她大感震驚。他在拜託她什麼？

一個綠色的小按鈕在昏暗的房間裡閃爍著。她看得出來它是處於運轉狀態。

葛芮塔僵住。諸多回憶以一種讓她害怕的強度湧入她的腦海，體現出一種讓她欣喜的醜陋力量。她曾經每天都祈禱她父親能早日死去。現在她有機會讓那些祈禱成真。

為了她的母親，她太早從她身邊被奪走。

為了外公外婆，他們失去了一個女兒。

為了他對她做過、說過的一切。

為了他造成的所有痛苦。

她緊閉雙眼，希望它消失，卻又重新體驗了這一切；生動地，而且是慢動作。

「按下該死的按鈕。」他嘶啞道。

葛芮塔站起來，心跳加倍。她祈求自制力。一，二，三。但她無法阻止自己野性的一面在心靈中浮現。四。五。六。她的憤怒正在贏得這場戰鬥——她感覺得到。她想拿起枕頭，蓋在老人的臉上。她想把枕頭用力往下壓，越來越用力，用盡她所有的力氣。當老人掙扎呻吟時，她想緊緊地固定住枕頭，壓垮他的生命。

她試著說服自己這不是她想要的，畢竟她已經走了這麼遠的路。她很努力繼續往前走，也迫切想表現得自己振作了起來。但她沒有。她無法否認。她也明白為什麼。人生沒有明確的稜角。教會她這個道理的，就是她的父親，躺在床上的這個男人。他一次又一次地證明了這一點。

雖然她的憤怒嚇壞了自己，但也讓她感到安慰。最後，看著他在床上扭動時，她允許自己想著這個想法：她希望他死。

每一盎司的自制力都消失了。葛芮塔深吸一口氣。她伸手去摸那個按鈕，一開始輕輕地，只是為了看看她可能會有什麼感覺。按鈕的觸感光滑而冰涼。她微笑，彎下身子最後一次看著她父親的眼睛。但他似笑非笑的平靜笑容讓她停住。

他比較像在竊笑。這個笑容貶低了她。

她面紅耳赤。她不是他的女兒，從來都不是他的。她也不會在這時候變成他的女兒，就算他即將嚥氣。他將面臨自己的審判日。她對此並不感到抱歉。她的生存才是最重要的，不是他的需求。她的。她的需求。

葛芮塔聽到他因呼吸急促而嘶喘，但她拒絕越過那條線。她坐回椅子上，靠向椅背，面無表情，看著他的鬥志從他身上消失。

她看著他死去。

然後她跑了出去，跑出房間，跑過走廊，跑出醫院，來到涼爽漆黑的夜色下。

她終於自由了。風中雨水親吻她的臉，她踏上有軌電車，前往東方。

※　※　※

裴瑞茲警探的鉛筆掉到地上。葛芮塔抓住椅子扶手，身體前傾。裴瑞茲警探現在應該能明白這整個爛攤子的責任都在她父親身上，而且她說的是實話吧？她觀察警探的臉。冰冷。平靜。沒有情緒。她說了這麼多，警探怎麼可能一點反應也沒有，就算她已經跟她說了一切？

警探用手指輕輕梳理頭髮，把一縷髮絲撥到耳後。「所以妳在妳父親死前和他談過。」

「是的。」

「昨天在我辦公室，妳說沒有。」

「我在覺得壓力大的時候，有時候會壓住一些記憶，尤其如果跟伊恩有關。」

「這是解離症狀，艾絲卓，」菲爾解釋：「在面對威脅的時候。」

裴瑞茲警探看了菲爾一眼。「我知道解離是什麼。心靈從無法處理的現實中拯救自己的方式。」她清清嗓子，撿起散落的文件，把它們堆成一堆放在桌上。「我需要時間來回顧一些事情並整理想法。」

「當然，」他答話。「隨妳需要什麼。如果妳還有任何問題，我們會在這裡回答。」

葛芮塔怒瞪他。更多問題？他先前那些建議在她腦海中迴盪，她坐回椅子上，垂下眼睛看著地板。門關上後，房間裡一片寂靜。菲爾翻閱他的文件。

「接下來要做什麼？」葛芮塔能看到他的手在顫抖。

「我們等待。」

「等多久？」

「要等多久就等多久。」

「然後？」

「妳要麼被控謀殺，要麼回家。」

回家？

家在哪裡？她的家從來不是樹林裡那棟沒有窗簾的小屋，也不再是她在媽媽懷抱中的安全記憶。

時間一分一秒地過去。葛芮塔胃袋翻滾，口乾舌燥，腦子裡的諸多問題比答案更吵雜。她伸手去拿桌子盡頭的水壺，發現裡頭空了。

第四十一章

四十分鐘後，門打開了。裴瑞茲警探大步走進，把筆記本和文件放在桌上，坐下來面對他們。「謝謝你們耐心等待。我就直說重點了。因為妳昨天告訴我的內容有矛盾之處，葛芮塔，我已經——」

「可是我已經把重要的事情都跟妳說了。」

「我回顧了我們討論的內容。證據。菲爾提供的東西。我昨晚和帕帕斯警官談話的筆記。我也打了電話給妳小學的巴迪先生，還有湘子太太。」

「他們相信我？」

「是的。不只如此……」葛芮塔感覺喉嚨裡有一個腫塊，屏住了呼吸。裴瑞茲警探停頓。「我也相信妳。」

葛芮塔吐氣，如釋重負。

「可是——」

她僵住了。為什麼總是有個可是？

「雖然證據不足以提出指控，但我們還是必須處理昨天在我辦公室發生的事件。」

她癱在椅子上。哈登警官。她忘了這件事。

「脾氣不好不是藉口。」裴瑞茲警探說。

她把臉埋在菲爾的肩膀上。警探說的沒錯。她要怎樣磨掉自己那些銳利的稜角？

「抱歉。」

「我們都很抱歉。考慮到妳的情況，他願意不提告；然而，為了未來，葛芮塔，這是妳必須處理的問題。」

「謝謝妳，艾絲卓。」菲爾說：「麻煩也向他轉告我們的感激之情。」

裴瑞茲警探簡短地點個頭，然後舉起一隻手放在耳朵上，擺弄著耳環。「接下來，葛芮塔，在這次調查中，我們還發現了另外兩件需要解決的事。」葛芮塔抬頭看了菲爾一眼，坐起身。「首先，妳母親的死，」她輕聲說：「帕帕斯警官盡了最大努力——我們認為他做得很仔細——可是，如果沒有確鑿的證據或供詞，警方重新展開調查的可能性很小。」

葛芮塔點頭。光是知道真相還不夠，但她很久以前就學到了這個教訓。

「然後還有柯琳。」她的聲音變得更輕。「我的警官們今天下午對她施壓，突破了她的心防。她全招了。」

「柯琳抓走我的時候，我媽也在場嗎？」

「沒有，」裴瑞茲警探打開筆記本。「可是她有牽連其中。」

葛芮塔抓住桌子邊緣。「怎麼說？」

「妳父親——」

她呻吟。「又跟他有關？」她早該知道。

「他在布雷斯布里奇庇護所找到妳母親時，竭盡全力說服她回到他身邊。妳媽媽一開始拒絕讓步，但柯琳說，他在城裡找到一份工作並在教堂找到一份差事後，她就退讓了。」

「為什麼？他只是想隱藏自己的真面目。」

裴瑞茲警探點頭。「他是個精神變態，而且善於操弄人心。當關於他的過去的謠言四起時，一切都分崩離析，他不顧一切地想證明他們都是錯的。」

葛芮塔竊笑。「了解。為了證明我的父母過著穩定的生活？

「為了證明他是個有家室的男人。」

她的胸口收緊。「辦法就是弄個嬰兒？」

「他告訴她，除非她懷孕，否則他會殺了她，但她流產了兩次。」

「因為他的虐待？」一個畫面在她腦海中閃過。這就是為什麼她媽媽每年都精心照料後院盡頭那一圈光滑的白色鵝卵石和鮮花？那底下有什麼？

裴瑞茲警探點頭。「妳媽媽和柯琳變得親密。她告訴柯琳發生了什麼事。她哀求她幫她找個孩子，否則她會死。她哀求她從任何地方弄一個孩子來，無論手段。柯琳當時很害怕，驚慌失措。她沒把事情想清楚。她從那個停車場擄走了妳——」

「為了我媽。為了讓她活下去。」

葛芮塔想起爸媽在那家老式糖果店看到柯琳後的爭吵。她父親的話語在她腦海中迴盪。如果妳敢告訴任何人，我他媽的會割開妳的喉嚨。我會把妳們三個全殺了。她當時沒聽錯——現在她知道為什麼了。包括她。別以為我不敢。她從不懷疑這意味著她自己也會被他殺掉。她身體前傾，打個寒顫。「他們都知道。」他們都隱瞞了這個祕密。

裴瑞茲警探過了一會兒才做出反應。「我很遺憾，葛芮塔。」

「我想見柯琳。」

「妳不能。她還和我的警官們在一起。」

「她會發生什麼事？」

「就目前來說，我不知道。」裴瑞茲警探輕敲面前的文件。「依據我這兩天聽到的一切，我會根據我的判斷和經驗來決定。我不認為柯琳是壞人，而且我同意妳說的：我認為她所做的一切都是為了讓妳母親活下去。但這並不能抹去她做過的一切，抹去她對妳還有妳原生家庭造成的傷害。她應該會面臨刑事訴訟。她違反了她的職業職責，所以她會丟掉工作。這很複雜，需要時間。」警探抬頭，和藹地看著她。「與此同時，我們談完了。妳在這裡沒事了。妳可以回家了。」

葛芮塔吐出從她媽媽去世那天以來一直屏住的呼吸。

她把椅子向後推，站起來，把包包的帶子掛在肩上。她走過房間，把菲爾留在身後。她打開門時，轉過身。裴瑞茲警探抬頭對她微笑，闔上了筆記本。

※　※　※

回到公寓，葛芮塔刷卡解鎖，走進去，背脊靠著關起的門板往下滑。她蹲著，雙手按在胸前，感受著光線、聲音和氣味。

家。

家就在這裡，她就在這裡。她屬於這裡。她的廚房。她的沙發。她的角錢盒放在客廳茶几的正中央。經過這四十八小時發生的一切後，她感覺到它，深深地刻在她的骨頭裡。

她費勁地站起，把包包放在桌上，在走廊裡踢掉鞋子，離開客廳，把衣服扔在浴室的地板上。她嗅聞幾下；她的衣服散發著牢房、塑膠椅和粗毯子的臭味。她轉動銀色水龍頭，把蓮蓬頭對準浴缸中央，然後走進淋浴間。溫水襲擊她的頭，水裡混雜著她的淚水。她站著，一動不動，心跳急促，幾乎沒在呼吸，她無法阻止自己的腦海一遍又一遍地回放每一個記憶。恐懼。困惑。愛。憤怒。夢魘。她一再被告知的謊言。從她如今所知的一切來看，她的人生原本可能跟她實際知道的不一樣。

走回客廳的路上，她用毛巾擦乾了頭髮，拉緊了身上的浴袍。她坐下，把濕毛巾留在地板上，然後癱倒在沙發上，周圍到處都是雜物，唯一的光線來自她的手機。

門外傳來輕輕的敲門聲。

「我盡快趕來了。」菈托亞擦擦臉上的汗水，把葛芮塔抱進懷裡。「究竟發生了什麼事啊？」

「我沒事。」她紅著眼睛。

她從冰箱裡拿出兩瓶汽水，在陽臺上，兩人靜靜地坐了一分鐘，看著下方黑暗街道上的熙來攘往。車輛。自行車。挽臂而行的情侶夫妻。一隻狗獨自沿著人行道蹦蹦跳跳。

風輕輕吹過頭髮，葛芮塔伸手抓住了菈托亞的手，把一切都告訴了她。

聽完最新情況後，菈托亞揚起眉毛。一連串的疑問來得迅速密集。「妳確定警方報告是這麼說的嗎？」

她點頭。

「妳讀了每一個字？」

「從頭到尾。」她發笑，不太完整的笑聲。就在這一刻，她努力理解的一切都化為液體。

「妳覺得妳真正的父母——」

「親生父母？」

菈托亞狐疑地看著她。「沒錯，那種父母。妳覺得他們在某個地方嗎？」

「我不知道。但也許有機會能讓這一切畫上句號。」

菈托亞呻吟。「妳不是說要繼續往前走嗎？妳為什麼就不能放下過去？」

她搖頭嘆氣。「我想揭開我媽媽的歷史，我也做到了。現在我需要找到我自己的歷史。」

菈托亞瞪大眼睛。「小葛，這很可能就像大海撈針。」

「我知道。」儘管菈托亞並沒有說出什麼她不知道的事，但她還是感到惱火。情況不同了，現在有其他碎片缺失了。她深吸一口氣。「我起碼該做的就是試試看。」

「所以妳要離開了？」

「才不是。」她搖頭。

「那妳到底要怎樣？」菈托亞指向客廳窗戶裡的一個行李箱。

她把一隻手放在她的前臂上。「我需要從帕里灣的停車場開始找起。」

菈托亞目瞪口呆。「妳要回去？」

「帕帕斯警官明天下午會在那裡跟我會合。」

「妳確定要這麼做，小葛？」

她點頭。「我這輩子從沒這麼確定過。」

作者鳴謝

我要感謝為本書的寫作和出版提供幫助的許多人。

雖然這部小說純粹是想像之作，但靈感來自於我在士嘉堡教育委員會、多倫多教育局和TVO擔任教育工作者二十多年期間有幸結識的許多學生。感謝你們慷慨地分享你們的聲音、人生和故事。你們是我們其他人的燈塔——我們的未來掌握在非常優秀的人手中！

感謝瑪麗亞和傑拉德・道爾、貝・弗利曼、溫迪・麥克雷、巴布・奧姆蘭、納丁・西格爾、吉姆・斯特拉坎以及凱茜・沃登對早期草稿提供的反饋。你們都是傑出的啦啦隊員。感謝唐娜・麥肯齊和珍妮特・派珀，妳們花了大量時間分享妳們的觀點，引導我朝著正確的方向前進，並給予我不懈的鼓勵。我銘感五內。非常感謝菲爾・崔，總檢察長檜支與幫派倡議部的助理皇家檢察官，感謝他抽出寶貴的時間和提供專業知識，並回答了我關於安大略省警察規程和法律制度的所有問題。這本書中任何和所有的錯誤，都是我自己的責任。

我最需要感謝的，是我出色的編輯阿德麗安・克爾和我的導師作家勞倫斯・希爾。

在這部小說的發展過程中，這兩位文學天才月復一月、年復一年地坐在我的肩上。這兩位都擁有難得的敘事天賦，都是很好的讀者，甚至是更好的朋友。如果沒有他們的見解、耐心、幽默和挑戰我的意願，《迷失的女兒》仍將是我桌面檔案夾中的一份文件而已。是阿德麗安和賴瑞讓它獲得自由，讓它翱翔。我永遠感激你們的友善、啟發和指導。

感謝我在大海彼岸的英國出版團隊。感謝從一開始就相信這個故事的海莉・佩奇，也感謝 Notebook Publishing 給了我一個機會。感謝夢幻團隊：感謝馬克設計了精美的封面，感謝海莉和萊利的文案編輯、排版和營銷。和你們一起工作真是愉快。

最後，我要感謝我的家人。致我的丈夫約翰，他和我一起經歷了這場冒險。當我承擔的事情有點超出我的承受能力時，是他照料了大大小小的事。如果沒有你的愛和支持，我不可能成功。感謝吉娜分享她關於諮詢和服務被邊緣化的客戶的觀點；總是富有創造力和鼓勵精神的特麗莎；還有潔米，在我迷茫時一次又一次地介入，給我帶來絕妙的靈感、正確的話語或新的想法。成為妳們的媽媽，是我生命中最棒的禮物。我愛你們每個人，也很幸運有你們支持我。

逆思流

迷失的女兒

（原名：THE DIME BOX）

作者／凱倫・格蘿絲　譯者／甘鎮隴
執行長／陳君平　榮譽發行人／黃鎮隆
協理／洪琇菁　國際版權／黃令歡
總編輯／呂尚燁　美術主編／李政儀
執行編輯／石書豪　企劃宣傳／陳品萱
發行／英屬蓋曼群島商家庭傳媒股份有限公司城邦分公司　尖端出版
台北市中山區民生東路二段一四一號十樓
電話：（〇二）二五〇〇—七六〇〇（代表號）
傳真：（〇二）二五〇〇—一九七九
中彰投以北經銷（含宜花東）／楨彥有限公司
電話：（〇二）八九一九—三三六九
傳真：（〇二）八九一四—五五二四
雲嘉經銷／威信圖書有限公司　嘉義公司
電話：（〇五）二三三—三八五二
傳真：（〇五）二三三—三八六三
客服專線：〇八〇〇—〇二八—〇二八
南部經銷／威信圖書有限公司　高雄公司
電話：（〇七）三七三—〇〇七九
傳真：（〇七）三七三—〇〇八七
香港總經銷／城邦（香港）出版集團有限公司
香港灣仔駱克道193號東超商業中心1樓
電話：（八五二）二五〇八—六二三一
傳真：（八五二）二五七八—九三三七
E-mail：hkcite@biznetvigator.com
馬新經銷／城邦（馬新）出版集團　Cite(M)Sdn.Bhd.
E-mail：Cite@cite.com.my
法律顧問／王子文律師　元禾法律事務所
台北市羅斯福路三段三十七號十五樓
二〇二三年九月一版一刷

郵購注意事項：
1. 填妥劃撥單資料：帳號：50003021戶名：英屬蓋曼群島商家庭傳媒(股)公司城邦分公司。2. 通信欄內註明訂購書名與冊數。3. 劃撥金額低於500元，請加附掛號郵資50元。如劃撥日起 10～14日，仍未收到書時，請洽劃撥組。劃撥專線TEL：(03) 312-4212 ・ FAX：(03) 322-4621。E-mail：marketing@spp.com.tw

國家圖書館出版品預行編目資料

迷失的女兒 / 凱倫.格蘿絲作 ; 甘鎮隴譯 . --初版.
--臺北市：尖端出版, 2023.09
面 ; 公分.--(逆思流)
譯自: The dime box
ISBN 978-626-356-928-7(平裝)

885.357 112010093